ANETTE SORGE

DER KAMPF UM COLORANIA

EMITH UND DER HERR DER FARBEN

cap-books

Bestell-Nr.: 52 50125
ISBN 978-3-86773-241-3

Oberer Garten 8
D-72221 Haiterbach-Beihingen
07456-9393-0
info@cap-music.de
www.cap-books.de

Umschlaggestaltung: Jan Henkel, www.janhenkel.com
Fotonachweis: Michael Steden/Shutterstock.com; Smit/Shutterstock.com;
kanate/Shutterstock.com; grafikwork/Shutterstock.com
Satz: Nils Großbach
Printed in Germany

Für Leonie, Rebecka und David.

Inhaltsverzeichnis

Oh, diese Möllerei! Oder: Wie alles begann

„Happy *Bürste,* Michaela! Hoffentlich hat dir deine Mami mal eine Bürste zum Geburtstag geschenkt, damit du nicht immer mit diesen schrecklichen Haaren rumlaufen musst!" Emilias Stimme gellte über den ganzen Schulflur. Alle Mädchen, die um sie herumstanden, kicherten albern. Emilia selbst lachte so laut, dass sie sich fast an ihrem rosa Kaugummi verschluckte. Offenbar fand sie ihren eigenen Witz ungeheuer lustig. Ihre Zwillingsschwester Veronika, die neben ihr stand, ergänzte: „Ich weiß nicht, ob bei der mit einer Bürste noch was zu retten ist, 'n Friseurgutschein wäre das bessere Geschenk!" Jetzt lachten die Mädchen, die sich um die Zwillinge scharten, noch lauter.

Nico, ein mittelgroßer, schlanker Junge, stand in einer Ecke des Schulflures und beobachtete angewidert das Geschehen. Er wischte sich mit dem Handrücken eine widerspenstige Strähne seines ansonsten kurz geschnittenen, dunkelblonden Haares aus dem Gesicht. Seine grün-grauen Augen verengten sich zu wütenden Schlitzen. Wenn er von irgendwas abgenervt war, dann von Emilia und den Gackertanten, die sich um sie scharten. Er sah, dass Michaela rot angelaufen war. Sie wirkte, als wünschte sie sich sehnlich, der Boden unter ihr möge sich auftun und sie verschlingen. Nicos Zorn stieg ins Unermessliche. Er hatte Michaela schon immer gemocht und er fand, dass es eine bodenlose Unverschämtheit war, sie an ihrem Geburtstag so runterzuputzen. Wütend starrte er die Zwillinge an. Emilia und Veronika Möller waren in der 7b. Von den meisten wurden sie nur „die Möllerei" genannt. Sie waren groß, blond gelockt, trugen immer die neuesten Markenklamotten und hatten, seinem Empfinden nach, eine mindestens zwei Zentimeter dicke Schicht Schminke im Gesicht. Ihre Fingernägel waren pink lackiert und sie waren über und über mit Schmuck behängt. Und ihre Haare … Nico fragte sich, wie lange sie wohl morgens vor dem Spiegel brauchten, um sich ihre Haare zu stylen. Die blonden Lockenberge waren bei beiden stets so kunstvoll aufgetürmt, dass ihre Köpfe fast doppelt so groß wirkten als sie in Wirklichkeit waren.

Plötzlich kam ihm eine Idee. Eigentlich könnte er etwas tun, um Michaela zu rächen. Zufrieden grinste er in sich hinein. *Diese aufgetakelten Gänse,* dachte er. *Gleich werden sie nicht mehr über Michaelas Frisur lachen!*

Nico schaute sich um. Niemand beobachtete ihn. Schnell holte er seine Zwille aus der Hosentasche. Er war ein guter Schütze und konnte auch aus größeren Entfernungen sehr genau zielen. Konzentriert peilte er sein Ziel an und schoss. Ein gellender Schrei entfuhr Emilia, als ihr blonder Lockenturm zusammenfiel. Nico grinste zufrieden.

In dem Moment spürte er eine Hand auf seiner Schulter.

„Nicolas Rösler, mitkommen!" Das war die Stimme seines Mathelehrers und der Tonfall verriet, dass Nico richtig Ärger bekommen würde.

Ein verpatzter Geburtstag und eine geheimnisvolle Nachricht

Gelbe Sechs an. Gelbe Sechs aus.

Gedankenverloren starrte Michaela die beleuchteten Ziffern an.

Gelbe Sieben an. Gelbe Sieben aus.

In einer Ecke des Fahrstuhls war eine gelbliche Pfütze, die verdächtig roch. War wahrscheinlich wieder der Hund von Frau Böhmer. Nun leuchtete die gelbe Zehn und die Tür ging auf.

Schnell verließ Michaela den Fahrstuhl und schlurfte durch den halbdunklen Flur zu der verschmierten Glastür. Dann betrat sie den kleinen Balkon, der schon so lange ihr Lieblingsplatz war.

Hierhin zog sie sich immer zurück, wenn sie in Ruhe nachdenken musste. Und heute musste sie über so Vieles nachdenken, dass sie gleich nach der Schule hergekommen war. Hier, im zehnten Stock, betrat nie jemand den Balkon, der zum Treppenhaus führte. *Es wird wohl auch keiner, der noch ganz dicht ist, auf die Idee kommen, vom zehnten Stock aus die Treppen zu benutzen,* dachte Michaela. Immerhin gab es einen Fahrstuhl.

Sie lehnte sich an die Brüstung und schaute hinunter. Während sie ihren Blick schweifen ließ, dachte sie über ihren verpatzten Geburtstag nach. Zwölf Jahre Michaela Steiner. Ein Grund zum Feiern? Sie war sich nicht sicher. Ihr Geburtstag war so dermaßen zum Heulen gewesen.

Es hatte schon heute Morgen angefangen. Mom hatte sich eigentlich richtig Mühe gegeben. Sie hatte den Frühstückstisch schön gedeckt und sogar „Happy Birthday" gesungen. (Obwohl man immer das Bedürfnis hatte, sich die Ohren zuzuhalten, wenn man Mom singen hörte.)

Doch noch während Michaela ihren Tee getrunken hatte, war das Theater losgegangen: Paps war hereingekommen, wie immer völlig gestresst. Im Vorübergehen hatte er ein hastiges „Glückwunsch, mein Schatz!", zu ihr herüber gerufen, um dann hektisch seine Sachen zusammenzusuchen.

Nach einem Blick auf das Gesicht ihrer Mutter hatte Michaela bereits gewusst, dass es wieder losgehen würde. „Kannst du dir nicht mal fünf Minuten Zeit nehmen, um mit uns zu frühstücken? Wenigstens am Geburtstag deiner Tochter!"

„Mom", hatte Michaela gebeten, „ist gut, hör auf!"

Sie musste ja zugeben, dass auch sie sich eine etwas herzlichere Gratulation gewünscht hätte. Vielleicht mal eine Umarmung ... Aber Paps war halt so und daran war nichts zu ändern. Am wenigsten würde er sich durch das Gezeter von Mom verändern. Wenn die das nur einsehen würde! Doch ihre Mutter hatte sich nicht stoppen lassen. Wenn sie einmal richtig loslegte, dann konnte sie schimpfen, als ob es darum ginge, einen Weltmeistertitel zu gewinnen. Auch die Schimpftirade an diesem Morgen war echt rekordverdächtig gewesen. Bis Paps einfach wortlos gegangen war, so wie er es immer tat.

Auch Michaela hatte sich dann mit ihrem Kater Picasso in ihr Zimmer verkrümelt. Sie hatte die Geburtstagskarte mit den ach so herzlichen Grüßen von ihren Eltern gelesen und das Geld herausgenommen, das dabei lag. Doch richtig gefreut hatte sie sich nicht. Das, wonach sie sich eigentlich sehnte, konnte man mit Geld nicht kaufen.

Und dann in der Schule die Sprüche von der Möllerei!

Emilia und Veronika waren in der ganzen Schule bekannt, weil sie ständig Ärger machten. Trotzdem gelang es ihnen immer wieder, Leute um sich zu scharen, die sie bewunderten und ihr ganzes albernes Getue cool fanden. Einige Mädels aus ihrer Klasse zählten dazu und ein paar Jungen, die anscheinend auf blondgelockte Hohlköpfe standen. Ja, und dann gab es ein paar bedauernswerte Personen, die von der Möllerei geächtet waren. Wahrscheinlich, weil ihre Klamotten nicht dem neuesten Schrei entsprachen oder sie irgendwelche sonstigen Makel hatten, die als uncool galten. Und zu diesem Personenkreis gehörte Michaela. Nicht, dass sie Wert darauf gelegt hätte, zu Emilias oder Veronikas Freunden gerechnet zu werden. Absolut nicht! Aber der Möllerei machte es richtig Spaß, sich immer neue Gemeinheiten auszudenken. Und das konnte richtig wehtun. So wie heute.

Michaela wusste ja, dass ihre Haare nicht besonders schön waren. Ihre braunen Locken waren so widerspenstig, dass Michaela immer aussah, als wäre sie direkt aus dem Bett gestolpert. Egal, wie sehr sie vorher versucht hatte, sie zu stylen. Sie *hasste* ihre Haare.

Wenn sie die Katastrophe auf ihrem Kopf wenigstens durch ein besonders hübsches Gesicht wieder hätte ausgleichen können! Aber ihr Gesicht war … naja, bestenfalls durchschnittlich. Braune Augen, eine etwas zu kleine Stupsnase und ein paar Sommersprossen zu viel …

Zum Glück hatte sie ihre Freundin Joanne. Jo, wie sie sich selbst am liebsten nannte, hielt zu ihr. Ihr fielen auch scheinbar immer die passenden Antworten ein, wenn jemand so blöd kam wie z.B. die Möllerei heute. Michaela dagegen … naja, sie war etwas langsam in solchen Sachen. Wenn sie in Ruhe nachdenken konnte, fiel ihr auch etwas ein. Aber was nützte schon eine schlaue Antwort, wenn sie drei Stunden zu spät kam?

Was für ein Glück war es gewesen, dass wenigstens Emilias Frisur vorhin in sich zusammen gefallen war! Michaela grinste ein wenig. Das war eine gerechte Strafe für den fiesen Spruch gewesen. Jo hatte daraufhin mit einem zuckersüßen Lächeln zu Emilia gesagt: „Na, Emmi, jetzt könntest du selbst ganz gut 'ne

Bürste gebrauchen, nicht wahr? Oder vielleicht auch einen Friseurgutschein?" Der Blick, mit dem Emilia davongerauscht war, hätte beinahe die Kraft gehabt, alle Anwesenden zu Eis erstarren zu lassen!

Hinterher hatten mehrere Mädels darüber diskutiert, wie es hatte passieren können, dass Emilias Frisur so zusammengefallen war. Irgendjemand hatte behauptet, er hätte etwas fliegen gesehen, das sie am Kopf getroffen hatte. Doch Michaela hatte das nicht interessiert. Sie war einfach nur erleichtert gewesen, dass die allgemeine Aufmerksamkeit von ihr abgelenkt worden war.

Ihre Gedanken wanderten zu Nico. Er hatte stumm in der Ecke gestanden und tatenlos zugeschaut! So viel also dazu, dass Freunde in Notsituationen zusammenhalten sollten!

Je länger sie nachdachte, desto mehr ärgerte sie sich darüber. Wenn er schon nicht den Mut gehabt hatte, für sie Partei zu ergreifen, hätte er wenigstens hinterher zu ihr kommen können. Sie hätte gut ein Wort der Ermutigung von einem Freund gebrauchen können. Aber Nico war dann einfach verschwunden und sie hatte ihn nicht mehr zu Gesicht bekommen. Na, der kann mich mal, dachte Michaela wütend.

Plötzlich hörte sie ihr Handy. Eine SMS. Michaela holte es aus der Hosentasche. Sie las:

Der Kampf um Colorania – Emith und der Herr der Farben.
Alte Geschichte, aber verändert dein Leben. Heute Abend, 20.00 Uhr.

Michaela riss erstaunt die Augen auf. Was war das denn für eine komische Nachricht? Damit konnte sie rein gar nichts anfangen! Sie versuchte, herauszufinden, wer ihr diese SMS geschickt hatte, aber da stand nur *unknown identity*. Unbekannt! Was für eine Geschichte sollte das sein? Ein Märchen? Oder ein Film?

20.00 Uhr. Vielleicht im Fernsehen? Oder im Kino? Ihre Neugier war geweckt. Nun hielt sie es auf ihrem Lieblingsbalkon nicht mehr aus. Sie wollte nach Hause und das herausfinden.

In der Wohnung angekommen, griff sie sich eine Zeitung und blätterte das Fernsehprogramm durch, dann das Kinoprogramm. Schließlich schmiss sie ihr Laptop an und suchte im Internet, ob es irgendeinen Film dieser Art gab. Sie fand nichts. Enttäuscht ging Michaela in die Küche und holte sich eine Cola aus dem Kühlschrank. Dann schob sie sich ihr Mittagessen in die Mikrowelle. Spaghetti Bolognese. Von allen Tiefkühlfertiggerichten immer noch ihr absolutes Lieblingsessen. Sie aß es fast jeden Tag.

Beim Essen wanderten ihre Gedanken wieder zu der geheimnisvollen SMS. Wer kam nur auf die Idee, ihr so eine Nachricht zu schicken? Und was konnte das für eine Geschichte sein? Eine Geschichte, die ihr Leben verändern sollte ... ja, das wäre cool. Wenn es so was gäbe. Ihr Leben könnte ein paar Veränderungen gebrauchen!

Den Rest des Tages verbrachte Michaela in ihrem Zimmer. Sie hatte keine Lust, sich heute mit Jo zu treffen. Und mit Nico schon gar nicht. Am Abend ging sie dann früh ins Bett und schlief auch bald ein.

Mitten in der Nacht wachte sie auf. Sie hatte die ganze Zeit von einer zeternden Mom geträumt und von Emilia, die mit einer Bürste auf sie einprügelte. Und von Nico, der teilnahmslos daneben stand ... Nicht gerade ihr Wunschtraum für eine gute Nacht! Seufzend schaute sie auf den Wecker. Null Uhr eins. Na wenigstens war dieser blöde Geburtstag jetzt vorbei.

Sie ging in die Küche, um etwas zu trinken. Im Flur sah sie, dass Papas Tasche nicht an seinem Platz stand. Paps war noch nicht zu Hause. Zogen sich seine Überstunden jetzt schon bis Mitternacht hin? Traurig ging Michaela wieder in ihr Zimmer und versuchte, weiterzuschlafen. Doch es gelang ihr nicht. Nachdem sie sich eine Weile unruhig im Bett hin und her gewälzt hatte, fiel ihr ein, dass sie gar nicht ihre E-Mails gecheckt hatte. Vielleicht hatte ihr ja jemand zum Geburtstag was Nettes gemailt! Also schaltete sie ihr Licht und anschließend ihr Laptop noch einmal an. Ah – eine Geburtstagsmail von ihrer Oma. Dann ein paar Werbemails. Michaela schaute weiter. Plötzlich erstarrte sie. Da war eine Mail, die hieß:

Der Kampf um Colorania
Emith und der Herr der Farben
Absender: Unbekannt.

Unwillkürlich bekam sie eine Gänsehaut. Das war ja richtig geheimnisvoll! Noch mehr erschrak sie, als sie sah, um welche Uhrzeit die Mail gekommen war. 20.00 Uhr. Genau, wie in der SMS angekündigt.

Einen Moment zögerte sie. Sie wusste, dass man Mails mit unbekanntem Absender nicht so einfach öffnen durfte. Schließlich konnten Viren in der Mail sein, die den ganzen Computer lahm legen würden. Doch ihre Neugier war stärker. Irgendwie hatte sie das Gefühl, sie sollte diese Mail öffnen. Schließlich nahm sie allen Mut zusammen, klickte und fing an zu lesen:

Der Kampf um Colorania

Emith und der Herr der Farben

Alte Geschichte. Aber verändert dein Leben heute.

I. Die Träumer

Leise öffnete Emith die Tür und schlüpfte aus seinem Zimmer. Er schlich durch den dunklen Flur und ging dicht an der Wand entlang. Dort knarrten die Dielen am wenigsten. Am Schlafzimmer seines Onkels hielt er kurz an und lauschte. Als er ein gleichmäßiges Schnarchen hörte, atmete er erleichtert auf und schlich weiter zur Haustür. Schnell schlüpfte er in die Nacht hinaus und zog die Tür geräuschlos hinter sich zu.

Es war spät. Er musste sich beeilen. Onkel Lucio war leider an diesem Abend sehr spät aus dem Wirtshaus gekommen und noch schlechter gelaunt als sonst. Emith hatte schon oft gedacht, eine Steigerung sei nicht mehr möglich. Aber Onkel Lucio schaffte es immer wieder, sich selbst zu übertrumpfen. Wenn es Wettkämpfe gäbe nach dem Motto: „Wer hat die schlechteste Laune?" – Onkel Lucio würde sie alle gewinnen! Heute hatte er wieder einmal seinen eigenen Rekord gebrochen!

Emith musste stets versuchen, seinem Onkel alles recht zu machen. Das war seine einzige Chance, mit heiler Haut davonzukommen. Leider gelang ihm das nicht immer! Er konnte schon gar nicht mehr zählen, wie oft Lucio ihn verprügelt hatte, seit er bei ihm wohnen musste.

Aber heute hatte Emith keine Zeit, darüber nachzudenken. Vorsichtig schaute er sich nach allen Seiten um. Niemand zu sehen. Erleichtert huschte er, so schnell er konnte, durch die nächtlichen Straßen. Das flackernde Licht der Straßenlaternen warf gespenstische Schatten an die Wände der alten Fachwerkhäuser. In einer Seitenstraße bellte ein Hund. Schnell lief Emith weiter.

Nun verließ er den Dorfkern und bog in die verwitterte, alte Straße ein, die zu dem Bauernhof von Cynthias Familie führte. Die Straße war kaum beleuchtet. Anscheinend hatte es sich nicht gelohnt, in dieser einsamen Gegend Laternen aufzustellen. Der kleine Bach neben der Straße plätscherte leise. Mückenschwärme schwirrten durch die Luft. Irgendwo in der Ferne hörte Emith einen Schrei. Er fing an, noch schneller zu laufen.

Als er das alte Bauernhaus erreicht hatte, klopfte er leise an die Fensterscheibe von Cynthias Zimmer. Einige Augenblicke später sah er, wie sie vorsichtig aus der Haustür trat. „Da bist du ja endlich!", flüsterte sie erleichtert. „Ich dachte schon, du kommst nicht mehr!"

Emith nickte. „Wenn wir uns beeilen, schaffen wir es vielleicht trotzdem noch pünktlich!"

Gemeinsam schlichen sie um das Haus herum über den dunklen Hof, bis sie die Scheune erreichten. Leise öffneten sie das Scheunentor einen Spalt und schlüpften hinein. Im Inneren der Scheune war es stockduster. Vorsichtig tasteten sie sich hindurch bis zum hinteren Tor und traten wieder ins Freie. Nun standen sie schon vor dem großen Feld, hinter dem der Wald begann. Jetzt ging es weiter, über das

Feld und auf den Waldrand zu. Tiefschwarz hoben sich die Umrisse des Waldes vor dem Nachthimmel ab.

Der Mond und unzählige, funkelnde Sterne waren darüber zu sehen.

Emith kannte die Sternbilder Coloranias genau: Der Adler, die Flamme, die Abendblume und im Osten das große Pferd.

Doch heute achtete er nicht darauf. Er hoffte so sehr, dass sie noch pünktlich zum Treffen kommen würden. Auf keinen Fall wollte er etwas verpassen!

Die Treffen fanden nämlich nur alle paar Wochen statt. Es war zu gefährlich, sich öfter zu treffen.

Als sie den Waldrand erreicht hatten, hielt Emith an. Es war nicht leicht, im Dunkeln die richtige Stelle zu finden. Doch schließlich sah er die knorrige, alte Eiche, hinter der sich die schmale Schneise befand. Er nahm Cynthia an die Hand und zog sie vorsichtig hinter sich in den Wald hinein.

Schweigend gingen sie den schmalen Pfad entlang. Trockene Zweige knackten unter ihren Füßen. Ab und zu ertönte der Ruf eines Nachtvogels. Ansonsten war alles still.

Eine Mondsichel erhellte den Weg ein wenig. Vereinzelt funkelten Sterne durch das Blätterdach. Doch auch unten leuchtete es: Im Dickicht schwirrten unzählige Glühwürmchen hin und her.

Emith atmete tief den würzigen Waldgeruch ein. Er war aufgeregt. Vier Wochen waren seit dem letzten Treffen vergangen. In der Zwischenzeit konnte so viel passiert sein! Außerdem war er gespannt, wie es mit Cynthia sein würde. Sie war heute zum ersten Mal dabei.

Schon lange hatte er sich gewünscht, Cynthia zu den Treffen mitzunehmen. Doch das war bislang nicht möglich gewesen. Natürlich durften nur Leute an den Treffen teilnehmen, die den Traum gehabt hatten. Alles andere war zu gefährlich. Sie konnten es sich nicht leisten, einen Verräter in ihrer Mitte zu haben.

Aber dann hatte auch Cynthia geträumt.

Sie war Emiths beste Freundin. Die beiden hatten sich auf dem Schulhof kennengelernt. Emith hatte nicht viele Freunde in der Schule. Erstens hatte er keine Zeit, sich nachmittags mit anderen zu verabreden, weil er immer seinem Onkel in der Schmiede helfen musste. Und zweitens waren seine Mitschüler alle anders als er. Schon allein, weil keiner von ihnen tagaus tagein für einen griesgrämigen Onkel schuften musste. Wahrscheinlich war auch keiner von ihnen so blöd, sich so was überhaupt gefallen zu lassen, dachte Emith manchmal. Wie auch immer, er verbrachte die Pausen meistens alleine.

Eines Tages, als er wieder einmal allein über den Schulhof geschlendert war, hatte er gesehen, wie vier berüchtigte Schlägertypen sich ein Mädchen geschnappt hatten.

Emith kannte das Mädchen vom Sehen. Er wusste, dass sie Cynthia hieß, doch er hatte noch nie mit ihr geredet.

Es war unschwer zu erkennen, dass Cynthia in ernsthaften Schwierigkeiten steckte.

Eigentlich hatte Emith nicht vorgehabt, sich einzumischen. Gewalt war in seiner Schule normal. Ständig prügelte sich irgendjemand. Wer sich nicht wehren konnte, hatte schon verloren!

Und wenn man versuchte, etwas daran zu ändern, konnte man leicht selbst Schläge kassieren. Darauf allerdings konnte er gut verzichten! Bekam er doch von seinem Onkel davon schon mehr als genug!

Doch dann hatte Cynthia Emith einen so verzweifelten Blick zugeworfen, dass er beschlossen hatte, ihr zu helfen.

Nach kurzem Überlegen war er zu der Gruppe hingegangen und hatte seinen Stein aus der Hosentasche geholt. Die meisten seiner Mitschüler sammelten Steine und tauschten miteinander. Wer die tollsten Steine hatte, galt als besonders cool. Emiths Stein war ein außergewöhnlich schöner gewesen. Er war ganz rund und glatt, mit einem silbrigen Schimmer. Früher hätte Emith ihn niemals gegen irgendeinen anderen Stein eingetauscht. Aber seit er den Traum gehabt hatte, waren Steine ihm nicht mehr wichtig.

„Na?", hatte er die anderen gefragt. „Was bietet ihr mir für diesen Stein?" Sofort hatten sich alle von Cynthia abgewandt und den Stein betrachtet. Mit funkelnden Augen hatten sie mit Emith verhandelt und Cynthia in Ruhe gelassen.

Am Ende hatte Emith seinen Stein gegen zwei schlechtere eingetauscht, aber eine Freundin gewonnen.

Nach Schulschluss hatte sie auf ihn gewartet, um sich zu bedanken. Emith hatte erfahren, dass sie, genau wie er, zwölf Jahre alt war. Sie hatte schulterlange, schwarze Haare und große, dunkelgraue Augen. Mit ihren Eltern und zwei Schwestern wohnte sie auf einem Bauernhof am anderen Ende des Dorfes.

Weil ihre linke Hand von Geburt an gelähmt war, quälten und verspotteten ihre Mitschüler sie oft. „Da kommt der Krüppel!", riefen sie, wenn Cynthia in der Schule ankam. Sie ließen keine Gelegenheit aus, ihr zu zeigen, dass sie anders war als die anderen. Und unerwünscht.

Emith jedoch mochte Cynthia auf Anhieb. Er mochte ihre einfühlsame Art und sie konnte gut zuhören. Bald hatte er Cynthia so viel von sich erzählt wie noch keinem anderen. Sogar, wie traurig er darüber war, dass er bei Onkel Lucio leben musste.

Emiths Eltern waren gestorben, als er noch klein war, und Onkel Lucio als sein nächster Verwandter hatte ihn bei sich aufnehmen müssen. Tante Leah, die Schwester von Emiths Mutter, hatte ihn nicht nehmen können, weil sie drei eigene Kinder zu versorgen hatte. Emith bedauerte immer, dass er nicht bei ihr wohnen konnte, denn sie war sehr nett. Immerhin durfte er manchmal die Ferien bei ihr verbringen.

Onkel Lucio hatte früher auch eine Frau gehabt. Doch irgendwann hatte sie wohl Lucios ständige schlechte Laune satt gehabt und war einfach gegangen.

Emith hatte sich schon oft gewünscht, auch wegzugehen, aber er wusste einfach nicht wohin.

Niemals hatte er jemandem erzählt, wie sehr er sein Leben bei Onkel Lucio hasste und wie gern er einfach abhauen würde.

Aber als er Cynthia kennengelernt hatte, hatte er mit ihr über alles sprechen können.

Außer über den Traum und die geheimen Treffen. Darüber durfte man in Colorania nicht sprechen!

Doch dann war etwas Wunderbares geschehen: Eines Tages hatte Cynthia nach der Schule auf ihn gewartet. Er hatte schon von weitem erkennen können, dass sie sehr aufgeregt war. Kaum war er bei ihr angekommen, sprudelte es nur so aus ihr heraus: „Ich muss dir was Unglaubliches erzählen! Du wirst es mir vielleicht nicht glauben und ich weiß auch gar nicht, ob ich richtig beschreiben kann, was ich heute Nacht geträumt habe …"

Cynthias Traum glich haargenau dem Traum, den er einige Monate zuvor geträumt hatte und den auch alle anderen, die zu den Treffen kamen, geträumt hatten.

Michaela hörte kurz auf mit Lesen und seufzte. Cynthia musste sich in der Schule auch einiges gefallen lassen, aber sie hatte einen guten Freund gefunden. Emith hatte sich für Cynthia eingesetzt auf dem Schulhof. Nico dagegen ...

Das wurmte sie doch ziemlich, dass er so gleichgültig zugesehen hatte, als diese Möllerei ihre fiesen Sprüche vom Stapel gelassen hatte. Sie hatte immer geglaubt, Nico wäre ein Freund, auf den sie sich verlassen konnte. Aber da hatte sie sich wohl getäuscht. Sie seufzte noch einmal und las dann weiter.

II. Das geheime Treffen

„Wie weit ist es noch?", fragte Cynthia leise.

Emith schreckte aus seinen Gedanken auf, als er ihre Stimme hörte. „Ich schätze, noch zehn Minuten!"

Sie waren bereits eine knappe Stunde unterwegs. Die Treffen fanden auf einer kleinen Lichtung mitten im Wald statt. Das war ein geeigneter Ort, denn dort kam niemand sonst hin. Man konnte sogar wagen, ein kleines Lagerfeuer anzuzünden.

„Da", flüsterte Emith, „siehst du?" Vor ihnen war ein schwacher Lichtschein zu erkennen. „Da ist es!" In diesem Moment stolperte er über einen Ast, der quer vor ihm auf dem Boden lag. „Autsch!", schrie er auf.

„Emith! Alles in Ordnung?", fragte Cynthia besorgt. Mit ihrer gesunden Hand half sie ihm auf und betrachtete ihn prüfend. Der Mond spiegelte sich in seinen hellgrauen Augen, die einen seltsamen Kontrast zu seinem tiefschwarzen, kurz geschnittenen Haar bildeten.

Emith blieb einen Moment stehen, dann versuchte er vorsichtig, ein paar Schritte zu gehen. Ein scharfer Schmerz schoss durch seinen Knöchel. Er stöhnte: „O nein, das hat jetzt gerade noch gefehlt!"

Im Schneckentempo humpelte er weiter. Cynthia folgte ihm besorgt. Nach einer Weile hob sie einen Stock vom Boden auf und reichte ihn Emith. Dankbar stützte er sich darauf. Endlich erreichten sie die Lichtung. Das Lagerfeuer flackerte einladend und tauchte die Umgebung in ein warmes, glänzendes Licht. Um das Feuer herum saßen ungefähr zwanzig Männer und Frauen. Einer der Männer erhob sich und trat auf Cynthia und Emith zu. „Emith, gut, dass du da bist! Aber was ist dir denn passiert?" Er musterte besorgt Emiths Fuß. Zu Cynthia sagte er: „Du bist sicher die Freundin von Emith. Herzlich willkommen." Er lächelte sie warm an und lud beide ein, neben ihm am Feuer Platz zu nehmen. Sie setzten sich und eine ältere Frau reichte ihnen einen Becher Tee. Dann untersuchten zwei der Männer Emiths Knöchel.

„Nicht gebrochen", murmelte einer von ihnen schließlich. „Aber ziemlich übel verstaucht."

„Das tut mir leid, dass du dich verletzt hast", erklärte nun Vater Jonathan, der Leiter der Gruppe. „Ich habe hier etwas, das dir helfen wird." Er knotete sein Halstuch auf und wandte sich an den Mann, der neben Emith saß. „Menayon, verbinde Emiths Fuß damit", bat er ihn, während er ihm das Halstuch reichte. Der nickte und wickelte das Tuch sorgfältig um Emiths Fuß. Dabei floss etwas wie ein warmer Strom in den Fuß hinein. Emith schaute Menayon überrascht an, aber der schien nichts davon zu merken. Doch Emith hatte keine Zeit, sich lange darüber zu wundern, denn Vater Jonathan hatte es eilig, mit dem Treffen fortzufahren.

Zuerst stellten sich alle noch einmal mit Namen vor. Cynthia konnte sich natürlich nur ein paar Namen merken. Mutter Doriah merkte sie sich, weil sie ihnen den Tee gereicht hatte. Menayon, weil er Emiths Fuß verbunden hatte. Und natürlich Vater Jonathan. Emith hatte Cynthia schon vorher von ihm erzählt. Deshalb wusste sie bereits einiges über ihn.

Ihr Blick wanderte immer wieder zu Vater Jonathan. Er hatte fast schneeweißes Haar, das wild in alle Richtungen abstand. Sein Gesicht war runzlig und voller Lachfalten. Aber am auffälligsten waren seine Augen. Sie wirkten lebenslustig und ein wenig schelmisch, gleichzeitig aber auch freundlich und klug.

Plötzlich drehte er sich zu Cynthia um. Sie zuckte zusammen und fühlte sich ertappt, weil sie ihn beobachtet hatte. Doch er hatte das scheinbar nicht bemerkt und sagte zu ihr: „Es tut mir leid, dass wir ausgerechnet heute, wo du zum ersten Mal da bist, über sehr ernste Dinge sprechen müssen. Ich hätte dir gerne noch Zeit gegeben, uns alle besser kennen zu lernen. Aber die Umstände lassen das leider nicht zu."

Er räusperte sich und wandte sich wieder der Gruppe zu: „Letzte Woche habe ich von einem unserer Agenten die Nachricht bekommen, dass der Schwarze Meister von unserer Gruppe gehört hat."

Entsetzte Ausrufe unterbrachen ihn. Schnell verschaffte er sich mit einem Handzeichen Ruhe und fuhr fort: „Zum Glück weiß er noch keine Einzelheiten. Ihm ist weder bekannt, wer zu der Gruppe gehört, noch wo wir uns treffen. Er weiß aber von dem Traum."

Menayon meldete sich zu Wort: „Ist dir bekannt, Vater Jonathan, wie er davon erfahren hat?"

„Nein." Der alte Mann schüttelte den Kopf. „Unsere Agenten arbeiten daran, das so schnell wie möglich herauszufinden."

Eine Weile schwieg er, dann sagte er leise: „Ihr wisst ebenso wie ich, dass der Schwarze Meister nun nichts unversucht lassen wird, um uns aufzuspüren. Sein Hass auf uns ist groß! Mit dem Traum sind wir seine größten Feinde."

Emiths Gedanken wanderten einige Jahre zurück, als er einmal in der Hauptstadt Atraria gewesen war. Damals war er gerade acht geworden und durfte bei Tante Leah die Ferien verbringen. Tante Leah unternahm immer tolle Sachen mit ihm und seinen Cousins. An einem Tag waren sie nach Atraria gefahren. Atraria lag nur ungefähr fünfzehn Meilen westlich von Odiah, Emiths Heimatdorf. Von Tante Leahs Dorf aus war es sogar noch näher.

Emith war mit seiner Tante durch die Stadt gegangen und hatte zum ersten Mal die große, dunkle Festung gesehen, in der der Schwarze Meister wohnte. Selbst als kleiner Junge hatte er gespürt, dass davon etwas Böses ausging. Die Festung war von dicken Mauern aus schwarzen Steinen umgeben. Ringsum befanden sich mehrere hohe Türme. Überall standen Wachen. Emith hatte sich eng an Tante Leah geschmiegt. Aber er hatte gespürt, dass seine Tante auch Angst hatte. Und das war für ihn noch schlimmer gewesen als seine eigene Angst!

Damals hatte er noch nicht viel über den Schwarzen Meister gewusst. Nur, dass er ein grausamer Herrscher war und dass die Schwarzen Ritter, die er überall durch das Land schickte, ebenso brutal waren. Emith schauderte, wenn er an die Schwarzen Ritter dachte. Sie trugen schwarze Rüstungen und ritten auf schwarzen Pferden. Wo sie auch hinkamen, verbreiteten sie Angst und Schrecken. Und das aus gutem Grund: Sie schreckten vor nichts zurück, um den Willen ihres Meisters durchzusetzen.

Emith verscheuchte die düsteren Gedanken und zwang sich, wieder zuzuhören, denn Vater Jonathan hatte bereits weiter gesprochen. Gerade fuhr er sich mit der Hand durch seine schneeweißen Haare und erklärte: „Wir werden einige Vorsichtsmaßnahmen einführen müssen. Eine davon ist, dass unsere jüngsten Mitglieder dieses Gebiet hier verlassen!" Er wandte sich Emith und Cynthia zu. „Es ist zu gefährlich für euch, in der Nähe der Hauptstadt zu bleiben, wo der Schwarze Meister besonders viele Spione hat. Dieser Gefahr möchte ich euch nicht ausgesetzt lassen. An mir als altem Mann hat der Schwarze Meister nicht mehr viel Interesse. Er weiß genau, dass von den jungen Leuten, die den Traum hatten, die größte Gefahr für ihn ausgeht."

„Aber wo sollen wir denn hin?", platzte es aus Cynthia heraus.

Vater Jonathan schaute sie eindringlich an. Plötzlich musste Cynthia an den Traum denken und sie wusste die Antwort auf ihre Frage. Vater Jonathan nickte, als hätte er ihr angesehen, dass sie verstanden hatte und sagte bestätigend: „Ihr werdet nach Osten reiten, immer Richtung Sonnenaufgang. Dort werdet ihr Hilfe erfahren. Und ich glaube, diese Reise wird nicht nur euch, sondern uns allen nützen."

Cynthia fragte sich, was Vater Jonathan wohl damit meinte. Aber der wandte sich jetzt den anderen zu: „Das gleiche wird auch Berian tun." Er deutete auf einen Jungen, der schräg gegenüber von Emith und Cynthia saß. Der mochte etwa dreizehn oder vierzehn Jahre alt sein und wirkte ziemlich schüchtern.

„Menayon wird Berian begleiten. Wenn alles wie geplant verläuft, werdet ihr euch unterwegs treffen."

Emith wurde immer aufgeregter. Das hörte sich ja spannend an. „Wann werden wir aufbrechen?", fragte er.

Vater Jonathan sah ihn nachdenklich an. „Am liebsten würde ich euch sofort losschicken. Jeder Tag, den ihr jetzt noch in Odiah verbringt, ist ein Risiko. Aber es gibt ein paar Dinge, die noch vorbereitet werden müssen. Und eine schlecht geplante Flucht halte ich sogar für noch gefährlicher. Deshalb werdet ihr erst in einer Woche aufbrechen können."

Nun erklärte er ausführlich seinen Fluchtplan. Emith und Cynthia hörten aufmerksam zu und wurden dabei immer aufgeregter. Hörte sich das abenteuerlich an!

„Merkt euch alles gut!", ermahnte Vater Jonathan sie zum Schluss. „Es darf nichts schief gehen! Doch jetzt müsst ihr euch auf den Weg machen, damit ihr rechtzeitig zu Hause seid! Ist soweit alles klar?" Emith und Cynthia bejahten. Vater Jonathan und die anderen verabschiedeten sich warmherzig von ihnen und wünschten ihnen alles Gute. Cynthia war traurig, dass sie diese netten Menschen wieder verlassen musste. Auch Emith war ein bisschen traurig, aber nur ein kleines bisschen. Viel größer war die Freude darüber, dass er bald genau das tun würde, was er sich schon lange gewünscht hatte, nämlich von Onkel Lucio wegzugehen.

III. Emith hat Angst

Schweigend stapften Cynthia und Emith durch den Wald. Jeder hing seinen eigenen Gedanken nach. Emith konnte noch nicht richtig auftreten. Erst recht nicht auf dem Waldboden, der mit Wurzeln, abgebrochenen Zweigen, Moos und anderen Gewächsen übersät war. Der Fuß hatte während des Treffens zwar kaum noch wehgetan und Emith hatte das Gefühl, dass das auf irgendeine geheimnisvolle Weise mit Vater Jonathans Tuch zusammenhing. Doch nachdem er eine Weile gelaufen war, schmerzte der Knöchel wieder. Zwar nicht so wie vorher, aber es war trotzdem nicht leicht, den langen Rückweg zu bewältigen.

„Komm!", drängte Cynthia, „Wir müssen uns beeilen! Es ist nicht mehr viel Zeit bis Sonnenaufgang!" Emith biss die Zähne zusammen und humpelte etwas schneller. Nach einer unerträglich langen Zeit erreichten sie schließlich den Waldrand.

Als sie aufs Feld hinaus traten, war im Osten schon ein heller Streifen am Horizont zu sehen. Wenigstens kamen sie auf dem Feldweg schneller vorwärts.

Bald hatten sie den Bauernhof von Cynthias Eltern erreicht. Sie nahmen wieder den Weg durch die Scheune und über den Hof zum Haus. Nun war Cynthia wenigstens schon mal in Sicherheit. Emith atmete erleichtert auf, verabschiedete sich von ihr und ging alleine weiter. Vorsichtig huschte er durch die kopfsteingepflasterten Straßen. Überall in den Gärten sangen schon die Vögel, doch Menschen waren zum Glück noch nicht unterwegs.

Als er das Haus von Onkel Lucio erreichte, atmete er noch einmal tief durch. Er war erschöpft und sehnte sich danach, noch ein bisschen zu schlafen.

Leise schloss er die Haustür auf und trat in den Flur. Als er die Tür hinter sich zugezogen hatte, blieb er kurz stehen, bis seine Augen sich wieder an die Dunkelheit gewöhnt hatten. Danach schlich er vorsichtig den Flur entlang in Richtung seines Zimmers. Er war froh, zu Hause angekommen zu sein und freute sich darauf, sich gleich auf sein Bett fallen zu lassen. Doch dann fiel sein Blick auf seine Zimmertür und er erschrak fürchterlich. Sie stand weit offen! Hatte er etwa vergessen, seine Tür zu schließen?

Onkel Lucio hatte einen unruhigen Schlaf und ging nachts manchmal in die Küche, um noch etwas zu trinken. Das kam nicht jede Nacht vor, aber wenn er in dieser Nacht auch in die Küche gegangen war ... Ob Onkel Lucio entdeckt hatte, dass Emith weg gewesen war? Emith wagte gar nicht, sich auszudenken, was dann passieren würde. Mit pochendem Herzen schlich er weiter. Schließlich betrat er sein Zimmer, schloss die Tür und ließ sich erschöpft auf sein Bett fallen.

Noch eine Stunde, bis er aufstehen musste. Doch an Schlaf war jetzt nicht mehr zu denken. Emith hatte viel zu viel Angst. Aber nicht vor dem Schwarzen Meister und dem, was er auf dem Treffen gehört hatte. Der Schwarze Meister kam ihm jetzt nur noch so gefährlich vor wie eine Blindschleiche. Onkel Lucio dagegen wie eine Kobraschlange! Denn der Schwarze Meister war weit weg. Aber Onkel Lucio war hier im Haus und er würde sehr wütend sein, wenn er entdeckt hatte, dass Emith in der Nacht heimlich weg gewesen war!

Die einzige Hoffnung, die Emith jetzt noch hatte, war, dass sein Onkel diese Nacht gut geschlafen und gar nichts gemerkt hatte!

Schließlich war es Zeit aufzustehen. Mit klopfendem Herzen ging Emith in die Küche. Er bereitete das Frühstück vor und wartete auf Onkel Lucio. Dabei fühlte er sich, als wartete er auf sein Todesurteil.

Es dauerte nicht lange, da hörte er die Schritte seines Onkels und das vertraute Knarren der Dielen.

Emiths Herz klopfte bis zum Hals, als sich die Küchentür öffnete. Mit zerzausten Haaren und zerknittertem Morgenmantel schlurfte Lucio zum Küchentisch, ohne Emith zu beachten. Er setzte sich hin und schob wortlos seine Tasse in Emiths Richtung. Mit zitternden Händen goss Emith seinem Onkel Tee ein. *Nur jetzt nicht auch noch Tee verschütten,* dachte er.

Verstohlen betrachtete er seinen Onkel. Lucio war ein kleiner, aber sehr muskulöser Mann mit einem grauen Haarkranz um seinen ansonsten schon kahlen Kopf. Buschige Augenbrauen, die meist missmutig zusammengezogen waren, verliehen seinem Gesicht ein stets finsteres Aussehen. Lucio hatte stechende, dunkle Augen, zusammengekniffene Lippen und ein unregelmäßig rasiertes Kinn. Sein Morgenmantel war aufgeknöpft und das silberne Medaillon, das er immer um seinen Hals trug, glänzte auf seiner behaarten Brust.

Erst nachdem Lucio ein paar Schlucke getrunken hatte, schaute er zu seinem Neffen herüber, sagte aber immer noch nichts. Emith versuchte, nicht zu ängstlich auszusehen und zählte, um sich abzulenken, die Fettflecken auf der grauen, abgewetzten Tischdecke.

Schließlich brach Onkel Lucio das Schweigen. „Guten Morgen", sagte er fast freundlich, „hast du gut geschlafen?"

Emith zuckte beinahe zusammen bei dieser Frage. *Sollte das eine Falle sein?* Seit wann interessierte es Onkel Lucio, ob er gut geschlafen hatte?

Er schluckte und murmelte: „Danke, geht so."

Onkel Lucio nahm eine dicke Scheibe Brot und biss genüsslich hinein. Dabei beobachtete er seinen Neffen lauernd.

So muss sich eine Maus fühlen, die von einer hungrigen Katze angestarrt wird, dachte Emith. Nervös kaute er auf seinem Brot herum und starrte in seine Teetasse. Eine Fliege kreiste um die Tasse herum. Emith beobachtete, wie sie ihre Kreise drehte und sich schließlich auf dem Brot niederließ. Weder er noch sein Onkel machten sich die Mühe, sie zu vertreiben. Noch immer starrte Lucio seinen Neffen durchdringend an.

Na los, nun stell schon die Frage, dachte Emith. *Frag mich jetzt, wo ich heute Nacht gewesen bin und dann bestraf mich halt. Verprügle mich, sperr mich ein oder was dir sonst noch so einfällt. Aber tu es schnell, dann habe ich's hinter mir!*

Doch sein Onkel aß schweigend sein Brot, bis er sich erhob und grußlos die Küche verließ, um in die Schmiede zu gehen. Emith blickte ihm hinterher und wusste nicht, ob er erleichtert oder besorgt sein sollte. Lucio hatte sich so seltsam verhalten, dass Emith sich fast sicher gewesen war, dass er seine nächtliche Abwesenheit bemerkt hatte. Aber warum hatte er nichts gesagt und ihn nicht bestraft? Verwirrt blieb Emith noch ein paar Minuten sitzen und versuchte, das Verhalten seines Onkels zu deuten. Doch er konnte sich keinen Reim darauf machen. Schließlich erhob er sich und machte sich auf den Weg zur Schule.

IV. Der Fremde

Die Schulstunden schienen überhaupt kein Ende zu nehmen. An diesem Vormittag fiel es Emith besonders schwer, ein interessiertes Gesicht zu machen und so zu tun, als folge er aufmerksam dem Unterricht. Als er dachte, ihm würden endgültig vor Müdigkeit die Augen zufallen, klingelte es zum Glück. Erleichtert stand er auf und verließ, so schnell er konnte, das Schulgebäude.

Auf dem Schulhof traf er Cynthia. Als sie sein Gesicht sah, fragte sie sofort: „Alles okay mit dir?"

„Ach, ich bin ein bisschen müde", antwortete er. Er wollte ihr nicht von der offenen Zimmertür und dem seltsamen Verhalten seines Onkels erzählen. Auf dem Schulhof war das Risiko zu groß, dass jemand es zufällig mithörte.

„Ja", meinte Cynthia, „müde bin ich auch. Was macht dein Fuß?"

„Geht so." Emith humpelte noch ein bisschen.

„Seht mal, da kommt wieder Emith mit seiner Krüppelfreundin!", rief plötzlich jemand hinter ihm auf dem Schulhof. „Ha, sieh mal, der ist jetzt selbst ein Krüppel, da passen sie ja blendend zusammen!", antwortete ein anderer und lachte laut. In Emith stieg der Zorn hoch. Er wollte sich gerade umdrehen, um zu sehen, wer das war, da wurde er von hinten geschubst und landete unsanft auf seinen Knien. Aus dem Augenwinkel sah er, wie zwei seiner Mitschüler lachend davon liefen.

Vor Wut kochend stand er wieder auf. Die beiden waren jedoch schon viel zu weit weg, als dass er sie mit seinem verletzten Fuß noch hätte einholen können. „Ihr seid ja feige", rief er hinter ihnen her, „wenn ihr sogar vor zwei *Krüppeln* weglauft!"

Emith war immer noch wütend, als sein Blick auf einen Mann fiel, der auf der anderen Straßenseite an die Mauer gelehnt stand und direkt in seine Richtung blickte. Einen Augenblick lang vergaß er seinen Zorn und fragte sich, was der dort machte. Beobachtete er ihn? Oder wartete er nur auf jemanden? Emith hatte ihn noch nie gesehen, obwohl er die meisten Leute aus der Umgebung kannte.

Bald vergaß er den Mann jedoch und der Ärger über seine beiden Mitschüler stieg wieder in ihm hoch.

„Reg dich ab!", versuchte Cynthia ihn zu trösten. „Die sind dumm und feige!"

Emith betrachtete Cynthia nachdenklich. Wie musste sie sich wohl fühlen? Immerhin musste sie solche Schmähungen ständig ertragen.

Schweigend machten sie sich auf den Heimweg. Nach ein paar Minuten musste Cynthia jedoch in die andere Richtung weiter und sie verabschiedeten sich voneinander.

Zu Hause angekommen, machte sich Emith etwas zu Essen. Viel Zeit dazu hatte er nicht, denn sein Onkel erwartete von ihm, dass er nach der Schule immer so schnell wie möglich in die Schmiede kam. Natürlich konnte ein zwölfjähriger Junge nicht alle Arbeiten eines Hufschmieds übernehmen. Aber es gab genug Arbeiten, die Emith seinem Onkel abnehmen konnte. Und das nutzte Lucio kräftig aus. Emith war stets derjenige, der die Schmiede als letztes verließ. Er säuberte noch Werkzeuge und mistete Pferdeställe aus, wenn sein Onkel schon längst im Wirtshaus saß. „Wenn du schon bei mir mitessen musst", sagte Lucio immer, „dann kannst du auch was dafür tun! Die Zeiten sind schließlich nicht einfach!"

In Wirklichkeit brachte die Schmiede genug Lohn ein, so dass Onkel Lucio gut noch jemanden hätte anstellen können. Aber er verbrauchte das meiste Geld für das dunkle, scharfe Zeug, das er abends immer im *Wilden Eber*, dem Wirtshaus, trank. Mit einem flauen Gefühl im Magen ging Emith in die Schmiede hinüber. Er war sich immer noch nicht im Klaren darüber, ob sein Onkel von seinem nächtlichen Ausflug wusste und ob er sich nicht vielleicht noch eine besonders grausame Strafe überlegen würde.

Als er die Tür zur Schmiede öffnete, stieß er beinahe mit einem Mann zusammen.

„Oh – Entschuldigung!", stammelte er, dann stutzte er. Das war doch der Fremde, den er vorhin bei der Schule gesehen hatte. Der nickte kurz und eilte davon.

Verwundert sah Emith ihm hinterher. Dann zuckte er die Achseln und betrat die Schmiede. Onkel Lucio schien ausnahmsweise gut gelaunt zu sein. Er pfiff während der Arbeit vor sich hin und begrüßte Emith immerhin mit einem Kopfnicken.

Emith atmete auf. Vielleicht war ja doch alles in Ordnung. Tatsächlich verhielt sich Onkel Lucio an diesem Nachmittag einigermaßen friedlich und Emith sah keinen Grund für weitere Befürchtungen.

Am Abend ging Lucio früher als sonst zum *Wilden Eber* hinüber und auch Emith konnte bald danach die Schmiede abschließen und nach Hause gehen.

Er machte sich etwas zu Essen und musste anschließend seine Hausaufgaben erledigen. Das konnte er immer erst abends nach der Arbeit tun. Meistens gab er sich nicht wirklich viel Mühe dabei, weil er nach einem anstrengenden Arbeitstag einfach schon zu müde war.

Das brachte ihm natürlich oft Ärger mit Herrn Norian, seinem Lehrer, ein.

Aber Emith hatte viel mehr Angst vor seinem Onkel als vor seinem Lehrer. Darum bemühte er sich lieber, die Arbeit in der Schmiede ordentlich zu machen. Die Hausaufgaben mussten darunter leiden. Beides ging einfach nicht.

Auch an diesem Abend fielen ihm fast schon die Augen zu beim Schreiben.

Deshalb stand er nach der Hälfte der Aufgaben auf und ging zur Haustür, um ein bisschen frische Luft zu schnappen. Er öffnete die Tür und trat auf die Stufen hinaus. Inzwischen war es schon dunkel geworden und die Sterne standen am Himmel. Emith atmete die kühle Luft ein und schaute die menschenleere Straße hinunter.

Er ließ seinen Blick über die Häuser schweifen. Schräg gegenüber von Onkel Lucios Haus war die Schmiede, ein Stück weiter die Straße hinunter befand sich der *Wilde Eber*. Im Licht der Straßenlaternen wirkten die alten Fachwerkhäuser mit ihren Rundbögen und Türmchen richtig hübsch. Nur bei Tageslicht konnte man erkennen, wie baufällig viele von ihnen schon waren.

Gerade wollte er wieder hinein gehen, als er ein leises Rascheln ganz in seiner Nähe hörte. Neugierig drehte er sich um, denn er war sich fast sicher, dass das Geräusch aus Onkel Lucios Garten gekommen war. Aber wer sollte um diese Uhrzeit dort sein? Vielleicht ein Tier? Angestrengt spähte er in die Dunkelheit. Aber er konnte nichts erkennen, denn die einzige Laterne stand auf der anderen Straßenseite und hinter dem Haus war es stockduster. Doch dann meinte er für den Bruchteil einer Sekunde, in der Dunkelheit eine Gestalt zu sehen. War da jemand im Garten? Plötzlich wurde Emith von Panik ergriffen. Alles, was er bei dem geheimen Treffen gehört hatte, fiel ihm wieder ein und ein unheimliches Gefühl der Bedrohung wuchs in ihm. *Was ist, wenn der Schwarze Meister mich schon beobachten lässt?*

Er zwang sich, nicht panisch ins Haus hineinzurennen. Langsam und mit zitternden Knien ging er hinein und schloss die Tür hinter sich. Mit klopfendem Herzen lief er in die Küche zurück und ließ sich auf den Stuhl fallen. Alles war still. Nur die große Standuhr, die in der Ecke neben dem Küchenschrank stand, tickte laut. Doch das Gefühl von Gefahr blieb. Eine plötzliche Angst hatte Emith erfasst und jeder Schatten, jede dunkle Ecke, kamen ihm bedrohlich vor.

Auf einmal fiel ihm der Fremde wieder ein, den er zuerst bei der Schule und später in der Schmiede gesehen hatte. *Was hatte der eigentlich in der Schmiede gemacht?* Ein Pferd hatte er jedenfalls nicht gebracht, das wusste Emith.

Das Gefühl der Bedrohung wurde noch stärker. Er konnte es einfach nicht abschütteln.

Hier endete die Geschichte. Ganz plötzlich und ohne einen Hinweis darauf, ob es eine Fortsetzung geben würde. Michaela war enttäuscht. Sie wollte wissen, wie es weiterging.

Dann schaute sie auf die Uhr. Fast ein Uhr. Michaela schaltete ihr Laptop aus und ging noch einmal in die Küche.

Dort stieß sie mit ihrem Vater zusammen. „Paps!", rief sie erstaunt, „Was machst du denn hier?"

„Ich bin gerade von der Arbeit gekommen. Und was machst du hier?", antwortete er.

„Ich wollte was trinken."

„Du solltest um diese Uhrzeit längst schlafen", tadelte ihr Vater sie.

„Und du solltest um die Uhrzeit längst von deiner Arbeit zurück sein!", entgegnete Michaela bissig.

Als Paps seine Firma gegründet hatte, hatte er immer davon gesprochen, dass sie sich eines Tages ein nettes Einfamilienhaus kaufen würden. Doch jetzt wohnten sie immer noch in dem hässlichen Hochhaus mit dem vollgepinkelten Fahrstuhl. Und Paps sprach schon lange nicht mehr davon, ein Haus zu kaufen. Stattdessen arbeitete er von morgens früh bis abends spät und das Geld reichte trotzdem nicht. Michaela wusste, dass die Firma nicht gut lief. Aber war Paps wirklich bis eben noch in der Firma gewesen? Bis fast ein Uhr nachts? Das konnte sich Michaela nicht vorstellen. Prüfend schaute sie ihren Vater an.

Eine Weile sagte keiner von ihnen etwas. Schließlich zuckte Paps resigniert die Schultern und verließ die Küche. „Gute Nacht", murmelte er im Weggehen.

„Gute Nacht", erwiderte Michaela seufzend und ging in ihr Zimmer. Nach einiger Zeit fiel sie in einen unruhigen Schlaf.

Die Klobürste

Am nächsten Morgen stand Michaela erst auf, nachdem der fünfte Wecker geklingelt hatte. An manchen Tagen schaffte sie es auch nach dem dritten.

Michaela war ein absoluter Langschläfer. Bevor sie auf die Idee mit den fünf Weckern gekommen war, hatte sie regelmäßig morgens verschlafen.

Am liebsten hätte sie heute alle fünf Wecker ignoriert. Doch sie hatte den letzten am anderen Ende des Zimmers aufgestellt, so dass sie aufstehen musste, um ihn auszustellen.

Nach einem hastigen Frühstück machte sie sich müde und lustlos auf den Weg zur Schule.

Vor dem Schultor sah sie bereits einige ihrer Mitschüler stehen. Sie lachten laut und schienen sich köstlich zu amüsieren. Als Michaela näher kam, verstummten sie plötzlich und schauten sie an.

Michaela stutzte. Irgendwas stimmte da doch nicht.

„Was ist denn?", fragte sie in die Runde hinein. Doch keiner antwortete. Alle schauten betreten weg. Dann sagte ein Junge aus ihrer Klasse: „Ich geh dann mal. Der Unterricht fängt gleich an!" „Ja, stimmt", bekräftigten die anderen etwas zu eifrig und alle hatten es plötzlich sehr eilig, in den Klassenraum zu kommen. Selbst die, die sich sonst ein Ei darauf pellten, ob sie pünktlich waren oder nicht.

Während Michaela noch ratlos vor dem Schultor stand, kamen zwei weitere Mädchen aus ihrer Klasse. Zwei von denen, die sich wie Top-Models kleideten und den Jungen aus den höheren Klassen zuckersüße Blicke zuwarfen. Die eine klopfte ihr lachend auf die Schulter und flüsterte der anderen etwas zu, als sie schnell an ihr vorbei gingen. Michaela fühlte sich immer unbehaglicher. Warum benahmen sich heute alle so komisch?

Langsam trottete sie über den Schulhof. Endlich kam ihre Freundin Jo. Vielleicht würde die ihr sagen können, was los war. Doch als Michaela sie fragte, stellte sich heraus, dass Jo auch nichts wusste. „Aber ich werde es herausfinden", sagte Jo entschlossen. „Lass mich nur machen!"

Es gelang ihr jedoch erst in der zweiten Pause. Denn keiner wollte Jo ein Sterbenswörtchen verraten, weil alle wussten, dass sie die beste Freundin von Michaela war. Am Ende riss ihr der Geduldsfaden. Sie ging zu Connor, einem Jungen, der in der letzten Reihe saß.

Jo wusste, dass Connor eine Eigenschaft hatte, die sie sich heute zunutze machen konnte: Er aß mit großer Leidenschaft Nutellabrote. Jeden Tag nahm er mindestens sechs davon mit zur Schule, die er in den Pausen in sich hineinstopfte. Und bevor er die nicht aufgegessen hatte, war er nicht ansprechbar. Dass seine Mitschüler das ausgesprochen witzig fanden, störte ihn nicht im Geringsten. Auch dass sein Bauchumfang sich im letzten Schuljahr sichtbar vergrößert hatte, schien ihm nicht wirklich viel auszumachen.

Kurzentschlossen nahm Jo Connor in der zweiten Pause die Brotdose weg. Schnell reichte sie sie Michaela, die damit vorsichtshalber ein paar Schritte weiter ging. Connor stand nur da und sah ziemlich verdutzt aus. So etwas war ihm noch nie passiert! Jo funkelte ihn entschlossen an und forderte: „Du sagst mir jetzt sofort, warum ihr alle so komisch zu Michaela seid! Wenn du nichts verrätst, werfe ich deine Nutellabrote eigenhändig in kleinen Fetzen in den Mülleimer!"

Diese Drohung erwies sich als wirkungsvoll. Sofort begann Connor, alles auszuplaudern. Dabei stellte sich heraus, dass

Emilia Möller an die meisten aus der Klasse per E-Mail ein Foto von Michaela geschickt hatte. Sie hatte es wie ein Werbeplakat gestaltet und darunter stand:

Entdecken Sie Ihre Traumfrisur:
Der Klobürsten-Look – topmodisch aktuell und immer in Form!

Michaela fühlte sich, als hätte ihr jemand mit der Faust direkt in den Magen geschlagen. Vor der ganzen Klasse war sie blamiert! Sie musste sich zusammenreißen, um nicht loszuheulen. Connor, der überaus glücklich war, als er seine Nutellabrote wiederbekam, versuchte zwischen zwei Bissen, Michaela zu trösten: „Das war doch nur ein kleiner Scherz! Da musst du drüber stehen!"

Doch das war nicht gerade der Spruch, den Michaela hören wollte. Am liebsten hätte sie Connor die Nutellabrote wieder weggenommen und in sein kauendes Gesicht geschleudert. Sie beherrschte sich gerade so.

Die letzten beiden Schulstunden hatten sie Musik. Normalerweise mochte Michaela das Fach sogar ein bisschen. Doch heute konnte sie sich nicht mehr konzentrieren. Frau Dudelsack, die Musiklehrerin, teilte ihnen einen Text aus mit der Überschrift: *„Die Ursprünge schottischer Volksmusik und deren Beziehung zu der Kirchenmusik des Mittelalters"*. Nicht gerade der Heber, dieses Thema! Michaela malte das R in dem Wort „Ursprünge", das A bei „Mittelalter", das CH bei „Kirchenmusik" und das E bei „Beziehung" rot an und verband sie mit kleinen Pfeilen zu dem Wort „Rache". Dann schrieb sie einen Zettel an Jo und verabredete sich mit ihr, einen Plan auszuhecken.

Nach der Schule gingen sie gemeinsam nach Hause. Auf dem Schulhof trafen sie die Möllerei.

„Na, Klobürste", begrüßte Emilia Michaela grinsend. „Haben wir deine Frisur nicht treffend beschrieben?"

„Auf jeden Fall“, meinte Veronika. „Michaelas Haare sehen doch genauso zerzaust aus wie unsere alte Klobürste zu Hause!“

„Schade, dass euer Papi euch früher nicht mit der Klobürste ein wenig öfter den Hintern versohlt hat! Dann hättet ihr jetzt vielleicht ein bisschen mehr Benehmen!“, entgegnete Jo bissig. „Oder vielleicht hätte er euch damit besser die Zähne putzen sollen, um die Haare auf euren Zähnen wegzubürsten!“

Auf dem ganzen Rückweg überlegten sie, wie sie sich am besten rächen konnten. Doch ihnen fehlte die zündende Idee.

„Wir sollten Nico fragen. Der hat doch immer so gute Einfälle!“, schlug Jo vor.

Michaela brummte nur. Auf Nico war sie immer noch nicht gut zu sprechen. Nico ging in ihre Parallelklasse und sie verbrachten oft die Pausen zusammen. Doch heute hatte Michaela sich schnell umgedreht und war weggegangen, als sie aus dem Augenwinkel gesehen hatte, dass er zu ihr herübergeschaut hatte. Er sollte ruhig merken, dass sie sauer war!

„Stimmt irgendwas nicht mit dir und Nico?“, fragte Jo, die Michaelas Verstimmung sofort bemerkte.

„Quatsch!“, log Michaela hastig. Die Röte, die sich auf ihren Wangen ausbreitete, verriet jedoch sofort die Unwahrheit in ihrer Antwort. Schnell lenkte sie vom Thema ab. „Ob wir auch irgendwas mit Fotos machen?“, schlug sie vor.

Zum Glück ließ Jo sich auf den Themenwechsel ein. „Ich hab sogar ein paar Fotos von der Möllerei“, sagte sie. „Doch es sind leider keine allzu blöden. Nichts, womit man etwas anfangen könnte.“

„Man kann vielleicht mit einem Bildbearbeitungsprogramm die Fotos ein bisschen verändern. Mein Vater hat ein cooles Programm auf seinem PC. Damit lässt sich einiges machen!“

„Ja, krasse Idee! Das wär's doch! Meinst du, dein Vater lässt dich da ran?“

„Er würde mich schon lassen, aber ich hab keine Ahnung, wie man das macht. Das müsste er mir erst erklären. Und genau da liegt die Schwierigkeit. Er ist ja so gut wie nie zu Hause!"

„Wenn du ihm erzählst, dass du ganz dringend seine Hilfe brauchst, meinst du nicht, er könnte mal ein paar Minuten für dich erübrigen?"

„Weiß nicht." Michaela zuckte die Achseln. „Ich kann's ja mal probieren."

Sie verabschiedeten sich voneinander und versprachen sich gegenseitig, über die Rachepläne noch mal nachzudenken.

Zu Hause angekommen, schaltete Michaela ihr Handy ein und sah, dass sie eine SMS bekommen hatte.

Der Kampf um Colorania. Fortsetzung 18.00 Uhr, stand darin. Michaela freute sich. Endlich würde sie wissen, wie die Geschichte weiterging!

Natürlich war auch diesmal kein Absender erkennbar. Wenigstens wusste sie jetzt, was sie zu tun hatte. Um Punkt 18.00 würde sie ihr Laptop anschmeißen und ihre Mails abfragen. Und dann würde sie lesen …

Michaela machte ihre Hausaufgaben. Hinterher musste sie sich noch auf einen Englisch-Vokabeltest vorbereiten, Picassos Katzenklo säubern und ihren Schreibtisch mal wieder aufräumen. So verging die Zeit blitzschnell und als sie das nächste Mal auf die Uhr schaute, war es schon kurz nach sechs. Sie schaltete ihr Laptop ein und öffnete die Colorania-Mail.

Zu ihrer großen Freude sah sie, dass ihr diesmal ein sehr langer Abschnitt der Geschichte geschickt worden war.

So beschloss sie, schon mal ihr Abendbrot vorzubereiten und alles mit in ihr Zimmer zu nehmen, damit sie den ganzen Rest des Abends ungestört lesen konnte.

Nachdem sie das getan hatte, stellte sie ihr Laptop und das Essen auf den Tisch neben ihrem Bett und machte es sich bequem. Picasso sprang auf ihren Schoß und schaute sie mit seinen großen, bernsteinfarbenen Augen auffordernd an. Sie streichelte sein graues, samtweiches Fell. Dann fing sie an zu lesen.

V. Cynthia belauscht ein Gespräch

Nach einem arbeitsreichen Nachmittag erwartete Emith am nächsten Abend eine Überraschung. Onkel Lucio kam auf ihn zu und erklärte: „Emith, du warst in letzter Zeit sehr fleißig, du hast dir mal einen freien Abend verdient. Du kannst jetzt gehen und ich bleibe heute länger!"

Emith starrte seinen Onkel mit offenem Mund an. So was hatte es ja noch nie gegeben. Unschlüssig blieb er stehen. Er konnte sich nicht vorstellen, dass sein Onkel das ernst meinte. Doch da verzog sich Onkel Lucios Gesicht auch schon in einer Weise, die Emith nur zu gut kannte.

„Undankbarer Bengel!", begann er, Emith anzuschreien.

„Ich weiß genau, was du denkst! Du denkst, dass ich ein fieser, alter Kerl bin, der seinem Neffen nicht mal einen freien Abend gönnt!"

Er schnappte nach Luft und baute sich bedrohlich vor Emith auf. „Da will ich diesem Nichtsnutz was Gutes tun und er denkt nur Schlechtes von mir! Womit habe ich das verdient!"

Lucio steigerte sich weiter in seine Wut hinein und schimpfte und tobte, bis er schließlich schrie: „Verschwinde jetzt! Lass dich hier heute Abend nicht mehr blicken! Ich will dich nicht mehr sehen!"

Das ließ sich Emith dann doch nicht zweimal sagen. Wenn sein Onkel in einer *solchen* Stimmung war, war es wirklich besser, zu verschwinden. Schnell öffnete er die Tür, rief seinem Onkel noch zu: „Danke auch für den freien Abend", und ging eilig nach Hause, bevor Lucio es sich noch anders überlegen konnte.

Die Abenddämmerung brach gerade herein und einige Sterne glänzten schon am Himmel. Cynthia zog sich die Schuhe an und machte sich auf den Weg zur Schmiede. Sie hatte Emith in der Schule heute nicht gesehen.

Die Lehrer in ihrer Schule hielten die Pausenzeiten nicht immer ein. Deshalb kam es vor, dass nicht alle Klassen zur gleichen Zeit Pause hatten.

Und nach Schulschluss hatte sie eine Stunde nachsitzen müssen, weil ihre Mitschüler ihr die Hausaufgaben weggenommen hatten. Ihr Lehrer hatte natürlich gedacht, sie hätte sie nicht gemacht. Wenn sie die Wahrheit gesagt und ihre Mitschüler verpetzt hätte, wäre sie nach der Schule verprügelt worden. Sie wusste aus Erfahrung, dass die anderen nicht gerade zimperlich mit ihr umgehen würden. Da war ihr eine Stunde nachsitzen schon lieber. Wenigstens waren alle anderen dann schon weg und ließen sie in Ruhe.

Sie war sowieso am liebsten allein. Die meisten anderen mochten sie ja doch nicht. Und verstehen konnte sie auch keiner.

Nicht mal ihre Eltern.

Ihre Gedanken wanderten zu ihrer Mutter. Sie hatte sie noch genau im Gedächtnis, die Worte, die die Mutter einmal zu ihrem Vater gesagt hatte: „Wenn Cynthia doch nur gesund wäre, dann wäre manches einfacher!" Als sie so ihrem Mann das Herz ausgeschüttet hatte, konnte die Mutter nicht ahnen, dass Cynthia gelauscht hatte. Doch jedes einzelne Wort hatte sich fest in Cynthias Seele eingebrannt. Seitdem stand für sie fest, was sie lange schon befürchtet hatte: Sie machte ihre Familie unglücklich.

Deshalb ging sie ihren Eltern und Geschwistern immer mehr aus dem Weg.

Sie verbrachte die meiste Zeit des Tages damit, allein durch die Wiesen und Wälder zu streifen. Jeden Baum und Strauch in der Umgebung kannte sie. Manchen von ihnen hatte sie Namen gegeben und betrachtete sie als Freunde. Sie waren geduldige Zuhörer, doch leider verliefen die Gespräche immer ein wenig einseitig …

Aber dann hatte Cynthia Emith kennengelernt und in ihm einen echten Freund gefunden. Das war eine ganz neue Erfahrung. Ein Freund, der nicht nur zuhören, sondern auch antworten konnte! Wow!

Mit der Zeit wurde es ihr immer wichtiger, mit ihm zusammen zu sein und sie vermisste ihn, wenn sie ihn in der Schule nicht sah. Deshalb ging sie manchmal abends zu ihm in die Schmiede. Sie wusste, dass Emith dann allein dort war und leistete ihm Gesellschaft. Als Cynthia an diesem Abend bei der Schmiede ankam, war jedoch bereits alles dunkel und die Tür verschlossen. Überrascht blieb sie stehen. Sollte Emith heute so früh fertig geworden sein?

Cynthia ging ums Haus herum, um zu sehen, ob er vielleicht in den Pferdeställen war. Plötzlich hörte sie gedämpfte Stimmen, die aus dem angelehnten Fenster neben dem Hintereingang kamen. Sie blieb stehen, als sie erkannte, dass die eine Stimme Onkel Lucios war. Dem wollte sie nicht so gern begegnen.

Während sie noch überlegte, ob sie sich gleich wieder auf den Heimweg machen oder noch warten sollte, hörte sie plötzlich Emiths Namen. Neugierig ging sie ein paar Schritte näher zu dem Fenster und warf vorsichtig einen Blick in den Raum. Durch die milchige Fensterscheibe waren die Umrisse von zwei Männern zu erkennen.

„Wie lange wollt ihr denn noch warten?", hörte sie Onkel Lucios Stimme wütend zischen. Darauf entgegnete eine leise Männerstimme: „Du weißt genau, worauf wir warten!"

„Ja, ja!", zischte Onkel Lucio wieder, „ich weiß aber auch, dass ihr sowieso alles herausfinden werdet!" Er lachte leise: „Erzähl mir nicht, dass ihr nicht eure Methoden habt!"

„Unsere Methode ist im Moment, ihn im Auge zu behalten. So ist es einfacher", antwortete die andere Stimme wieder.

„Einfacher!", schnaubte Lucio. „Für euch ist doch alles einfach! Sollte es für die hohen Herren schwierig sein, einem Zwölfjährigen Informationen zu entlocken?"

„Na, na, du willst doch wohl nicht, dass wir deinen Jungen unnötig quälen?", war die andere Stimme wieder zu hören.

„Pah", antwortete Emiths Onkel, „das ist mir völlig egal, was ihr mit dem Jungen macht! Hauptsache, die Kohle stimmt!"

Cynthia erschrak. Plötzlich begriff sie, um was es ging! Das Herz klopfte ihr bis zum Hals, als sie weiter lauschte. Die Stimmen entfernten sich jedoch ein Stück vom Fenster und sie konnte nur noch einzelne Wortfetzen verstehen. Vorsichtig schlich sie ein Stück näher. Sie wollte unbedingt hören, was die beiden Männer noch besprechen würden.

Offenbar war die Unterredung jetzt jedoch zu Ende, denn der Fremde antwortete nur noch: „Wenn er uns in den nächsten Tagen nicht zu einer heißen Spur führt, nehmen wir ihn mit."

Daraufhin hörte Cynthia Schritte, die sich der Tür näherten. Schnell schaute sie sich nach einem Versteck um. Sie hörte noch Onkel Lucios Stimme, wie er dem Mann hinterher rief: „Und was ist mit der Bezahlung?"

Cynthia wartete die Antwort nicht mehr ab, sondern schlich schnell um die Ecke und versteckte sich hinter einem Gebüsch. Im selben Moment öffnete sich auch schon die Tür und die beiden Männer traten ins Freie. Cynthia konnte sie von ihrem Versteck aus nicht sehen, aber sie hörte, dass der Fremde mit eiligen Schritten davon ging. Onkel Lucio schloss die Tür ab und ging dann ebenfalls. Nach ein paar Schritten blieb er jedoch stehen.

Plötzlich drehte er sich um und kam um die Ecke, genau auf das Gebüsch zu, hinter dem Cynthia sich versteckte. Cynthia hielt den Atem an. Das Gebüsch war nicht besonders dicht. Es war das erstbeste Versteck, das sie hatte finden können. Was, wenn Emiths Onkel sie jetzt sehen würde? Sie wagte sich kaum auszumalen, was er mit ihr machen würde!

Aber Lucio schlenderte gemütlich an dem Gebüsch vorbei. Anscheinend hatte er es nicht besonders eilig. Er ging zum Pferdestall und prüfte, ob alles abgeschlossen war. Cynthia atmete schon auf, weil sie dachte, er würde nun gehen. Doch dann drehte er sich wieder um und kam noch einmal auf ihr Versteck zu. Plötzlich stieß er eine wilde Flut von Schimpfwörtern aus und kickte mit dem Fuß einen Stein direkt in das Gebüsch, in dem sie kauerte. Cynthia zuckte vor Schreck zusammen und verursachte ein heftiges Rascheln der Blätter. Gleich darauf erstarrte sie, denn nun blickte Lucio direkt in das Gebüsch. Seine Augen verengten sich zu Schlitzen. Er hatte sie entdeckt! Noch nie zuvor hatte Cynthia solche Angst gehabt.

VI. Eine böse Überraschung für Emith

Emith saß in seinem Zimmer und überlegte, was er an seinem freien Abend machen sollte. Die Hausaufgaben hatte er fertig und es war noch zu früh, um schon schlafen zu gehen. Er wunderte sich immer noch darüber, dass sein Onkel ihn so früh nach Hause geschickt hatte.

Irgendwie konnte er sich nicht vorstellen, dass Onkel Lucio heute alles selbst sauber machen würde, so, wie er es sonst von Emith erwartete.

Während er noch darüber nachdachte, hörte er ein leises Geräusch. Es kam von draußen. Emith hatte das Fenster offen, deshalb konnte er es deutlich hören.

Sofort fiel ihm wieder die Gestalt ein, die er neulich im Garten gesehen hatte. Ein eiskalter Schauer fuhr ihm den Rücken hinunter. Wer war da?

Da hörte er auch schon ein Klopfen an der Haustür. Erschrocken sprang er auf. Sein Herz pochte heftig. Das konnte nichts Gutes bedeuten. Wer sollte um diese Uhrzeit etwas von ihm wollen als nur jemand, der Böses im Sinn hatte? Unschlüssig blieb er im Flur stehen und wagte nicht, sich zu bewegen. Da klopfte es wieder, diesmal lauter, drängender.

Michaela war so in die Geschichte vertieft, dass sie sich fast einbildete, wirklich ein Klopfen zu hören. Es dauerte eine Weile, bis sie merkte, dass es keine Einbildung war, sondern dass draußen jemand an die Wohnungstür klopfte.

Verwundert sprang sie auf und öffnete.

„Na endlich!" Nico zog den Reißverschluss seiner Regenjacke auf, rieb die Schuhe an der Fußmatte sauber und trat unaufgefordert ein. „Ich klopfe schon seit 'ner halben Stunde!", beschwerte er sich.

„Und wieso klingelst du nicht unten, wie sich das gehört?", fragte Michaela patzig. Normalerweise kam man unten nur in das Haus hinein, wenn man klingelte und jemand die Tür dann mit dem Summer öffnete. Oben an der Haustür war die Klingel schon lange kaputt. „Unten war gerade offen", erklärte Nico.

Sie standen unschlüssig im Flur. Michaela wusste nicht, ob sie sich über den Besuch freuen sollte oder nicht.

„Du bist wirklich die formvollendete Gastgeberin", neckte Nico sie, als Michaela immer noch keine Anstalten machte, ihn in ihr Zimmer zu bitten oder ihm sonst irgendwo einen Platz anzubieten. „Aber wir können uns natürlich auch im Flur unterhalten."

Zögernd ging Michaela voraus in ihr Zimmer. Nico folgte ihr. Sie nahm auf ihrem Schreibtischstuhl Platz, Nico auf dem Sofa. „Was führt dich zu mir?", fragte Michaela schließlich unfreundlich.

„Mann, Michi!" Jetzt wurde Nico sauer. Er verstand überhaupt nicht, weshalb Michaela so abweisend war. Die einzige Erklärung, die ihm einfiel, war, dass sie wirklich sehr schlecht drauf sein musste. In etwas sanfterem Tonfall fuhr er fort: „Hast du dir das sehr zu Herzen genommen, was diese Zicke Emilia gesagt hat?"

In Michaela kochte der Zorn hoch. Am liebsten hätte sie ihm entgegengeschleudert: „Ja, aber noch mehr habe ich mir zu Herzen genommen, dass du so tatenlos daneben gestanden hast!" Doch sie beherrschte sich und sagte nur: „Na, hättest du das etwa toll gefunden an meiner Stelle?"

„Nee, natürlich nicht!"

Nicos Gedanken wanderten zurück. Er hatte das alles wirklich nicht toll gefunden! Vor allem den Ärger, den er hinterher bekommen hatte. Ein Gespräch mit seinem Mathelehrer, eins mit der Schulleiterin. Und dann noch eins mit seinen Eltern, nachdem die Schulleitung sie über Nicos Fehlverhalten informiert hatte.

„Bist du dir im Klaren darüber, was alles hätte passieren können?", hatten die Erwachsenen ihn alle gefragt, einer nach dem anderen. Komisch, dass Erwachsene, auch wenn sie sich nicht miteinander absprachen, immer die gleichen Fragen stellten!

„Ich bin ein guter Schütze", hatte Nico geantwortet, „da hätte gar nichts passieren können! Wenn ich ein Ziel anvisiert habe, dann treffe ich das auch! Da geht nichts schief!"

„Und was wäre gewesen, wenn dich genau in dem Augenblick irgendjemand angeruckelt hätte? Stell dir vor, du hättest Emilia ein Auge ausgeschossen! Gar nicht auszudenken, was da alles hätte passieren können! So ein leichtsinniges Verhalten! Völlig verantwortungslos!"

Daraufhin hatte Nico nichts mehr zu sagen gewusst. Natürlich war er nicht auf die Idee gekommen, dass so etwas passieren konnte.

Zähneknirschend hatte er die Schulordnung abgeschrieben und den Absatz, in dem es um das Waffenverbot in der Schule ging, markiert. So war es ihm von der Schulleiterin befohlen worden. Da es das erste Mal war, dass er sich so etwas zuschulden kommen lassen hatte, blieb er vor weiteren Konsequenzen verschont. Zumindest von Seiten der Schule. Seine Eltern sahen das etwas anders. Sie waren der Meinung, ihren Sohn ordentlich bestrafen zu müssen. Nachdem auch sie Nico ernst erläutert hatten, was alles hätte passieren können, verboten sie ihm, die nächsten drei Wochen zum Fußballtraining zu gehen. Weiterhin erklärten sie, dass sie, falls so etwas noch einmal vorkäme, ihn vom Fußball abmelden würden.

Das war hart für ihn! Fußball war seine ganze Leidenschaft und drei Wochen nicht zum Training, gerade jetzt, wo sie sich auf einige wichtige Spiele vorbereiteten, war echt fies! Und abmelden war ganz ungeheuerlich!

Nico jedenfalls fühlte sich tüchtig bestraft! Und das alles nur, weil er Michaela hatte helfen wollen!

Aufmerksam musterte er Michaela, die ihm gegenüber saß. Er wusste nicht, was er sagen sollte. Schließlich wollte er sie nicht damit belasten, dass er so hart bestraft worden war. Er wollte nicht, dass sie sich seinetwegen noch schlechter fühlte.

So schwiegen sie beide. Schließlich sagte Nico: „Nimm dir das nicht so zu Herzen. Du weißt, wie eklig die Möllerei sein kann! Hör bitte nicht auf sie, ja?!"

Michaela nickte. Sie dachte an das Klobürsten-Foto. Davon wusste Nico noch gar nichts. Aber wozu sollte sie es ihm auch erzählen, wenn er sowieso nicht den Mut hatte, sich zu ihr zu stellen?

„Auf das, was diese Zicken sagen, darfst du echt nichts geben!", wiederholte er noch einmal. Michaela nickte wieder. *Die ist aber wirklich nicht besonders gesprächig heute,* dachte Nico.

„Na gut, dann mache ich mich mal wieder auf den Weg." Besorgt musterte er Michaela, während er sich erhob. War das wirklich nur die Sache mit der Möllerei, die sie belastete, oder war da noch was anderes, fragte er sich.

Doch heute würde er von ihr nichts erfahren, so viel war klar.

„Schön, dass du vorbei gekommen bist", murmelte sie immerhin noch, als er sich verabschiedete. Dann zog sie wortlos die Tür zu.

Nachdenklich machte Nico sich auf den Heimweg.

Michaela ließ sich auf ihr Sofa sinken. Es war ja immerhin nett von Nico, dass er vorbeigekommen war und dass er sich Gedanken um sie machte.

Bestimmt hat er ein schlechtes Gewissen, dass er mich so im Stich gelassen hat, dachte sie. Der Gedanke gefiel ihr. Sollte er ruhig ein schlechtes Gewissen haben. Sie würde ihn jedenfalls noch ein wenig spüren lassen, dass sie sauer auf ihn war.

Eine Weile dachte sie noch über Nico nach. Dann fiel ihr Blick auf ihr Laptop und sie machte es sich gemütlich, um weiterzulesen.

Noch einmal klopfte es. Dann hörte Emith eine leise Stimme.

Das war doch Cynthia! Nun ging Emith doch zur Tür. Als er seine Freundin sah, erschrak er: Cynthia schaute ihn aus schreckgeweiteten Augen an und keuchte. Sie war völlig außer Atem. Ihre Haare waren zerzaust und ihre Kleidung schmutzig. Vor lauter Schreck vergaß Emith, sie zu begrüßen. „Was ist los?", fragte er schnell.

Cynthia antwortete nicht, sondern schloss die Tür hinter sich und schaute sich hektisch um. Sie wirkte, als hätte sie panische Angst.

„Bist du alleine?", flüsterte sie.

„Ja", antwortete Emith und starrte Cynthia an. „Was ist mit dir? Ist dir was passiert?"

Cynthia antwortete noch immer nicht.

„Komm erst mal mit in mein Zimmer", forderte Emith sie auf.

Er führte sie hinein und sie setzte sich auf den einzigen Stuhl, der dort stand. Emith schloss vorsichtshalber das Fenster, setzte sich auf sein Bett und schaute Cynthia besorgt an.

Cynthia schluckte. Wenn sie nur an das Gespräch dachte, das sie belauscht hatte, lief es ihr schon eiskalt den Rücken herunter. Und dann der Schrecken im Gebüsch, als sie gedacht hatte, Emiths Onkel hätte sie gesehen! Instinktiv schaute sie sich um, ob wirklich niemand da war, der ihnen zuhören konnte. Ihr Blick blieb an einem Bild von Emiths Eltern hängen, das auf dem kleinen Nachttisch neben seinem Bett stand. *Wie nett Emiths Mutter aussieht*, dachte sie. *Wenn sie gewusst hätte, in welcher Gefahr ihr Sohn jetzt ist!*

Ihr Herz klopfte immer noch heftig. Es kam ihr wie ein Wunder vor, dass Lucio sie doch nicht entdeckt hatte. Sie war sich so sicher gewesen, dass er sie gesehen hatte! Als er weg gewesen war, war sie gelaufen, so schnell sie konnte. Dabei musste sie ständig daran denken, dass Emith beobachtet wurde. Ob sein Beobachter auch gesehen hatte, dass sie jetzt hier war? Dann war sie ebenfalls in Gefahr! Doch was hätte sie tun sollen? Sie musste Emith unbedingt warnen!

Stockend begann sie zu erzählen, was sie erlebt hatte. Emith wurde kreidebleich beim Zuhören.

Als sie fertig war, sagte eine Weile keiner von beiden etwas.

Emith fühlte sich wie betäubt. Onkel Lucio war dabei, ihn an den Schwarzen Meister zu verkaufen!

Er hatte ja schon immer gewusst, dass sein Onkel es faustdick hinter den Ohren hatte. Und dass Emith nicht gerade sein Liebling war. Aber dass er ihn so heimtückisch verraten würde, damit hatte Emith nun doch nicht gerechnet!

Ihm war fast übel vor Entsetzen.

Emith sprang auf und ging im Zimmer herum. „Ich kann es nicht fassen!", brach es aus ihm heraus. „Ich kann es einfach nicht fassen!" Plötzlich wurde ihm alles klar. Das seltsame Verhalten seines Onkels an dem Tag, nachdem er bei dem geheimen Treffen gewesen war. Der Fremde, der ihn bei der Schule beobachtet hatte und später in der Schmiede aufgetaucht war.

Es war keine Einbildung gewesen: Er wurde beschattet!

Ein eisiger Schauer lief ihm über den Rücken. Würde der Schwarze Meister ihn doch noch vor seiner Flucht gefangen nehmen?

Er setzte sich wieder hin. „Sie warten also nur noch darauf, dass ich sie zu einer heißen Spur führe …“, flüsterte er. „Und wenn nicht, nehmen sie mich in den nächsten Tagen mit! So ähnlich haben sie es doch gesagt, oder?“

Cynthia nickte. Dann erhellte sich ihr Gesichtsausdruck plötzlich. In ihren Gedanken formte sich eine Idee.

Als sie sich eine halbe Stunde später auf den Heimweg machte, hatten die beiden einen Plan ausgeklügelt, wie sie sich die Verfolger hoffentlich bis zum Tag ihrer Flucht vom Leib halten konnten. Wenn alles klappte, würde Emith sie morgen zu einer falschen Spur führen.

Nachdem Cynthia gegangen war, ließ Emith sich erschöpft auf sein Bett sinken. Was war, wenn der Plan, den sie sich ausgedacht hatten, nicht funktionierte?

Dann würde er bald in irgendeinem Verlies des Schwarzen Meisters sitzen. Und Onkel Lucio würde dafür Geld bekommen.

Sein Onkel hatte ihn verraten! Wie ein Tier verkauft!

Emith fühlte sich wie betäubt vor Angst, Wut und Traurigkeit.

Das Schlimmste war, dass er tief im Inneren immer noch gehofft hatte, dass Onkel Lucio ihn irgendwann mögen würde.

Doch das hätte Emith nicht einmal Cynthia gegenüber zugegeben.

Schnell setzte er sich auf und wischte sich die Tränen ab, die seine Wangen hinunter liefen. Auf einmal musste er an das Tuch von Vater Jonathan denken, das immer noch um seinen Fuß gewickelt war. Er nahm es ab und legte es auf sein Kopfkissen. Dann legte er seinen Kopf auf das Tuch und schmiegte sein Gesicht daran. Irgendwie fühlte er sich davon seltsam getröstet.

VII. Ein gefährlicher Plan

Am nächsten Abend hatte Emith etwas Wichtiges zu tun.

Er öffnete den Schrank und holte den Zettel heraus, den Cynthia und er vorbereitet hatten. Auf dem Zettel stand ein Datum.

Emith steckte den Zettel sorgfältig in seine Tasche und machte sich auf den Weg.

Er beeilte sich, denn er musste unbedingt wieder zu Hause sein, wenn Onkel Lucio aus dem Wirtshaus kam. Onkel Lucio – allein der Gedanke an ihn verursachte Emith Bauchschmerzen! Er fragte sich, wie er es überhaupt geschafft hatte, ihm heute gegenüberzutreten und so zu tun, als sei alles wie immer. Das war nur mit allergrößter Willensanstrengung gegangen!

Schnell lief Emith durch die Gassen von Odiah. Um diese Uhrzeit waren kaum noch Leute unterwegs. Zielstrebig schlug er den Weg zum Waldrand ein. Als er die letzten Häuser des Dorfes hinter sich gelassen hatte, blies ihm ein kalter Wind entgegen.

Er zog seine Jacke fester zu und ging noch ein wenig schneller. Zum Glück tat ihm sein Fuß kaum noch weh. Als er den schmalen, mondbeschienenen Feldweg entlang lief, schaute er sich ein paar Mal nach möglichen Verfolgern um. Zwar hatte er Angst vor ihnen, aber der Plan konnte nur gelingen, wenn sie ihm jetzt folgten und die Botschaft fanden. Dann würden sie das Datum auf dem Zettel lesen und ein geheimes Treffen vermuten. Natürlich würden sie Emith zu dem Treffen folgen wollen und ihn deshalb bis zu diesem Zeitpunkt in Ruhe lassen. Was könnte ihnen besser gefallen, als alle ihre Feinde auf einmal bei dem geheimen Treffen aufzuspüren?!

Aber bis zu dem auf dem Zettel genannten Tag wären Emith und Cynthia natürlich längst weg.

Plötzlich kam Emith ein schrecklicher Gedanke. Was, wenn man ihn gleich beim Überbringen der Botschaft festnahm? Vielleicht würden seine Verfolger gar nicht auf die Idee kommen, dass es sich lohnen würde, die Botschaft erst mal zu lesen und noch ein wenig zu warten … Am Ende würde der Plan, den Cynthia und er sich ausgedacht hatten, ihn erst recht in die Hände seiner Feinde treiben.

Am liebsten hätte Emith sich umgedreht und wäre schnell nach Hause gelaufen. Doch nun war er schon fast am Ziel. In ein paar Metern Entfernung sah er bereits den Stein mit dem Baumstumpf dahinter, den sie sich als Versteck überlegt hatten.

Zögernd ging er darauf zu. Das letzte Stück musste er durch hohes Gras stapfen. Plötzlich raschelte es direkt vor ihm. Erschrocken blieb er stehen. Doch es war bloß ein Fasan, den er aufgescheucht hatte. Erleichtert beobachtete er das Tier, das sich rasch entfernte. Sein Herz pochte heftig.

Schließlich war er bei dem Baumstumpf angekommen. Mit zitternden Fingern holte er den Zettel aus seiner Tasche. Jetzt war der Moment gekommen …

Plötzlich knackte es im Wald hinter dem Baumstumpf. Emith erschrak so sehr, dass er einen leisen Schrei ausstieß und den Zettel fallen ließ. Angestrengt starrte er in den Wald, doch es war so dunkel dort, dass er nichts erkennen konnte.

Wieder knackte es. Diesmal meinte er, eine Bewegung wahrzunehmen. Doch ob es ein Mensch oder ein Tier war, konnte er nicht erkennen. Starr vor Angst stand Emith da und blickte sich suchend um. Aber nun war wieder alles still. Nachdem er ein paar Minuten regungslos verharrt hatte und nichts geschah, beruhigte er sich langsam wieder. Er beschloss, die Botschaft so schnell wie möglich zu verstecken und dann nach Hause zu laufen. Doch nun hatte er ein Problem: Er konnte den Zettel nicht mehr finden!

„Das darf doch nicht wahr sein!", schimpfte er leise vor sich hin.

Er kniete sich in das Gras und tastete den Boden ab. Der Mond war gerade hinter einer Wolke verschwunden und Emith konnte in dem hohen Gras kaum etwas erkennen.

Der Zettel musste doch hier irgendwo sein!

Wieder hörte er ein Knacken im Wald. Verzweifelt krabbelte er auf allen Vieren durch das Gras und suchte. Etwas Weiches, Klebriges streifte sein Gesicht. Voller Panik schlug er um sich. Doch es waren nur Spinnweben. Er wischte sich das Gesicht ab und suchte in einer anderen Richtung. Da! Endlich griffen seine Hände nach etwas, das sich wie Papier anfühlte. In dem Moment kam der Mond hinter den Wolken hervor und Emith sah, dass es der gesuchte Zettel war. Erleichtert stand er auf und ging mit dem Zettel zu dem Baumstumpf. Sorgfältig steckte er ihn gut sichtbar in eine der Ritzen. Wieder hörte er ein leises Rascheln. Diesmal schaute er sich nicht mehr um. Nun gab es nur noch eins:

Er rannte, so schnell er konnte, den ganzen Feldweg zurück. Nach der Hälfte des Weges bekam er heftige Seitenstiche, doch das war ihm egal. Erst als er das Dorf schon fast erreicht hatte, hörte er auf zu laufen und legte den letzten Rest des Weges in gemächlicherem Tempo zurück. Keuchend und nassgeschwitzt kam er schließlich zu Hause an und ließ sich erleichtert auf sein Bett sinken. Als sein Onkel eine halbe Stunde später nach Hause kam, schlief er schon tief und fest.

VIII. Die Flucht: Nicht gerade ein guter Anfang!

Die folgenden Tage waren nur schwer zu ertragen. Emith und Cynthia fragten sich, ob ihr Plan funktionieren würde. Konnten sie mit der Botschaft am Baumstumpf ihre Verfolger wirklich an der Nase herumführen? Hatten diese die Botschaft überhaupt gefunden? Oder hatten sie durchschaut, dass sie nicht echt war?

Emith lebte in ständiger Angst. Nachts träumte er, dass er von Schwarzen Rittern gefangen genommen und in dunkle Verliese geschleppt wurde.

Doch am schlimmsten fand er es, mit Onkel Lucio zusammen zu sein. Vorher hatte er sich auch nicht gerade wohl gefühlt in der Gegenwart seines Onkels. Aber seit er wusste, dass Lucio ihn so gemein verraten hatte, konnte er es kaum noch ertragen, ihn überhaupt zu sehen. Wut und Hass brannten in ihm. Manchmal so schlimm, dass es fast nicht mehr auszuhalten war.

Quälend langsam gingen die Tage vorüber.

Endlich war der Tag der Flucht dann aber doch gekommen. Als Emith sich für die Schule fertig machte, wickelte er in Vater Jonathans Tuch die Sachen, die er mitnehmen wollte: Das Bild von seinen Eltern und ein paar Münzen, die Vater Jonathan ihm gegeben hatte. Dann band er sich das Tuch sorgfältig um den Bauch und versteckte es unter seinem Hemd. Er wollte lieber schon alles bei sich haben, für alle Fälle.

Die Schulstunden vergingen wieder quälend langsam und Emith passte im Unterricht gar nicht auf. Herr Norian wies ihn ein paarmal streng zurecht, aber Emith war das alles egal. Das ging ihn sowieso nichts mehr an!

Doch irgendwann wurde Herr Norian wütend. „Wenn du so weiter machst, bleibst du heute eine Stunde länger", drohte er. Emith erschrak. Das hatte ihm gerade noch gefehlt! Für den Rest der Zeit riss er sich zusammen. Dadurch kam er um das Nachsitzen herum, nicht aber um ein ernstes Gespräch mit Herrn Norian nach der Schule.

Der Lehrer ließ Emith vor seinem Pult Platz nehmen und schaute ihn mit strengen Augen durch seine Nickelbrille an, die ihm ständig von der Nase rutschte. Dann erklärte er ausführlich, welche Veränderungen er zukünftig von Emith erwartete. Mit nervösen Bewegungen schob er dabei seine Brille immer wieder auf die Nase. Emith versuchte, möglichst einsichtig zu wirken, weil er das Gespräch schnell hinter sich bringen wollte. Deshalb nickte er gehorsam und versprach, Herrn Norian keinen Ärger mehr zu machen. Dieses Versprechen würde er sogar einhalten können! Denn wenn er nicht mehr da war, konnte er auch keinen Ärger machen ...

Als Herr Norian ihn schließlich nach Hause entließ, lief Emith, so schnell er konnte, zur Schmiede. Er wollte auf keinen Fall riskieren, seinen Onkel gerade heute zu verärgern, indem er zu spät kam. Wer weiß, was für eine Strafe der sich sonst einfallen ließ. Heute durfte nichts schief gehen! Lieber verzichtete Emith auf das Mittagessen und ging mit knurrendem Magen an die Arbeit.

Emiths Aufregung wuchs, als er in die Schmiede kam und sah, dass sein Onkel an einem schwarzen Pferd arbeitete. Ob das das Pferd war, auf dem Emith heute Abend fliehen würde? Er schaute es aufmerksam an. Es war ein schöner, großer Hengst, gut gebaut und ohne Zweifel ein sehr edles Tier. Emith wagte gar nicht zu hoffen, dass er auf einem so prächtigen Tier reiten durfte. Doch das konnte tatsächlich der Hengst sein. Vater Jonathan hatte nämlich versprochen, einen Freund mit einem schwarzen Hengst zu schicken. Der sollte Onkel Lucio dafür bezahlen, dass er dem Pferd nicht nur neue Hufeisen verpasste, sondern es ihm abends zurück brachte, zu einer Adresse in Nomiah. Natürlich würde Onkel Lucio Emith diese Aufgabe übertragen, denn er selbst ging abends in den *Wilden Eber*. Und dann würde Emith mit Cynthia davon reiten. So jedenfalls hatte Vater Jonathan sich das gedacht.

Emiths Gedanken wanderten zurück zu dem Tag, an dem er Vater Jonathan das erste Mal getroffen hatte, kurz nachdem er den Traum geträumt hatte. Damals war er so aufgewühlt gewesen. Er hatte gar nicht gewusst, wie er mit dem Traum umgehen sollte! Nur eins hatte er gewusst, nämlich dass in Colorania etwas ganz und gar nicht stimmte! Aber er hatte mit niemandem darüber sprechen können. Alle hätten ihn für verrückt erklärt oder Schlimmeres! Doch dann war er Vater Jonathan begegnet, der gerade in Odiah jemanden besucht hatte. Emith hatte in Vater Jonathans Augen gesehen, dass er anders war als alle Menschen, die er kannte. Und er hatte instinktiv gewusst, dass er mit ihm über den Traum sprechen konnte. Wie überrascht war er gewesen, als Vater Jonathan ihm erzählt hatte, dass er nicht der einzige war, der den Traum gehabt hatte. Und als er ihn dann zu den geheimen Treffen eingeladen hatte!

Onkel Lucios Stimme riss ihn aus seinen Gedanken. „Träum nicht rum! Mach jetzt lieber schon mal hier sauber, damit wir irgendwann fertig werden!"

Emith sprang hastig auf und stieß dabei gegen einen Metalleimer, der scheppernd umfiel. Das Pferd, an dem sein Onkel gerade arbeitete, machte erschrocken einen Satz und hätte Lucio beinahe getreten.

„Du Trottel!", schrie Onkel Lucio und sprang zornig auf. „Kannst du nicht aufpassen!" Emith erschrak. Sein Onkel hatte ihn schon wegen kleinerer Fehler hart bestraft. Was würde er jetzt tun, wo er durch Emiths Ungeschicklichkeit beinahe verletzt worden wäre?

Vor Zorn bebend kam Onkel Lucio auf Emith zu. Emith wich zurück, bis er mit dem Rücken an der Wand stand. „Es ... es tut mir leid, Onkel", stammelte er.

Doch Lucio schüttelte nur den Kopf. „Das sollte dir auch leidtun, du Nichtsnutz!", zischte er und kam langsam näher. „Ich werde dir jetzt zeigen, wie sehr dir das leidtun sollte!"

Sein Onkel stand vor ihm und starrte ihn hasserfüllt an. Emith fixierte mit seinen Augen das Medaillon auf Lucios schweißglänzender Brust. Er wusste nur zu gut, was jetzt passieren würde.

Einen Augenblick standen sie sich regungslos gegenüber. Dann schlug Lucio zu, wieder und wieder. *Jetzt ist es vorbei mit der Flucht! Es wird sich nie etwas ändern, für immer werde ich Onkel Lucio ausgeliefert sein,* dachte Emith noch, bevor er zu Boden sank.

Cynthia ging schneller als gewöhnlich. Sie wollte auf keinen Fall zu spät am vereinbarten Treffpunkt ankommen. Am liebsten wäre sie gelaufen, aber das ging nicht. Falls jemand sie sehen würde, sollte er sich nichts dabei denken. Schließlich ging sie ja jeden Tag spazieren. Wenn sie nichts Auffälliges tat, konnte niemand ahnen, dass das kein gewöhnlicher Spaziergang war.

In einer Tasche hatte sie Brot und eine Flasche mit Wasser. Emith konnte sich um Verpflegung schließlich nicht kümmern, weil er direkt aus der Schmiede kommen würde.

Sie wollten sich am Silberbach treffen. Der Silberbach kreuzte den Weg nach Nomiah, wo Emith nach Lucios Anweisung das Pferd hinbringen sollte. Doch Emith würde nicht über die Brücke nach Nomiah reiten, sondern Cynthia mit auf das Pferd nehmen und im Wasser des Silberbachs Richtung Canus reiten. Canus war eine größere Stadt östlich von Odiah. Dort sollten sie nach Vater Jonathans Plan einen Herrn Odrian in der Langen Allee aufsuchen. Herr Odrian wollte sie für eine Nacht beherbergen und ihnen den weiteren Fluchtweg erläutern.

Die Nachmittagssonne sank schon tiefer, als Cynthia den Wald erreichte. Im Wald war es kühl. Die Baumkronen bildeten ein dichtes Dach, durch das nur wenige Sonnenstrahlen eindrangen. Ein Duft von Pfefferminz und Bärlauch lag in der Luft. Unzählige Vögel sangen.

Während Cynthia durch den Wald stapfte, musste sie plötzlich an Vater Jonathan denken. Er hatte so eine geheimnisvolle Andeutung gemacht, dass ihre Reise nützlich sein würde für alle. Irgendwie hatte sich das so angehört, als verfolge er damit mehr als nur das Ziel, Emith und sie in Sicherheit zu bringen.

Unwillkürlich hatte Cynthia ihre Schritte verlangsamt. Doch dann besann sie sich und wanderte zielstrebig auf den vereinbarten Treffpunkt zu.

Schließlich erreichte sie den Silberbach. Die letzten Sonnenstrahlen, die noch den Weg durch das Blätterdach des Waldes fanden, fielen auf das Wasser und ließen es tatsächlich silbrig erscheinen. Cynthia blieb einen Augenblick stehen und genoss die Schönheit dieses Anblicks. Dann machte sie sich auf die Suche nach einem geeigneten Versteck. Sie wählte eine moosbewachsene Stelle, die von dichten Büschen umgeben war.

Dort setzte sie sich hin und aß ein Stück Brot. Anschließend pflückte sie ein paar Schwarzbeeren von einem der Büsche. Schwarzbeeren wuchsen fast in allen Wäldern Coloranias und waren sehr lecker und gesund. Cynthia aß so viele Beeren, bis sie rundum satt war. Dann trank sie einen Schluck Wasser und machte es sich gemütlich auf dem weichen Moospolster.

Jetzt hieß es warten. Die Sonne ging inzwischen unter und es wurde dämmrig.

Cynthia stand auf. Die frische Waldluft und das lange Warten hatten sie müde gemacht. Sie wollte sich ein bisschen die Beine vertreten, um nicht einzuschlafen. Emith war noch nicht zu sehen.

Cynthia setzte sich wieder in ihr Versteck. Mittlerweile war es ganz dunkel geworden. Im Wald ringsumher raschelte und knackte es geheimnisvoll. Die Nachttiere waren erwacht. Durch die Wipfel der Bäume konnte man den Mond sehen.

Jetzt musste Emith aber wirklich bald kommen!

Plötzlich hörte Cynthia ein Geräusch. Sie lauschte angestrengt in die Dunkelheit hinein. Ja, es war Hufgetrappel. Ein

Reiter! Das musste Emith sein. Voller Freude stand sie auf. Gerade wollte sie ihm schon entgegen laufen, als sie ein anderes Geräusch hörte, das ihr das Blut in den Adern erstarren ließ: das Bellen eines Hundes. Cynthia ahnte, was das bedeutete. In Colorania hatten nicht viele Menschen Hunde als Haustiere. Aber die Schwarzen Ritter hielten sich Wolfshunde. Diese hatten feine Spürnasen und waren darauf abgerichtet, die Spur von Menschen aufzunehmen, die von dem Schwarzen Meister gesucht wurden. Sie konnten so schnell und ausdauernd laufen wie Pferde und Cynthia hatte gehört, dass ihnen niemals ein Opfer entkam. Panik stieg in ihr hoch, als das Bellen immer näher kam.

Sie duckte sich wieder in ihr Versteck und überlegte verzweifelt, was sie tun sollte. Jetzt hörte sie den Hund wütend knurren. Er war schon ganz nahe. Gleich würde er in ihrem Versteck angekommen sein. Sie biss sich auf die Zunge, um nicht vor Angst laut aufzuschreien. Da hörte sie einen lauten Pfiff. Der Hund blieb stehen, knurrte aber weiter. Eine tiefe Stimme schimpfte: „Hey, alter Wolf, was ist los? Wir gehen jetzt nicht auf die Jagd! Los, komm!" Der Hund machte jedoch keine Anstalten, zu gehorchen. Beharrlich blieb er vor Cynthias Versteck stehen und knurrte. Cynthia brach der kalte Schweiß aus. Sie hoffte inständig, dass der Reiter das Verhalten seines Hundes nicht weiter hinterfragen würde, sondern ihn einfach zurückpfiff. Doch das Pferd verlangsamte seine Gangart und hielt schließlich an.

„Was hast du denn jetzt wieder entdeckt?", fragte die tiefe Stimme. Sie hatte einen kalten, harten Klang und hörte sich für Cynthia nicht weniger bedrohlich an als das Knurren des Hundes. *Gleich steigt er ab und schaut nach, was sein Hund entdeckt hat,* dachte Cynthia. *Gleich wird er mich hier finden.*

Bald darauf hörte sie schwere Schritte, die auf sie zukamen.

Sie kauerte sich noch dichter in das Gebüsch und schloss vor lauter Angst die Augen.

Benommen richtete Emith sich auf. Sein ganzer Körper tat ihm weh von den Schlägen. Draußen war es bereits dunkel. Onkel Lucio zog sich gerade den Mantel an und wollte die Schmiede verlassen. Bevor er ging, warf er Emith einen verächtlichen Blick zu und reichte ihm einen Zettel. „Hier. Du hast dich jetzt genug ausgeruht! Fauler Bengel! Wegen dir musste ich heute Überstunden machen! Bringe den schwarzen Hengst heute Abend noch nach Nomiah zu dieser Adresse. Sein Besitzer kann ihn leider nicht selbst abholen." Damit verschwand Onkel Lucio aus der Schmiede und knallte die Tür hinter sich zu. Fassungslos starrte Emith ihm hinterher.

„Ausgeruht", murmelte er vor sich hin, „der tickt wohl nicht richtig!"

Doch dann begriff er langsam, was sein Onkel noch zu ihm gesagt hatte. *Nomiah …* Der Fluchtplan! Er würde jetzt diese Schmiede für immer verlassen!

Auf in die Freiheit!

Mühsam erhob er sich. Er fühlte sich ziemlich wackelig auf den Beinen, doch die Freude darüber, dass er jetzt fliehen würde, gab ihm neue Kraft.

So schnell er konnte, ging er zum Stall und sattelte das Pferd. Es war tatsächlich der wunderschöne Hengst, den er am Nachmittag schon bewundert hatte. Emith redete ihm gut zu. „Du kennst mich noch nicht, aber wir werden jetzt länger zusammen unterwegs sein. Ich bin Emith. Ich wüsste gern, wie du heißt, aber du kannst es mir ja leider nicht sagen. Irgendwann unterwegs werde ich dir einen Namen geben. Aber jetzt müssen wir schnell los!" Das Tier blickte ihn mit klugen Augen an, als hätte es ihn verstanden. Emith führte es aus dem Stall und versuchte, aufzusteigen. Aber sein Körper tat von den Schlägen noch so weh, dass er es nicht schaffte. Er biss die Zähne zusammen, ignorierte die Schmerzen und versuchte es erneut. Ungeschickt hievte er sich schließlich hinauf und ritt los.

Die Nacht war mild und sternenklar. Emith trieb den Hengst zum Galopp an, bis sie den Wald erreichten. Dort musste er langsam reiten, denn es war sehr dunkel.

Das Reiten war fast genauso schmerzhaft wie es das Aufsteigen gewesen war. Außerdem hatte Emith inzwischen großen Hunger. Er ballte vor Wut die Fäuste, als er daran dachte, wie heftig Onkel Lucio auf ihn eingeprügelt hatte. *Das war das letzte Mal,* sagte er sich immer wieder. *Nie wieder wird dieser Mann mich quälen können!*

Er wusste selbst nicht genau, ob die Tränen, die seine Wangen hinunterliefen, vom Wind, von den Schmerzen oder von seiner großen Wut kamen.

Schließlich erreichte er den Silberbach. Er hielt sein Pferd an, wischte sich die Tränen ab und rief leise nach Cynthia. Keine Antwort kam.

„Cynthia", rief er etwas lauter. Nur das Heulen eines Schakals in der Ferne antwortete ihm. Nicht gerade das Geräusch, das er hören wollte. Plötzlich fühlte Emith sich sehr allein. Ob es hier auch Wölfe geben würde?

Und dann stieg eine neue Angst in ihm hoch. Was sollte er tun, wenn Cynthia nicht hier war? Wenn ihr etwas passiert war?

Verzweifelt horchte er in die Dunkelheit hinein. Doch wieder hörte er nur das unheimliche Heulen. Ihn schauderte. Schließlich stieg er ab, ging ein paar Schritte aufs Wasser zu und rief noch einmal Cynthias Namen. Als wieder keine Antwort kam, begann er, hinter jedem Gebüsch zu suchen.

„Cynthia", rief er dabei immer wieder.
„Cynthia, sag doch was! Bitte", flehte er.
„Ich bin es doch nur!"

Picasso sprang auf Michaelas Schoß. Dabei strich sein Schwanz über den Bildschirm. Unwillig wollte Michaela ihren Kater zur Seite schieben. Doch der ließ sich nicht so leicht abwimmeln. Er drehte sich einmal um sich selbst, wobei sein Schwanz diesmal Michaelas Gesicht streifte. „Na, du bist mir ja einer", schimpfte Michaela und kraulte ihren Kater gedankenverloren. Sie wollte eigentlich weiterlesen, merkte aber plötzlich, wie müde sie war. Nach einem Blick auf die Uhr wusste sie auch, warum. Es war schon wieder viel später, als sie vermutet hatte. Warum musste beim Lesen auch die Zeit immer so schnell vergehen?! Nun schob sie Picasso doch von ihrem Schoß herunter, schaltete ihr Laptop aus und ging schlafen.

Am nächsten Morgen in der Schule verhielten sich ihre Mitschüler zum Glück wieder normal. Keiner sprach mehr von dem Bild und Michaela musste sich auch keine dummen Sprüche anhören. Trotzdem überlegten Jo und sie in der Pause weiterhin, wie sie sich rächen konnten. „So was kann nicht einfach ungestraft bleiben", fanden sie.

Doch so viel sie überlegten, ihnen wollte nichts Passendes einfallen. „Wir müssen wohl doch dabei bleiben, dass wir auch was mit Fotos machen", stellte Jo schließlich fest. „Dein Vater muss uns einfach helfen!"

Während Jo noch redete, sah Michaela aus dem Augenwinkel, dass Nico auf sie zukam. Innerlich spannte sie sich an und ärgerte sich sofort darüber. Warum konnte sie nicht einfach locker bleiben? Nico hatte sie im Stich gelassen! Er war es gar nicht wert, dass sie sich seinetwegen Gedanken machte! Es war zwar nett gewesen, dass er gestern zu ihr gekommen war, aber das änderte nichts an der Tatsache, dass er ein Feigling war und nicht der Freund, für den sie ihn immer gehalten hatte!

„Hallo, Nico", begrüßte sie ihn kühl.

„Hi Michi, hi Jo!" Nico bot beiden Kaugummi an. Jo, die noch mitten in ihren Überlegungen war, plauderte gleich munter weiter und weihte Nico in ihre Gedanken ein. „Was hältst du von der Idee mit dem Bildbearbeitungsprogramm?", fragte sie ihn schließlich. Ihr fiel gar nicht auf, dass Michaela kaum noch etwas sagte.

„Ja", antwortete Nico zögernd. Sein Blick wanderte unsicher zu Michaela. „Das könnte man vielleicht machen."

„Na, wenn *du* das schon meinst, dann muss ich mich wohl wirklich mal an Paps wenden!" Michaelas Tonfall war eine Spur zu schrill. Wieder ärgerte sie sich. Sie wollte doch so tun, als sei Nico ihr völlig gleichgültig.

Aber gleichzeitig wusste sie, dass er ihr viel zu viel bedeutete.

Als Nico wieder im Unterricht saß, konnte er sich kaum konzentrieren. Irgendwas war doch mit Michaela nicht in Ordnung! Und es hatte mit ihm zu tun! Warum sonst war sie so komisch? Mit Jo konnte sie durchaus normal reden, aber ab dem Moment, wo er dazu gekommen war, hatte sie sich wie ein Eisklotz verhalten! War sie aus irgendeinem Grund sauer auf ihn? Oder mochte sie ihn einfach nicht mehr?

Mitten in seine Gedanken hinein kam Herr Sinus, sein Mathelehrer und gab ihm seine Strafarbeit zurück, die sauber abgeschriebene Schulordnung. Finn, der neben ihm saß, grinste, als sein Blick darauf fiel. „Tja, Nico, da haste ganz schön was zu tun gehabt! Aber deine Michi ist dir das sicher wert! Naja, wenn man auch so verknallt ist, dass man den Verstand völlig ausschaltet …"

„Ich bin nicht verknallt und spar dir gefälligst deine dummen Sprüche!"

Die Heftigkeit, mit der Nico das hervorstieß, überraschte ihn selbst. Doch er konnte sich nicht helfen: Er war einfach sauer! Nicht so sehr auf Finn. Dessen Sprüche kannte er und konnte damit umgehen. Aber er war sauer auf Michaela, wegen der er so viel Ärger bekommen hatte und die ihn jetzt so eiskalt abblitzen ließ.

Also gut, dachte er, wenn Michaela ihn nicht mehr mochte, dann sollte sie doch! Hinterher rennen würde er ihr jedenfalls nicht!

Schreck im Keller und ein weiterer verpatzter Nachmittag

Am Nachmittag, als Michaela an ihren Hausaufgaben saß, konnte sie sich mal wieder nicht konzentrieren. Ihre Gedanken wanderten ständig zu Nico. Genau, wie es auch in der Schule gewesen war. Ein paar Mal hielt sie ihr Handy in der Hand und hätte ihn am liebsten angerufen. Doch dann rief sie sich wieder ins Gedächtnis, was für ein Feigling er war, und ließ es sein.

Als sie endlich mit ihren Hausaufgaben fertig war, war es schon fast Abend. Seufzend räumte sie ihre Schulsachen weg. Dann schaltete sie ihr Laptop ein. Einen gemütlichen Leseabend wollte sie sich wenigstens noch gönnen!

IX. Eine geheimnisvolle Begegnung

Plötzlich sah Emith unter einem Busch eine zusammengekauerte Gestalt. Cynthia schlief fest. Erleichtert rüttelte er sie wach. Mit einem Schrei fuhr sie hoch und sah ihn erschrocken an. „Du bist es!", flüsterte sie dann und fiel ihm glücklich um den Hals. Emith unterdrückte ein Stöhnen. Cynthia konnte nicht ahnen, wie schmerzhaft die Umarmung für ihn war. „Schnell, steig hinter mir auf", sagte er, „wir haben keine Zeit zu verlieren!"

Schweigend ritten Emith und Cynthia durch das knietiefe Wasser des Silberbachs. Cynthia war noch immer unendlich erleichtert, dass der Schwarze Ritter sie nicht entdeckt hatte. Stattdessen hatte der Hund von seinem Herrchen Ärger bekommen. „Gehorchen sollst du lernen", hatte der Ritter gebrüllt. Dem Jaulen, das dann gefolgt war, hatte Cynthia entnommen, dass der Ritter den Hund bestraft hatte. Doch wie, das hatte sie nicht mitbekommen. Sie hatte die Augen fest geschlossen gelassen und sich nicht gerührt, bis Ritter und Hund wieder weit entfernt waren. Danach hatte sie nicht mehr gewagt, noch einmal aus dem Versteck herauszukommen. Eine ganze Weile hatte sie noch gezittert und sich kaum beruhigen können. Aber nachdem immer mehr Zeit verstrichen und niemand mehr gekommen war, war sie schließlich fest eingeschlafen.

Nun genoss sie den Ritt durch die wunderschöne Waldlandschaft. Der Silberbach glitzerte geheimnisvoll im Mondlicht. Wie ein schimmerndes Band bahnte er sich seinen Weg durch hohe, dunkle Tannen und alte, knorrige Laubbäume. Die Bäume sahen wie Märchengestalten aus. Als ob sie Gesichter hätten wie uralte, runzlige Wesen. Gesichter mit Knollennasen, mit gefurchten Stirnen und dunklen Augen. Emith trieb das Pferd zur Eile an. Er wollte so schnell wie möglich in Canus ankommen. Obwohl er großen Hunger hatte, wagte er nicht, eine Pause zu machen. Erst als sie den größten Teil der Strecke hinter sich gebracht und fast den Waldrand erreicht hatten, hielt er das Pferd an.

„Bitte, gib mir ein Stück Brot", sagte er zu Cynthia, ohne abzusteigen. „Ich hab seit heute Morgen nichts mehr gegessen!" Obwohl er geflüstert hatte, empfanden beide seine Stimme als unnatürlich laut in der Stille der Nacht. Wortlos griff Cynthia in ihre Tasche und reichte ihm eins. Emith schlang es hastig hinunter. „Noch eins, bitte!", flüsterte er kauend und nahm von Cynthia ein zweites entgegen, das er ebenfalls schnell aufaß.

„Bist du satt?", fragte sie anschließend.

„Ich könnte wahrscheinlich noch mal so viel verdrücken, aber fürs erste reicht es", sagte Emith. „Wir müssen zusehen, dass wir weiter kommen!"

Inzwischen hatte ein einsamer Nachtvogel auf einem Baum in der Nähe mit seinem Gesang begonnen. Mit einem leichten Schenkeldruck trieb Emith das Pferd wieder an, das sich gehorsam in Bewegung setzte. Leichtfüßig trabte es weiter durch das Wasser, auf den Waldrand zu.

Ein leichter Wind kam auf und die Baumkronen raschelten leise.

Die beiden Kinder ritten aus dem Wald heraus und der Wind blies ihnen ins Gesicht. Emith schaute sich nach allen Seiten um. „Mach dir keine Gedanken", flüsterte Cynthia, „wir haben genug Vorsprung. Und niemand weiß, in welche Richtung wir geritten sind!"

„Es sei denn, jemand ist uns von Anfang an gefolgt", murmelte Emith leise. „Und du weißt genauso gut wie ich, dass das sein kann!"

Sie mussten jetzt noch eine Weile dem Flusslauf folgen bis zu einer Baumgruppe, an der der Fluss eine Biegung machen würde. An dieser Stelle sollten sie den Silberbach verlassen und einem Feldweg folgen, der geradewegs nach Canus führte. So hatte es Vater Jonathan erklärt.

Angestrengt hielt Emith Ausschau nach der Baumgruppe. Er konnte gut sehen, denn der Mond und eine Vielzahl silbern schimmernder Sterne erhellten die Landschaft. Doch nur vereinzelt standen Bäume am Bachufer. Nicht einmal zwei von ihnen standen so dicht nebeneinander, dass man sie als Gruppe hätte bezeichnen können.

Langsam begann Emith, sich Sorgen zu machen. Er konnte sich nicht daran erinnern, ob Vater Jonathan ihnen gesagt hatte, wie weit es bis zu dieser Baumgruppe war. Auch Cynthia wusste es nicht. Je weiter sie ritten, desto größer wurde Emiths Angst, die Stelle vielleicht übersehen zu haben. Was würde passieren, wenn sie sich verirrten und in dieser Nacht überhaupt nicht in Canus ankamen?

Inzwischen konnten sich die Kinder nur noch mit Mühe wach halten. Außerdem hatte Emith das Gefühl, dass ihm jeder einzelne Knochen seines Körpers wehtat. Bald war er so erschöpft, dass er kaum noch seine Augen aufhalten konnte. Kurzentschlossen lenkte er das Pferd zum Flussufer und ließ sich hinunter gleiten. Cynthia tat es ihm nach. „Was machst du?", flüsterte sie erstaunt. Emith antwortete nicht, sondern wusch sich Gesicht und Arme mit Wasser. Die Kälte des Flusswassers erfrischte ihn ein wenig. Trotzdem war die Verlockung groß, sich einfach ins Gras fallen zu lassen, statt weiterzureiten. Sollte er sich jetzt wirklich wieder auf das Pferd quälen? Einen Augenblick kämpfte Emith mit sich. Er sah zu Cynthia hinüber. Auch sie sah bleich und erschöpft aus. *Nur ein paar Minuten ausruhen … Nein, das darf nicht sein,* schalt Emith sich, *sonst schlafen wir beide ein und wachen nicht vor morgen früh wieder auf!* Doch dann hatte Emith das Gefühl, dass seine Beine wie von selbst unter ihm nachgaben und er sank in das herrlich weiche Gras. Von Cynthia kam ein leiser Protest, aber einen Augenblick später lag sie neben ihm. *Das war's dann wohl,* dachte Emith noch, als er merkte, wie der Schlaf ihn übermannte. *Morgen früh werden sie uns hier spätestens finden!* Aber er hatte keine Kraft mehr, etwas dagegen zu tun.

Doch plötzlich geschah etwas ganz und gar Unerwartetes. Emith hörte eine Stimme, die seinen Namen rief. Erschrocken fuhr er auf und drehte sich um, aber er sah niemanden außer Cynthia.

„Was ist los?", flüsterte sie erstaunt und setzte sich ebenfalls wieder auf.

„Hast du das auch gehört?", fragte Emith atemlos, immer noch mit seinen Augen die Person suchend, die mit ihm geredet hatte.

„Was gehört?", fragte Cynthia ängstlich.

„Jemand hat mich gerufen!", antwortete Emith.

„Was?", Cynthia wurde kreidebleich. „Schnell, wir müssen uns verstecken!" Sie sprang auf. Doch Emith hielt sie zurück: „Warte!" Er konnte es nicht erklären, aber er hatte einen seltsamen Frieden gespürt, als er die Stimme gehört hatte. „Ich glaube, wir müssen keine Angst haben." Einen Augenblick stand er regungslos und schaute sich noch einmal um. Doch es war immer noch niemand zu sehen. Plötzlich verspürte er ein Drängen, weiterzureiten. Entschlossen sprang er auf.

Sie stiegen wieder auf das Pferd und lenkten es ins Wasser zurück.

Diesmal mussten sie nicht lange reiten, bis sie vor sich eine Baumgruppe auftauchen sahen. „Da ist es!", rief Emith leise. Tatsächlich machte der Fluss an der Stelle eine Biegung, genau wie Vater Jonathan es ihnen beschrieben hatte. Mit grenzenloser Erleichterung lenkte Emith das Pferd aus dem Fluss und auf den Feldweg zu. Dort gab er die Zügel frei und der Hengst rannte los. Bald galoppierten sie so schnell, dass die nächtliche Landschaft nur so an ihnen vorüber flog. Emith staunte. „Du bist ja schnell wie der Wind", flüsterte er dem Pferd zu, „ich werde dich Nachtwind nennen!"

Beide Kinder waren jetzt wieder zuversichtlicher. Zwar konnten sie sich nicht erklären, was es mit dieser geheimnisvollen Stimme auf sich hatte, aber eins stand fest: Irgendjemand hatte ihnen geholfen und sie davor bewahrt, einzuschlafen und damit alles zu vermasseln! Emith fühlte sogar immer noch den Frieden in sich, den er beim Klang der Stimme gespürt hatte.

Bald waren in der Ferne die Umrisse einer Stadt zu sehen. Das musste Canus sein! Emith stieß einen leisen Jubelschrei aus.

Schnell näherten sie sich der Stadt, die von dicken Mauern und Türmen umgeben war. Im Mondlicht wirkte sie wie eine riesige, dunkle Festung.

Doch als sie das Stadttor von Canus erreicht hatten, bekamen sie einen großen Schrecken: Das Stadttor war geschlossen und zwei bewaffnete Wächter standen davor. Mit einem Mal hatten sich all ihre Hoffnungen zerschlagen. Und das, wo sie ihrem Ziel doch schon so nahe waren! Emith fühlte sich plötzlich so müde wie noch nie zuvor. Sie kamen zu spät! Natürlich! Er hätte doch wissen müssen, dass mitten in der Nacht die Stadttore geschlossen waren und nicht jeder Fremde einfach so hereinspazieren konnte! Jetzt waren sie fast angekommen und konnten doch nicht nach Canus!

X. In Canus

Sie hielten vor dem Tor an. Einer der Wächter fragte in barschem Ton: „Wer seid ihr und wo wollt ihr hin?" Doch noch ehe sie antworten konnten, fuhr er mit leiser Stimme fort: „Seid ihr Emith und Cynthia?" Sie nickten müde, worauf der Wächter erklärte: „Dann habe ich den Auftrag, euch zu Herrn Odrian in der Langen Allee zu führen. Kommt mit!"

Laut klapperten die Hufe auf dem Kopfsteinpflaster, als Emith und Cynthia dem Wächter durch die nächtlichen Straßen von Canus folgten. Emith befürchtete schon, sie würden die Bewohner, an deren Häusern sie vorbei ritten, aufwecken. Doch bald bemerkte er, dass sie hier nicht die einzigen waren, die um diese Uhrzeit noch unterwegs waren.

Cynthia sah sich mit weit aufgerissenen Augen um. Sie war das erste Mal in einer so großen Stadt wie Canus. Staunend betrachtete sie die vielen großen Häuser und die verwinkelten Straßen, von denen unzählige kleine Gässchen abzweigten. Ab und zu bogen sie in ein kleines, von schiefen Fachwerkhäusern umrahmtes Gässchen ein. Dann wiederum ritten sie auf breiten Alleen, die von hohen Bäumen umsäumt waren. Dort standen sehr große, prächtige Herrenhäuser mit Säulen und hohen Rundbogenfenstern. Emith und Cynthia staunten über die Pracht, die sie hier sahen.

Sie hätten dem Wächter am liebsten viele Fragen gestellt, aber sie trauten sich nicht. Doch sie waren froh, dass sie den Weg nicht allein suchen mussten, denn er führte sie kreuz und quer durch die Stadt.

Nach einiger Zeit bogen sie in eine weitere große Allee ein und hielten schließlich vor einem schmiedeeisernen Tor, das in eine hohe Mauer eingelassen war.

Der Wächter läutete eine Glocke. Wenige Augenblicke später öffnete sich das Tor und ein dunkel gekleideter Mann erschien. Mit einem Kopfnicken verabschiedete sich der Wächter und ritt davon. Emith und Cynthia schauten ihm nach. Dann wandten sie sich dem Mann vor ihnen zu. Der forderte sie auf, ihm zu folgen. Sie stiegen vom Pferd und betraten einen schmalen, von hohen Bäumen umgebenen Pfad, der zu einem riesigen Gutshaus führte. Cynthia hatte noch nie ein so großes Haus gesehen. Zwei Türme und mehrere Erker verliehen ihm das Aussehen eines Schlosses. Vor dem Eingang waren zwei große Säulen aus weißem Marmor, die von dem Licht mehrerer Laternen beleuchtet wurden. Rechts und links davon standen riesige Blumenkübel. Ein intensiver, süßer Blütengeruch lag in der Luft.

Bevor Emith und Cynthia die Stufen zum Eingang emporstiegen, kam ein weiterer Mann auf sie zu und nahm ihnen das Pferd ab. Emith flüsterte dem Tier noch „Gute Nacht, Nachtwind" ins Ohr und schaute ihm nach, wie es zu einem Stallgebäude geführt wurde. Dann folgte er Cynthia die weißen, glänzenden Stufen hinauf und durch eine mit vielen Schnitzereien verzierte Holztür in das Haus. Sie betraten eine große Halle, die durch viele Kerzenleuchter erhellt wurde. Wände und Decke waren mit Holz vertäfelt, der Fußboden war aus glänzendem Parkett. An den Wänden zwischen den Kerzenleuchtern hingen alte Gemälde mit streng aussehenden Gesichtern.

Während Cynthia und Emith sich neugierig umschauten, läutete der dunkel gekleidete Mann eine Glocke und ein tiefer, metallischer Klang tönte durch das Haus. Sofort kam eine Frau aus einem der angrenzenden Zimmer herbeigeeilt. Als sie Emith und Cynthia sah, strahlte sie. „Da seid ihr ja endlich! Ich bin die Haushälterin von Familie Odrian. Ich bringe euch zu Herrn und Frau Odrian. Sie warten schon auf euch! Kommt mit!"

Emith und Cynthia folgten ihr durch mehrere Flure in einen riesigen, wunderschönen Salon mit verspiegelten Wänden, in denen sich das Licht vieler Kerzen spiegelte. Als sie eintraten, erhoben sich sofort ein großer, bärtiger Mann und eine elegant gekleidete Frau aus ihren Sesseln, um sie zu begrüßen. „Da seid ihr ja!", rief Herr Odrian mit lauter Stimme. „Wie schön, dass ihr gut angekommen seid. Herzlich willkommen bei uns." Er wandte sich an die Haushälterin: „Bring unseren Gästen bitte etwas zu essen!"

Einige Augenblicke später saßen die Kinder den Odrians gegenüber an einem großen Tisch, der beladen war mit den köstlichsten Speisen: Brot, Obst, Käse, Schinken, verschiedene Törtchen und Pasteten waren regelrecht künstlerisch aufgebaut und liebevoll dekoriert. Die Kinder rissen vor Staunen die Augen weit auf. Herr Odrian lud sie ein, tüchtig zuzugreifen. Das ließen sie sich nicht zweimal sagen! Das Essen schmeckte so wunderbar wie es aussah und Emith und Cynthia langten ordentlich zu. Während ihre Bäuche sich mehr und mehr füllten, wurde jedoch auch ihre Müdigkeit immer größer! Sie gaben sich zwar Mühe, die Fragen ihrer Gastgeber nach ihrer bisherigen Reise freundlich zu beantworten, doch ihnen fielen dabei die Augen schon fast zu.

Endlich erhob sich Frau Odrian und sagte: „Kommt mit, ihr beiden. Ich zeige euch, wo ihr schlafen könnt!" Cynthia und Emith standen auf und folgten Frau Odrian durch mehrere Gänge in ihre Schlafzimmer. Beide waren so müde, dass sie nicht mehr auf ihre Umgebung achteten. Emith nahm nur noch wahr, dass Cynthias Zimmer direkt neben seinem lag. Ohne sich umzuschauen, steuerte er auf das Bett zu, streifte die Schuhe ab und ließ sich, so wie er war, hinein fallen. Cynthia im Nebenzimmer tat dasselbe. Kopfschüttelnd zog Frau Odrian noch die Vorhänge in ihren Zimmern zu und schloss anschließend die Türen, während die beiden Kinder schon in einen tiefen, traumlosen Schlaf gesunken waren.

Emith erwachte erst, als er hörte, dass jemand seinen Namen rief. Erstaunt schlug er die Augen auf und blickte in die Gesichter von Cynthia und Frau Odrian.

„Meine Güte, Emith!", rief Cynthia und lachte. „Wir dachten schon, du wachst gar nicht mehr auf!"

Frau Odrian lächelte ihn freundlich an und stellte fest: „Schön, dass du so lange schlafen konntest! Du wirst es gebraucht haben. Aber jetzt mussten wir dich leider wecken, weil ihr bald aufbrechen müsst." Energisch schritt sie zum Fenster und schob die dunklen, schweren Samtvorhänge zur Seite, die das Tageslicht ausgesperrt hatten. Emith blinzelte, als plötzlich helles Sonnenlicht in das Zimmer fiel. „Wie spät ist es denn?", erkundigte er sich.

„Nun, die Mittagszeit ist schon fast vorbei!", gab ihm Frau Odrian Auskunft. Emith runzelte die Stirn und versuchte, sich aufzusetzen. Unwillkürlich entfuhr ihm ein Stöhnen und er ließ sich wieder in die weichen Kissen fallen. Er hatte das Gefühl, dass ihm sein Körper noch schlimmer weh tat als am Tag zuvor.

„Was ist los?", fragte Cynthia besorgt.

„Och, nichts!", antwortete Emith hastig, biss die Zähne zusammen und setzte sich schnell auf. Nie im Leben hätte er zugegeben, dass sein Onkel ihn verprügelt hatte. Cynthia beobachtete ihn fragend und auch Frau Odrian schaute ihn prüfend an. Emith, dem die Situation unbehaglich war, stand auf und ging zum Fenster. „Einen schönen Ausblick hat man hier", stellte er fest, nur um etwas zu sagen.

„Ja", erwiderte Cynthia begeistert, „der Hof ist riesig! Ich habe mir schon alles angesehen!"

„Seit wann bist du denn wach?", fragte Emith.

„Schon ziemlich lange", antwortete Cynthia. „Ich habe mit Herrn und Frau Odrian gefrühstückt und anschließend haben die beiden mir das Anwesen gezeigt. Das hat eine ganze Weile gedauert!"

Frau Odrian wies die Kinder darauf hin, dass im Salon Essen bereit stand und forderte Cynthia auf, Emith das Bad zu zeigen. Dann verließ sie das Zimmer.

Als die Kinder allein waren, flüsterte Cynthia: „Es ist so schön hier. Am liebsten würde ich hier bleiben!" Emith nickte und sah sich im Zimmer um. Mit Sicherheit hatte er noch nie in einem so edlen Zimmer geschlafen. Auf der einen Seite stand ein antiker Schrank, der mit vielen Schnitzereien verziert war, daneben eine passende Spiegelkommode. Er drehte sich um und betrachtete das Bett, in dem er geschlafen hatte. Es war ein riesiges Himmelbett mit duftigen Vorhängen aus einem zarten, gemusterten Stoff.

„Du hast Recht. Es ist fantastisch hier!", stimmte Emith Cynthia zu. „Aber jetzt lass uns mal gehen. Ich habe einen Bärenhunger!"

Cynthia führte Emith zu einem großen Baderaum, wo er sich schnell wusch. Eine Viertelstunde später betraten sie den Spiegelsalon, in dem sie bereits am Vorabend mit den Odrians gesessen hatten. Auf dem Tisch stand eine Schüssel mit knusprigem Braten, daneben dampfender Kartoffelbrei und Bohnen mit Speck. Aber das Beste war eine riesige, mit Kirschen verzierte Sahnetorte als Nachtisch. Die Kinder setzten sich und aßen genüsslich.

Nach einiger Zeit kam Frau Odrian und kündigte an, dass ihr Mann nach dem Essen in den Salon kommen und ihnen den weiteren Fluchtplan erklären würde. Fröhlich plauderte sie noch eine Weile mit ihnen, während die Kinder sich jeder noch ein Stück Sahnetorte nahmen.

Als Herr Odrian schließlich kam, begrüßte er Emith freundlich und lächelte Cynthia zu. Dann wurde seine Miene ernst und er erklärte ohne Umschweife: „Nach dem Essen müsst ihr sofort von hier weg!" Bestürzt schauten die Kinder ihn an. Herr Odrian fuhr fort: „Überall im Umkreis sind Schwarze Ritter unterwegs, die euch suchen! Es ist nur eine Frage der Zeit, bis sie auch zu uns kommen! Ihr seid gestern Nacht hier in der Stadt gesehen worden!"

Emith bekam schreckliche Angst, als er das hörte. Er hatte sich im Haus der Odrians so sicher gefühlt! Doch jetzt hatte er das Gefühl, jeden Augenblick könnte es an der Tür klingeln und ein Schwarzer Ritter würde herein kommen. Andererseits ... wenn in der Stadt die Ritter schon nach ihnen suchten, wie sollten sie dann überhaupt das Haus ungesehen verlassen können?

„Ist es denn nicht sicherer, wieder in der Nacht zu reiten?", überlegte er, während er sich mit dem Handrücken Sahne vom Mund wischte.

„Nein", erwiderte Herr Odrian. „Es ist überhaupt nicht sicher für euch, zu reiten, denn die Stadttore werden ständig bewacht. Ihr werdet in einem Heuwagen versteckt die Stadt verlassen. Mein Knecht wird euch mitnehmen bis zu einem kleinen Dorf. Von dort könnt ihr dann weiterreiten. Ich werde dafür sorgen, dass dein Pferd, Emith, dort auf dich wartet.

Und auch für dich" – er blickte zu Cynthia – „werde ich ein hübsches Pferd dorthin schicken. Und nicht nur das. Mein Freund, der euch die Pferde bringen wird, wird euch auf eurem weiteren Weg begleiten." Er drehte sich um und winkte einen Mann herbei, der am anderen Ende des Raums stand. Cynthia und Emith erschraken, denn keiner von ihnen hatte ihn bis dahin bemerkt.

„Das ist Berolunth", stellte Herr Odrian vor. „Berolunth, das sind die Kinder, die mit dir zusammen reisen werden."

Aufmerksam betrachteten die Kinder ihren zukünftigen Begleiter. Er war groß, hatte kurze, schwarze Haare, die mit silbrigen Fäden durchzogen waren, eine Hakennase und durchdringende, dunkle Augen. Cynthia fand ihn sofort unsympathisch und auch Emith war sich nicht sicher, ob er Berolunth mochte. Beide bedauerten insgeheim, dass nicht Herr Odrian selbst sie begleiten konnte. Doch der erklärte unbeirrt: „Ich bin froh, dass ich Berolunth dafür gewinnen konnte, mit euch zu reisen. Er ist zuverlässig und viel herumgekommen. Keiner kennt das Land so gut wie er. Er weiß viele Wege, die sonst kaum jemand kennt und wird euch führen können wie kein anderer." Herr Odrian blickte strahlend zu Berolunth, der das Lob mit unbewegter Miene zur Kenntnis nahm. Dann fuhr Herr Odrian fort: „Es wäre zu gefährlich für euch, allein weiterzureiten. Zwei Kinder, die ohne Begleitung unterwegs sind, würden an sich schon auffallen, ganz abgesehen davon, dass nach euch gesucht wird. Aber ein wohlhabender Kaufmann aus dem Süden, der mit seinen beiden Kindern unterwegs ist nach Perlenstadt, um dort Handel zu treiben, das ist eine ganz normale Sache. Alles klar?" Er zwinkerte Cynthia und Emith aufmunternd zu und fuhr fort: „Also, das ist ab jetzt euer Vater – und so redet ihr ihn bitte auch an, selbst wenn ihr glaubt, dass keiner in der Nähe ist. Ihr seid ab jetzt die Geschwister Diomith und Merinde, zwei schöne Namen, wie sie im Süden üblich sind. Ihr dürft zum ersten Mal euren Vater auf einer Geschäftsreise begleiten. Eure Heimatstadt ist Liroh, an der Südgrenze Coloranias. Von dort seid ihr zuerst nach Atraria gereist, wo ihr euch einige Zeit aufgehalten habt, und nun seid ihr nach Perlenstadt unterwegs." Herr Odrian schaute sie ernst an. „Redet euch bitte ab sofort mit euren neuen Namen an, damit ihr euch daran gewöhnt!"

Emith schaute zu Cynthia und grinste. „Ich nenn' dich Meri!", sagte er. „Okay, Dio!", antwortete Cynthia und kicherte.

„Doch jetzt müsst ihr los!", drängte Herr Odrian und forderte die Kinder auf, ihm zu folgen. „Ich bringe euch zur Scheune, wo der Heuwagen steht. Darin werdet ihr eine gemütliche Fahrt haben."

„Halt!", unterbrach ihn Frau Odrian. „Nicht, ohne, dass ich mich richtig von den beiden verabschiedet habe!" Sie umarmte Cynthia und Emith kräftig.

„Habt eine gute Reise! Ich hoffe, ich sehe euch irgendwann einmal wieder."

Dann drückte sie Emith noch eine kleine Dose in die Hand und flüsterte ihm ins Ohr: „Reib dich damit ein. Das wird dir helfen!"

Emith ließ die Dose in seine Tasche gleiten. „Danke", murmelte er verlegen und wandte sich schnell ab.

Dann folgten sie Herrn Odrian in die Scheune zu einem großen Heuwagen, vor den ein Pferd gespannt war. Die Kinder verabschiedeten sich von ihm und bedankten sich für alles.

Anschließend krochen sie in das Heu hinein. Herr Odrians Knecht, der schweigend daneben gestanden hatte, schichtete es so um, dass sie nicht mehr zu sehen waren. Kurz darauf fuhr der Wagen ruckelnd an und brachte Emith und Cynthia fort von dem Haus der Odrians, einem weiteren, unbekannten Ziel entgegen.

XI. Ein unerwünschter Niesreiz und ein unverhofftes Wiedersehen

Nachdem sie schon einige Zeit gefahren waren, hielt der Wagen plötzlich an. Sie hörten, wie der Kutscher mit einigen Männern sprach. Das mussten die Wächter sein. Angespannt lagen Cynthia und Emith in ihrem Versteck und wagten nicht, sich zu rühren. Wie leicht konnte etwas schiefgehen! Die Wächter durften auf keinen Fall den Wagen genauer untersuchen. Auf einmal verspürte Emith einen Niesreiz. Er bekam panische Angst. Mit aller Kraft versuchte er, das Niesen zu unterdrücken. Doch seine Nase kribbelte die ganze Zeit. Plötzlich hörte er Schritte, die um den Wagen herumgingen und eine Stimme, die sagte: „Wir haben den Befehl, alles genau zu durchsuchen. Es werden nämlich zwei Kinder vermisst. Wer weiß, wo die Bälger sich verstecken."

Emith lief es eiskalt den Rücken herunter vor Schreck. Dann hörte er die Stimme von Herrn Odrians Knecht: „Also hier sind keine Kinder. Habe das Heu eigenhändig aufgeschichtet, direkt, bevor ich losgefahren bin. Da kann sich keiner versteckt haben. Aber bitteschön, wenn es unbedingt sein muss, durchsucht es halt. Nur schichtet es bitte hinterher genauso ordentlich wieder auf. Ich möchte nicht die Hälfte unterwegs verlieren!" Die Kinder hielten den Atem an. Nun sagte eine andere Stimme: „Den kenne ich, der fährt schon seit zwanzig Jahren sein Heu aus der Stadt! Hier brauchste wirklich nicht zu suchen!"

Plötzlich verspürte Emith wieder den Drang, zu niesen. Mit aller Kraft versuchte er noch einmal, es zu unterdrücken. Doch diesmal gelang es ihm nicht. „Haaatschiii!", schnaufte er laut ins Heu hinein und erschrak fürchterlich. Er wusste: Nun hatte er sich verraten!

An dieser Stelle war die Mail zu Ende. Michaela seufzte. Ein Niesreiz im Heuwagen. Das konnte natürlich schnell passieren! Selbst wenn man nicht an Heuschnupfen litt!

Sie hätte zu gern gewusst, wie die Geschichte weiterging. Doch damit musste sie wohl warten, bis eine neue Mail kam. Jetzt war erst mal Zeit zum Schlafen.

Am nächsten Tag bekam Michaela Nico in der Schule nicht zu sehen. Sie verbrachte die Pausen mit Jo und hielt verstohlen nach ihm Ausschau, aber er hielt sich stets am anderen Ende des Schulhofes auf. Wollte er ihr absichtlich aus dem Weg gehen? Michaela wusste nicht, ob sie wütend oder traurig sein sollte.

Nach der Schule beschloss sie, zu ihrem Lieblingsbalkon hochzufahren. Sie hatte wieder mal genug Stoff zum Nachdenken und das ging da oben einfach am besten. Zum Glück hatte sie nicht viel auf und so war sie bald mit den Hausaufgaben fertig und machte sich auf den Weg in den Zehnten.

Diesmal hatte der Hund von Frau Böhmer den Weg herunter erfreulicherweise geschafft, ohne seine Spuren zu hinterlassen. Dafür hatte irgendjemand an die Fahrstuhlwände gespuckt. Angewidert verließ Michaela den Fahrstuhl und betrat den Balkon.

Dann lehnte sie sich an die Brüstung und schaute hinunter.

Sie ließ den Blick über die Mini-Menschen, Mini-Autos und Mini-Straßen gleiten, dann über die anderen Häuser in ihrem Stadtteil: Das schöne Wohngebiet mit den Einfamilienhäusern. Die knallorange gestrichenen Wohnblöcke, in denen ihre Freundin Jo zu Hause war. Ihr Blick blieb an dem Wohngebiet hängen, in dem Nico mit seiner Familie wohnte.

Nico … Sollte das wirklich das Ende ihrer Freundschaft sein?

Obwohl sie ihm selbst die letzten Tage aus dem Weg gegangen war, wurmte es sie doch, dass er ihr jetzt auch aus dem Weg ging. Mochte er sie nicht mehr, oder wich er ihr nur deshalb aus, weil sie dasselbe getan hatte?

Sie würde es nicht herausfinden, wenn sie nicht mit ihm darüber sprach.

Aber wollte sie das wirklich tun? Er war doch so ein Feigling. Andererseits merkte sie, dass er ihr trotzdem immer noch so viel bedeutete. Sollte sie ihm nicht doch noch eine Chance geben?

Vielleicht sollte sie ihn besuchen und ihm ehrlich sagen, wie enttäuscht sie von seiner Feigheit gewesen war.

Wäre es nicht am besten, mal alles offen auszusprechen? Dann würde sie sicher klarer sehen, wie es weiterging. Je länger sie darüber nachdachte, desto besser fand Michaela die Idee. Schließlich entschied sie sich, sie sofort in die Tat umzusetzen!

Sie ging zurück zum Fahrstuhl und machte sich auf den langen Weg vom zehnten Stock in den Keller, um ihr Fahrrad zu holen.

Als sie im Keller die Fahrstuhltür öffnete, stieg ihr der typische Kellergeruch in die Nase: eine Mischung aus Moder und Müll. Schnell wollte sie an dem Raum, in dem die Mülltonnen standen, vorbeigehen zum Fahrradkeller, als plötzlich das Licht ausging. Erschrocken hielt sie an. Sie stand im Stockdunkeln und der nächste Lichtschalter war ein ganzes Stück entfernt. Vorsichtig tastete sie sich an der Wand entlang, als sie plötzlich ein Geräusch hinter sich hörte. Jemand war außer ihr noch im Keller! Natürlich war das in einem so großen Haus nichts Ungewöhnliches und eigentlich war Michaela auch nicht besonders ängstlich. Aber die undurchdringliche Dunkelheit und der furchtbare Gestank blieben nicht ohne Wirkung. Als Michaela jetzt noch das Geräusch hörte, waren ihre Nerven zum Zerreißen gespannt. Und dann hörte sie plötzlich ein langgezogenes Heulen. „Uuuuuuuuuuuh, uuuuuuuuuuuh“, dröhnte es durch den Keller. „Uuuuuuuuuuuuh, uuuuuuuuuuuh!“

Michaelas Herz klopfte bis zum Zerspringen. Sie glaubte natürlich nicht an Gespenster, aber das Geräusch hörte sich fürchterlich an. Wie erstarrt vor Schreck blieb sie stehen. Wenn doch nur ein Lichtschalter in der Nähe wäre! „Uuuuuuuuuuuh, uhhhhhhhhhhh“, hörte sie wieder. Die Angst griff wie mit einer kalten Hand nach Michaela.

Nico saß in seinem Zimmer. Die Hausaufgaben hatte er längst fertig. Zum Fußballtraining durfte er nicht gehen. Wegen Michaela. Naja, genaugenommen konnte Michaela nichts dafür. Aber wegen ihr hatte er mit der Zwille auf Emilia geschossen.

Nico hoffte insgeheim, dass Michaela sich heute Nachmittag bei ihm melden würde. Er war ihr in der Schule aus dem Weg gegangen, wie er es sich vorgenommen hatte. Doch natürlich hatte er gehofft, dass sie zu ihm kommen würde, oder dass sie ihm wenigstens irgendein Zeichen gab, dass sie ihn noch mochte. Aber scheinbar war er ihr tatsächlich egal.

Das war's dann also mit der Freundschaft, dachte er bitter. *Und dafür habe ich mir solche Mühe gegeben!* Er schaute auf die Uhr. Vielleicht würde sie ihn ja noch anrufen. Er prüfte, ob sein Handy angeschaltet und aufgeladen war. Zwei Batteriestriche. Das müsste für ein Gespräch auf jeden Fall reichen. Doch dann schloss er es vorsichtshalber noch ans Stromnetz an. Nur für den Fall, dass sie ganz lange telefonieren würden. Er stand auf und schaute aus dem Fenster. Vielleicht kam sie ja auch noch. Dann verwarf er den Gedanken wieder. Wieso sollte er jetzt den Nachmittag damit verbringen, auf etwas zu warten, das niemals eintreffen würde! Er musste den Tatsachen ins Auge sehen: Michaela würde nicht kommen und die Freundschaft war vorbei. Das musste er einfach akzeptieren! Frustriert ging er ins Wohnzimmer und setzte sich zu seiner kleinen Schwester aufs Sofa. Sie schaute gerade ihre Lieblingssendung im Fernsehen. „Die Prinzessin und das Hühnerei" – nicht gerade eine Serie nach Nicos Geschmack! Aber vielleicht war es heute genau das richtige, um sich von seinem Frust abzulenken.

Einige Minuten stand Michaela wie erstarrt in der Dunkelheit, unfähig, sich zu bewegen oder einen klaren Gedanken zu fassen. Dann verstummte das Heulen und es war totenstill. Michaela wagte noch immer nicht, sich zu rühren.

Plötzlich hörte sie ein lautes Kichern, dann ging das Licht an. Michaela schnappte erschrocken nach Luft, als sie in der plötzlichen Helligkeit Kevin und Jannis erkannte, zwei Jungen aus ihrer Schule, die zur Möllerei-Clique gehörten. Kevin wohnte bei ihr im Haus, ein Umstand, den Michaela schon oft bedauert hatte. Als sie den beiden jetzt gegenüber stand, war Michaela sich nicht sicher, ob es ihr nicht lieber gewesen wäre, wenn sie tatsächlich zwei Gespenster vor sich gehabt hätte! Kevin und Jannis waren jedenfalls nach Emilia die Personen, denen sie am allerwenigsten gern begegnete.

„Na, Klobürste, haben wir dich schön erschreckt?", fragte Jannis kichernd, während die beiden auf Michaela zu schlenderten. Kevin, der sich schier ausschütten wollte vor Lachen, meinte: „Zu schade, dass wir keine Kamera dabei haben. Wir hätten das Klobürstenfoto glatt noch toppen können! Sieh dir nur das schreckensbleiche Gesicht an!"

Michaela, die vor Schreck wirklich blass gewesen war, wurde nun puterrot, was die beiden noch mehr zum Lachen brachte. „Ihr seid behämmert!", stieß sie hervor, wandte sich um und lief zum Fahrstuhl. Sie wollte nur noch raus aus dem Keller und weg von Kevin und Jannis. Doch die beiden waren offensichtlich noch nicht fertig mit ihr. Jannis packte sie am Ellbogen und sagte: „Nicht so schnell, Klobürste, hast du's eilig?" Michaela riss sich los und schob sich an ihm vorbei in den Fahrstuhl, konnte aber nicht verhindern, dass die beiden ebenfalls einstiegen. „Ich glaube, unser kleiner Scherz hat ihr nicht so gefallen." Kevin schüttelte bedauernd den Kopf. „Aber ich fand ihn echt gut!" „Ja, und Emilia wird sich schlapplachen, wenn wir ihr davon erzählen!"

Der Fahrstuhl hielt im zweiten Stock an, wo Kevin wohnte, und die beiden Jungen stiegen aus. Doch vorher stieß Jannis Michaela gegen die Fahrstuhlwand mitten in die Reste der Spucke, die dort hinuntergelaufen war.

Michaela war nun nicht mehr danach zumute, Nico zu besuchen. Ihre Haare und ihre Jacke waren mit Spucke besudelt und sie fühlte sich zum Heulen. Sie fuhr zurück in den fünften Stock und rannte in die Wohnung. Dort knallte sie die Tür hinter sich zu, zog sich die besabberten Klamotten aus und wusch sich die Haare.

An ihrem Geburtstag hatte sie gedacht, dass sie ihren absoluten Tiefpunkt erreicht hatte. Aber nun merkte sie, dass das nicht gestimmt hatte. Sie fühlte sich jetzt *noch* elender.

Ihr Handy riss sie aus den trüben Gedanken. Eine SMS kündigte an, dass eine neue Colorania-Mail auf sie wartete. *Na wenigstens etwas,* dachte sie und schaltete ihr Laptop ein. Ein Blick auf die Uhr zeigte ihr, dass Abendbrotzeit war. Doch sie hatte keinen Appetit. Sie schmiss sich auf ihr Bett, öffnete die Mail und fing an zu lesen.

Emith lag stocksteif vor Angst im Heu. Er rechnete damit, dass die Wächter nun wütend das Heu durchsuchen und ihn und Cynthia entdecken würden. Schließlich hatte er sie durch sein Niesen mehr als deutlich darauf hingewiesen, dass er da war!

Doch plötzlich hörte er ein lautes Husten. Jemand hustete und hustete und hörte gar nicht mehr auf. Dann ging das Husten in ein Röcheln über. Es hörte sich an, als ob jemand ersticken würde!

„Na, na, was hab'n Sie sich denn eingefangen?", hörte er die Stimme des Wächters.

„Ich weiß nich, meine Frau hat's auch schon und mein Bruder ...", antwortete der Knecht von Herrn Odrian und hustete wieder lang und ausdauernd, „und meine Kinder und mein Schwager ..." Wieder war lautes Husten zu hören.

„Hochansteckend, was?" Der Wächter klang jetzt hastig, „dann fahr'n Se man schnell weiter! Gute Besserung!"

Endlich setzte sich der Wagen wieder in Bewegung. Die Kinder atmeten erleichtert auf. Sie waren unentdeckt aus der Stadt hinausgekommen! Emith grinste in sich hinein. Geniale Idee von Herrn Odrians Knecht, von Emiths Niesen mit einem Hustenanfall abzulenken und dann noch eine ansteckende Krankheit vorzutäuschen! Der Mann hatte seinen Beruf eindeutig verfehlt! Emith war sich sicher, dass er in jedem Theater des Landes ein erfolgreicher Schauspieler sein könnte!

In gemächlichem Tempo fuhren sie weiter, über holprige Landstraßen und Feldwege. Cynthia kuschelte sich gemütlich in das Heu und war bald eingeschlafen. Für Emith hingegen war die Fahrt eine Qual. Immer wieder ruckelte der Wagen heftig und Emith tat bald wieder alles weh. Zum wiederholten Male verfluchte er Onkel Lucio im Stillen und schwor sich, ihm eines Tages alles heimzuzahlen.

So vergingen mehrere Stunden und die Dämmerung senkte sich über das Land. Erst am späten Abend hielt der

Wagen plötzlich an; und der Knecht von Herrn Odrian kam nach hinten und rief Emith und Cynthia zu, sie könnten herauskommen. Mühsam wühlten sie sich ihren Weg aus dem Heu heraus und kletterten vom Wagen herunter. Sie schauten sich um und sahen, dass sie auf einem Hof vor einer großen Scheune standen. Es war bereits dunkel, doch der Hof wurde von mehreren Laternen beleuchtet. Hinter ihnen befand sich ein älteres, schlichtes Wohnhaus.

Plötzlich öffnete sich die Tür und eine Frau trat heraus. Im Licht der Laternen konnten sie sie zunächst nicht erkennen, doch als sie vor ihnen stand und sie freundlich begrüßte, staunten Cynthia und Emith: „Mutter Doriah! Was machst du denn hier?"

„Was ich hier mache?" Einen Augenblick stutzte sie, dann strahlte sie die Kinder an und antwortete: „Nun, im Moment begrüße ich gerade meine lieben Gäste."

„Du wohnst hier?", staunte Cynthia. „Warum hat uns Herr Odrian nicht erzählt, dass wir zu dir fahren?"

„So! Hat er nicht?", fragte sie lachend. „Naja, jetzt seid ihr hier. Kommt rein!", lud sie die Kinder herzlich ein. Emith ging noch schnell zu Herrn Odrians Knecht. „Danke", sagte er zu ihm, „das war echt klasse!"

Dieser grinste verschmitzt und fragte: „Hast du keine Angst, dich anzustecken?"

„Nee, nicht wirklich", antwortete Emith. Daraufhin brachen beide in lautes Gelächter aus. Sie winkten sich zum Abschied fröhlich zu. Dann folgte Emith Mutter Doriah und Cynthia in das Haus und betrat eine große Wohnküche.

Neugierig schauten sich die Kinder um. Der Raum war einfach, aber geschmackvoll eingerichtet. Ein großer, schmiedeeiserner Ofen stand dort, ein Waschkessel und ein schlichter Küchenschrank. Am Fenster hingen weiße Häkelgardinen. In der Mitte des Raumes stand ein riesiger Eichentisch mit einer zart gemusterten Tischdecke und vier wuchtigen Holzstühlen. Alles war blitzsauber. Der Tisch war gedeckt mit Brot, Obst, Käse und einem großen Krug Milch.

„Du hast es gemütlich hier", stellte Cynthia fest.

„Ja", erwiderte Mutter Doriah. „So viel Komfort wie Herr Odrian kann ich euch nicht bieten. Aber ich fühle mich hier wohl und ich hoffe, ihr auch, so lange ihr meine Gäste seid!"

Sie forderte die Kinder auf, am Tisch Platz zu nehmen, und bald ließen sie sich gemeinsam das Essen schmecken.

Mutter Doriah strahlte sie an. „Ich freue mich immer so sehr, wenn ich Besuch habe", sagte sie.

„Wohnst du denn ganz allein hier?", fragte Cynthia.

„Mein Mann ist vor einigen Jahren gestorben", antwortete Mutter Doriah. „Meine Kinder sind schon erwachsen. Sie wohnen nicht weit weg, aber nicht mehr hier im Haus. Ich wohne tatsächlich nur mit meiner Magd und meinem Knecht hier. Doch ihnen habe ich für ein paar Tage freigegeben. Je weniger Leute wissen, dass ihr hier seid, desto besser ist es."

Eine Weile saßen sie zusammen und unterhielten sich, bis Mutter Doriah sagte: „Ihr solltet jetzt schlafen gehen, denn ihr werdet mitten in der Nacht aufbrechen und habt einen weiten Weg vor euch. Berolunth ist auch schon hier und schläft nebenan."

„Schade, dass wir nicht mehr Zeit zusammen haben", sagte Cynthia. Sie mochte die alte Frau und hätte sich gerne noch länger mit ihr unterhalten. Außerdem war sie überhaupt nicht müde, weil sie ja im Heuwagen schon geschlafen hatte.

Doch Mutter Doriah umarmte sie sanft und sagte: „Ein anderes Mal werden wir mehr Zeit zusammen haben. Aber jetzt ist es wichtiger für euch, zu schlafen." Sie nahm die Öllampe, die auf dem Tisch stand, und führte die Kinder quer über den Hof zu einem kleinen Toilettenhäuschen. Anschließend gingen sie wieder ins Wohngebäude zurück. Durch einen dunklen Flur kamen sie schließlich zu zwei nebeneinander liegenden kleinen Schlafzimmern. In jedem Zimmer standen ein Bett, ein kleiner Tisch und ein Schrank.

Mutter Doriah zündete die Kerzen an, die auf den Tischen standen. Dann deutete sie auf den Schrank. „Berolunth gab mir etwas für euch. Zieht das bitte an, wenn ich euch nachher wecke. Es ist Kleidung, die für Kinder eines wohlhabenden Kaufmannes angemessen ist. Doch jetzt wünsche ich euch eine gute Nacht. Viel Zeit zum Schlafen bleibt euch nicht mehr." Damit ging sie zurück in die Küche und ließ die Kinder allein.

Neugierig öffneten die beiden den Schrank. Darin befanden sich schlichte, dunkelgraue Gewänder aus glänzendem Stoff und dazu passende dicke, samtene Kapuzenmäntel. Ehrfürchtig berührte Cynthia die weichen Stoffe. „Oh", staunte sie, „so etwas Tolles habe ich noch nie angehabt!"

„Ich auch nicht", erwiderte Emith. „Aber ich gehe jetzt schlafen. Gute Nacht!" Er hatte es plötzlich eilig, allein zu sein, denn er wollte sich unbedingt mit der Salbe einreiben, die Frau Odrian ihm beim Abschied gegeben hatte. Es war ihm zwar peinlich, dass sie ihn durchschaut hatte, aber er war dankbar für die Salbe. Beim Einreiben merkte er gleich, wie gut sie ihm tat. Bald darauf legte er sich in sein Bett und schlief ein.

Cynthia dagegen war noch gar nicht nach Schlafen zumute. Sie wandte sich wieder der schönen Kleidung zu, strich über den Stoff und drehte ihn in alle Richtungen. Dann probierte sie den Mantel an. Er passte ihr. Schließlich zog sie ihn wieder aus und hängte alles in den Schrank zurück. Dann blies sie die Kerze aus. Doch anstatt ins Bett zu gehen, ging sie zum Fenster. Sie zog die Gardinen zur Seite und schaute auf den mondlichtdurchfluteten Hof. Traurig dachte sie darüber nach, dass sie bald abreisen mussten. Wieder Abschied nehmen. Wie lange würde das noch so weiter gehen?

Ihr Blick fiel auf die große Scheune, in die vorhin das Heu verladen wurde. Plötzlich bemerkte sie, dass im Schatten der Scheunenwand jemand stand. Cynthia erschrak. Wer lungerte dort herum? War ihnen jemand gefolgt? Atemlos beobachtete sie die Gestalt, die im Dunkeln kaum zu erkennen war. Den Umrissen nach schien es ein Mann zu sein. Plötzlich trat er einen Schritt nach vorne ins Mondlicht und da erkannte Cynthia ihn. *Berolunth!* Diese Hakennase war eindeutig! Was machte der da bloß? Mutter Doriah sagte doch, er schliefe schon!

Neugierig beobachtete Cynthia Berolunth. Er stand eine Weile regungslos da, dann schaute er sich wachsam in alle Richtungen um und ging mit leisen Schritten zum Wohnhaus zurück. Dort verlor Cynthia ihn aus den Augen. Einige Zeit später hörte sie, wie sich eine Tür leise öffnete und wieder schloss und jemand sich in eins der Zimmer nebenan schlich. Anscheinend war er durch einen Hintereingang wieder herein gekommen. Cynthia zog die Gardinen zu und ging ins Bett. Doch einschlafen konnte sie noch lange nicht. Ihr Herz pochte und ihre Gedanken kreisten um Berolunth. Warum schnüffelte er nachts auf dem Hof herum? Und warum war er dabei so wachsam, so, als ob er auf keinen Fall gesehen werden wollte?

Cynthia hatte Berolunth von Anfang an nicht gemocht. Doch jetzt kamen ihr ernsthafte Zweifel, ob er vertrauenswürdig war. Sie überlegte, ob sie noch einmal zu Mutter Doriah gehen sollte, um mit ihr darüber zu sprechen. Doch das traute sie sich nicht. Mutter Doriah hatte so viel Wert darauf gelegt, dass sie schlafen sollten. Mit klopfendem Herzen legte Cynthia sich ins Bett, doch es dauerte lange, bis sie in einen unruhigen Schlaf fiel.

XII. Die Hütte im Wald

Ein lautes Klopfen an der Tür ließ die Kinder erschrocken aus dem Schlaf auffahren. „Ihr müsst jetzt aufstehen! Zieht euch schnell die neuen Sachen an und kommt!", hörten sie Mutter Doriahs Stimme. Schlagartig waren sie hellwach, standen auf und zogen sich an. Emith rieb sich vorher noch einmal mit der Salbe ein. Als er aus dem Zimmer kam, warteten Cynthia und Mutter Doriah schon im Flur auf ihn. Mit ihrer Öllampe in der Hand führte Mutter Doriah sie nun wieder durch das dunkle Wohnhaus zurück auf den Hof. Der war jetzt ebenfalls dunkel. Die Laternen waren erloschen und der Mond hatte sich hinter einer Wolke verkrochen. Mutter Doriah löschte ihre Öllampe. „Besser, es kann keiner schon von weitem sehen, dass wir mitten in der Nacht draußen sind", sagte sie.

Als ihre Augen sich an die Dunkelheit gewöhnt hatten, sahen sie, dass Berolunth bereits mit zwei gesattelten Pferden dort stand und auf sie wartete. Emith begrüßte ihn freundlich und ging dann zu Nachtwind. Er freute sich, den Hengst wieder zu sehen.

„Da bist du ja", flüsterte er zärtlich und schlang die Arme um seinen Hals.

Dann wandte er sich wieder den anderen zu. Er schaute sich das Pferd an, das Berolunth für Cynthia mitgebracht hatte. Es war eine Stute, doch beinahe ebenso groß wie sein Hengst. Sie war auch schwarz, hatte aber eine weiße Blesse und weiße Fesseln.

„Donnerwetter", murmelte Emith, „noch so ein Prachtstück!"

„Herr Odrian ist ein wohlhabender Mann", sagte Mutter Doriah, „und sehr, sehr großzügig. Ihr könnt euch wirklich glücklich schätzen, dass er euch diese Pferde zur Verfügung gestellt hat."

Cynthia spürte einen Kloß im Hals und sie hatte das Gefühl, sich gar nicht richtig bei den Odrians bedankt zu haben. *Diesen Fehler mache ich jetzt nicht noch einmal*, beschloss sie, trat zu Mutter Doriah und umarmte sie heftig. Plötzlich musste sie anfangen zu weinen. Herr und Frau Odrian und jetzt Mutter Doriah – sie waren alle so gut zu ihr gewesen. Sie zu verlassen, erschien ihr wie ein schrecklicher Verlust! Und die Aussicht, nun mit einem Mann unterwegs zu sein, den sie nicht mochte und dem sie nicht richtig vertrauen konnte, gefiel ihr überhaupt nicht.

Mutter Doriah hielt die schluchzende Cynthia in ihren Armen und strich ihr beruhigend über die Schultern. Sie warf Berolunth, der sichtlich genervt daneben stand, einen tadelnden Blick zu. Berolunth ging achselzuckend davon, um sein eigenes Pferd aus dem Stall zu holen. Wenige Augenblicke später kam er mit einem weiteren schwarzen Hengst zurück. Dann machte er sich schweigend daran, die Satteltaschen zu befestigen und alle Gurte noch einmal zu überprüfen. Inzwischen hatte sich Cynthia beruhigt und ging zu ihrem Pferd. „Du bist wunderschön", flüsterte sie der Stute zu, strich ihr über die Mähne und stieg schließlich auf.

Mutter Doriah lächelte ihr aufmunternd zu. Dann wandte sie sich Emith zu, umarmte auch ihn und wünschte ihm eine gute Reise. Anschließend schüttelte sie Berolunth die Hand und bedankte sich herzlich bei ihm, dass er die Kinder begleitete. Berolunth nickte kurz und sagte: „Auf Wiedersehen." Dann gab er das Zeichen zum Aufbruch und sie ritten los. Mutter Doriah schaute ihnen nach, bis sie in der Dunkelheit verschwunden waren. Dann ging sie ins Haus zurück.

Sobald die drei Reiter den Hof verlassen hatten, bogen sie in einen Feldweg ein. Der Mond war inzwischen wieder aus den Wolken hervorgekommen und erhellte die Landschaft ein wenig. Berolunth ritt in einem raschen Trab voran, die Kinder folgten ihm.

Zu ihrer Linken erstreckten sich dichte Wälder und auf der rechten Seite riesige Felder. Ab und zu kamen sie an einem einsamen Bauernhof vorbei. Nach einer Weile verließen sie den Feldweg und bogen in einen anderen ein. Emith war froh, dass sie einen Führer hatten. In Colorania gab es viele, riesige Waldgebiete und unbesiedelte Flächen. Wer sich nicht auskannte, konnte sich leicht verirren.

Nachdem sie eine Weile unterwegs waren, setzte die Morgendämmerung ein und die Vögel fingen an zu singen. Die Kinder begannen allmählich, sich nach einer Pause zu sehnen. Der lange Ritt hatte sie ermüdet und ein erster Frühstückshunger machte sich bemerkbar. Doch Berolunth ritt unentwegt weiter. Ihnen blieb nichts anderes übrig, als ihm zu folgen. Sie wagten auch nicht, ihn nach einer Pause zu fragen. Plötzlich lenkte Berolunth sein Pferd in den Wald hinein auf einen schmalen Trampelpfad.

Nun mussten sie im Schritttempo weiterreiten. Die Pferde bahnten sich einen Weg über Wurzeln, Stöcke, Moos und durch Sträucher und Farne. Oft mussten sich die drei Reiter unter tief hängende Zweige und Äste ducken. Das nahm ihre Aufmerksamkeit so sehr in Anspruch, dass die Kinder sogar die Gedanken an die Frühstückspause eine Weile vergaßen. Erst als sie einen breiten Weg erreichten, auf dem sie wieder besser reiten konnten, kehrten Hunger und Müdigkeit in quälender Stärke zurück.

Doch erst als die Sonne schon hoch am Himmel stand, ließ Berolunth eine Pause zu. Sie waren bei einer großen Lichtung angekommen. Dort gab es genug Gras für die Pferde und sogar ein kleiner Bach schlängelte sich am Rand der Wiese entlang. Ein gut ausgewählter Lagerplatz, das mussten die Kinder zugeben. Steif stiegen sie von ihren Pferden und ließen sich ins Gras fallen. Berolunth wollte gerade schimpfen, doch ein Blick auf die Kinder zeigte ihm, wie erschöpft sie waren. So nahm er den drei Pferden selbst die Sättel und das Gepäck ab. Anschließend holte er aus den Taschen Brot, Käse und Obst und begann zu essen. Cynthia und Emith waren in der Zwischenzeit schon eingeschlafen.

Sie erwachten, als sie spürten, wie jemand unsanft an ihren Schultern rüttelte. „Diomith, Merinde, wacht auf, wir müssen bald weiter!"

Diomith? Merinde? Ach ja … Cynthia fragte sich, wie lange es wohl dauern würde, bis sie sich an die neuen Namen gewöhnt hatte. Und bis sie es über sich bringen würde, diesen komischen Berolunth mit „Vater" anzureden …

Mit steifen Gliedern richteten die Kinder sich auf. Berolunth drängte erneut: „Los, esst, wir müssen weiterreiten!" Er stellte das Essen vor sie ins Gras. Dann ging er zu den Pferden, die ein Stück entfernt weideten, und machte sich daran, sie zu satteln. Emith und Cynthia begannen zu essen und zu trinken. Sie waren gar nicht begeistert von der Aussicht, bald wieder aufs Pferd steigen zu müssen. „Können wir nicht noch ein bisschen hier bleiben?", fragte Emith missmutig, als Berolunth mit den drei gesattelten Pferden zurückkam.

„Nein, sonst erreichen wir unser Nachtquartier nicht rechtzeitig." Berolunth stieg aufs Pferd und wartete sichtbar ungeduldig auf die Kinder.

Seufzend stiegen sie auf und ritten weiter.

Der Schlaf und die Mahlzeit hatten zwar gut getan, doch die Kinder spürten bald wieder, dass sie fast am Ende ihrer Kräfte waren. Berolunth merkte das anscheinend, denn von Zeit zu Zeit drehte er sich zu ihnen um und musterte sie besorgt. Zweimal machten sie kurze Pausen. Hinterher trieb er sie stets zu größerer Eile an.

In der Zwischenzeit hatte ein leichter Nieselregen eingesetzt. Das Blätterdach über ihnen und die dicken Samtmäntel hielten die Nässe zwar eine Weile von ihnen ab, doch als es immer weiter regnete, fühlte sich die Kleidung unangenehm feucht an.

Als die Abenddämmerung einsetzte, ließ der Regen endlich nach.

Sie hatten den breiten Weg verlassen und ritten wieder auf einem kleinen Pfad, der sich durch das Dickicht schlängelte.

Plötzlich sah Emith im Halbdunkel vor sich die Umrisse eines kleinen Hauses. Er stieß einen leisen Pfiff aus. Eine Hütte, mitten im Wald! Berolunth hielt vor der Hütte an. Er stieg ab und ging zur Tür. Langsam öffnete er sie, verscheuchte ein paar Spinnen und winkte Cynthia und Emith heran. Die beiden stiegen ebenfalls ab und gingen mit steifen Beinen zur Hütte.

Neugierig schauten sie sich um. Die Hütte bestand aus dunklen Holzbalken und war klein, doch stabil gebaut. Sie hatte keine Fenster, nur an der Vorderseite die Tür. Berolunth holte aus den Satteltaschen eine Kerze und Streichhölzer und zündete die Kerze an. Mit Erleichterung stellten sie fest, dass die Hütte trocken war und nicht ganz so verdreckt, wie sie befürchtet hatten. Rechts und links standen zwei Holzpritschen und in der Mitte etwas, das wie ein Tisch aussah.

„Los", sagte Berolunth, „packen wir aus!" Er stellte die Kerze auf den Tisch, ging zurück zu den Pferden und begann, die Satteltaschen abzunehmen. Obwohl Cynthia und Emith sich kaum noch auf den Beinen halten konnten, halfen sie ihm.

Währenddessen wurde der Regen wieder stärker. Schnell brachten sie ihr Gepäck in die Hütte und banden die Pferde unter einem großen Baum mit einem besonders dichten Blätterdach fest. „Gute Nacht", flüsterte Cynthia ihrer Stute zu und ging zur Hütte. Sie durfte sich als erste umziehen und sich auf einer der Holzpritschen ein Bett herrichten. In den Satteltaschen war außer dem Proviant noch Kleidung und für jeden eine warme Decke. Dankbar zog Cynthia sich die trockenen Sachen an und wickelte sich in die Decke ein. „Gute Nacht", murmelte sie, als Emith und Berolunth die Hütte betraten. Dann legte sie sich auf eine der Holzpritschen und drehte sich mit dem Gesicht zur Wand. Bald darauf war sie eingeschlafen. Emith und Berolunth zogen sich ebenfalls um und rollten sich in ihre Decken ein. Berolunth legte sich auf den Fußboden und überließ Emith die zweite Pritsche. Doch obwohl Emith sehr müde war, konnte er nicht einschlafen. Unruhig wälzte er sich hin und her und konnte auf der harten Pritsche keine bequeme Lage finden. Ein paarmal hatte er das Gefühl, Insekten würden auf ihm herumkrabbeln. Sehnsüchtig dachte er an das weiche Bett bei den Odrians, während er dem Geräusch des Regens lauschte, der auf das Hüttendach trommelte. Nach langer Zeit fielen ihm schließlich die Augen zu.

XIII. Rätsel um Berolunth

Als Emith am nächsten Morgen aufwachte, hörte er immer noch den Regen prasseln. *O nein,* dachte er, *das ist ja kein gutes Wetter, um weiterzureiten!* Er setzte sich auf und schaute zu Berolunths Schlafplatz hinüber. Der war leer. Berolunth war also schon aufgestanden. Emith ging zu Cynthias Pritsche. Cynthia drehte sich verschlafen um und öffnete die Augen. „Guten Morgen", begrüßte sie Emith, „hast du gut geschlafen?" „Geht so", antwortete er. „Die Betten hier sind nicht ganz das, was wir in den letzten Tagen genossen haben ..." Er streckte seine steifen Glieder und gähnte. Cynthia lachte: „Das stimmt!"

In diesem Moment öffnete sich die Tür der Hütte und Berolunth trat ein. Wortlos ging er zu den Satteltaschen und holte das Frühstück heraus. Dann deckte er den Tisch, setzte sich hin und begann zu essen. Zögernd gesellten sich Cynthia und Emith zu ihm und frühstückten ebenfalls. Keiner sagte etwas. Cynthia schaute verstohlen zu Berolunth. *Komischer Kerl,* dachte sie. Er wurde ihr immer unsympathischer. Konnte er nicht mal mit ihnen reden, ihnen wenigstens Guten Morgen sagen? Emith rutschte unruhig hin und her. „Reiten wir nach dem Frühstück gleich weiter?", fragte er schließlich, nur um etwas zu sagen.

„Bei dem Wetter nicht", antwortete Berolunth. Dann erhob er sich und ging zur Tür. Er drehte sich um und sagte:

„Nutzt den Tag, um euch auszuruhen. Wir werden erst morgen weiterreiten. Ich bin heute Abend wieder da!" Dann ging er hinaus.

Die Kinder schauten sich an. „Der kann ja tatsächlich drei Sätze auf einmal reden!", kicherte Cynthia. Emith prustete los.

„Mal ehrlich", beharrte sie, „hast du ihn jemals schon so viel reden gehört?"

„Nee", antwortete Emith, „das waren wahrscheinlich seine Worte für den ganzen Tag." Jetzt war es an Cynthia, loszuprusten. „Wir sollten nicht so albern sein", meinte sie dann. „Aber ich mag ihn einfach nicht!", murmelte sie, plötzlich ernst geworden.

Emith runzelte die Stirn. „Ich weiß auch nicht, was ich von ihm halten soll. Aber wir müssen versuchen, irgendwie mit ihm klarzukommen. Immerhin ist er unser einziger Führer!"

„Ja, das ist wohl wahr! Trotzdem finde ich ihn komisch!" Einen Moment überlegte Cynthia, ob sie Emith erzählen sollte, dass sie Berolunth auf Mutter Doriahs Hof nachts herumschnüffeln gesehen hatte. Doch dann ließ sie es bleiben. Wozu sollte sie Emith damit belasten?

„Ich wüsste gerne, wo Berolunth uns eigentlich hinführt", überlegte Emith. „Komisch, ich habe Vater Jonathan oder Herrn Odrian gar nicht nach dem Ziel unserer Reise gefragt. Mir war nur wichtig, so schnell wie möglich wegzukommen!"

„Aber ich weiß es", antwortete Cynthia, „Herr Odrian hat es mir gesagt!"

„Ehrlich?" Erstaunt blickte Emith auf.

„Wir reiten zum *Wald der singenden Birken*", erklärte sie.

„*Wald der singenden Birken*?", fragte Emith. „Davon habe ich noch nie gehört!"

„Der Wald liegt an der Ostgrenze Coloranias. Vater Jonathan schickt uns dorthin, weil er glaubt, dass dieser Wald mit der Erfüllung des Traums zu tun hat!"

Emith starrte Cynthia mit offenem Mund an. „Das hat dir alles Herr Odrian erzählt?", fragte er. „Und warum weiß ich nichts davon?"

„Weil du noch süß und selig geschlummert hast, als wir darüber sprachen!"

„Ja, aber du hättest es mir ja mal erzählen können!"

„Wann denn? Jetzt ist die erste Gelegenheit, wo wir mal in Ruhe reden können!" Gereizt begann Cynthia, die Brotkrümel auf dem Tisch hin und her zu schnippen.

„Ja, du hast ja recht", lenkte Emith ein, „aber sag, weißt du noch mehr?"

„Nur, dass noch nie jemand vom *Wald der singenden Birken* zurückgekommen ist." Cynthia lehnte sich zurück. „Es ist wohl nicht so leicht, hinzukommen. Davor ist ein großes Moor, *Moor der Irrlichter* heißt es, glaube ich. Man weiß nicht, ob die Leute, die bisher versucht haben, den Wald zu erreichen, sich im Moor verirrt haben, oder ob sie im Wald angekommen und nicht wieder zurückgekommen sind."

„Na das sind ja Aussichten!", stöhnte Emith. „Auf was haben wir uns da bloß eingelassen?"

Cynthia lachte. „Vater Jonathan wird schon wissen, was er tut!" Energisch stand sie auf und ging zur Tür. „Komm, lass uns mal nach den Pferden sehen!"

Sie traten durch die Tür in den Wald hinaus. Der Regen hatte etwas nachgelassen. Stattdessen hing ein leichter Nebel über dem Waldboden. Die Luft roch würzig nach Waldkräutern, Tannennadeln und feuchter Erde. Spinnweben glitzerten überall in den Sträuchern. Emith und Cynthia banden die Pferde los und führten sie zu einer grasbewachsenen Lichtung in der Nähe der Hütte.

„Wie heißt deine Stute eigentlich?", fragte Emith.

„Ich finde, sie ist wunderschön wie eine Perle. Darum soll sie auch so heißen", antwortete Cynthia.

„Ja, das ist ein schöner und passender Name", erwiderte Emith, der nachdenklich die grasenden Pferde betrachtete.

Den Rest des Tages verbrachten Emith und Cynthia damit, im Wald herumzustromern, Verstecken zu spielen und Beeren und Pilze zu sammeln. Das machte beiden großen Spaß und sie genossen den Tag in vollen Zügen. Das Wetter hatte sich verbessert. Am späten Nachmittag kam sogar die Sonne wieder heraus.

Als Berolunth am Abend zurückkam, brachte er Fische und einige Kräuter mit. Schweigend wie immer, machte er sich daran, vor der Hütte ein Lagerfeuer anzuzünden und das Essen zuzubereiten. Bald saßen alle drei am behaglich knisternden Feuer und aßen gebratenen Fisch mit Kräutern und Pilzen.

Emith schmeckte es hervorragend. Cynthia merkte jedoch eine ungewohnte Appetitlosigkeit. Sie war auch sehr müde. Lustlos stocherte sie in ihrem Essen herum. Bald stand sie auf, sagte den anderen gute Nacht und legte sich auf ihre Pritsche. Da Emith mit Berolunth nicht gerade eine unterhaltsame Gesellschaft hatte, ging auch er bald schlafen, hauptsächlich aus Langeweile.

Am nächsten Morgen hatte Cynthia Fieber. So mussten sie den Weiterritt erneut verschieben. Berolunth nahm das achselzuckend zur Kenntnis und verschwand wieder bis zum Abend.

Emith war frustriert und machte sich Sorgen um Cynthia. *Krankheit hatten wir eigentlich nicht eingeplant,* dachte er. *Erst recht nicht hier, mitten im Wald, weit entfernt von jedem Arzt!*

Er machte sich auf den Weg, um für Cynthia Heilkräuter zu besorgen. Tante Leah hatte ihm früher beigebracht, wie man verschiedene Kräutertees mit heilender Wirkung zubereiten konnte. So streifte er eine ganze Zeit im Wald umher und kam tatsächlich mit einigen Kräutern zurück. Als Cynthia das nächste Mal aufwachte, konnte er ihr seinen selbst gemachten Heiltrank verabreichen.

Die nächsten Tage verbrachte Emith mit Kräutersammeln und Krankenpflege. Mittlerweile kannte er sich in der Umgebung der Hütte aus und wusste, wo die besten Kräuter, Früchte und Pilze zu holen waren.

Auch Berolunth brachte abends gutes Essen mit, wenn er von seinen täglichen Ausritten zurückkam. Er erzählte nie, wo er gewesen war und was er gemacht hatte, aber er versorgte die Kinder gut. Wenngleich auch nur Emith mit ihm aß. Cynthia hatte kaum Appetit.

Vier Tage hatte Cynthia hohes Fieber. Erst am fünften Tag ging es ihr ein bisschen besser.

Als es soweit war, dass sie zum ersten Mal wieder die Hütte verlassen konnte, war Emith glücklich und erleichtert. Noch mehr freute er sich am Abend, als er sah, dass Cynthia endlich wieder mit Appetit aß.

Begeistert fragte er Berolunth: „Reiten wir morgen weiter?“ Doch der schüttelte den Kopf. „Nein, das ist noch zu früh.“

Emith war enttäuscht. Er wollte am liebsten so schnell wie möglich weiter. Doch er sah, wie Cynthia neben ihm erleichtert aufatmete.

„Na gut", sagte er, „vielleicht braucht Cynthia noch ein bisschen Zeit, um wieder ganz zu Kräften zu kommen. Aber eine Frage habe ich noch: Ist es nicht zu gefährlich für uns, so lange Zeit an einem Ort zu bleiben? Ich meine, immerhin werden wir ja gesucht!"

Berolunth schüttelte den Kopf. „Diese Hütte kennen außer mir nur zwei andere und die sind absolut vertrauenswürdig!"

Emith schaute Berolunth erstaunt an. „Ja, aber woher weißt du das? Und woher kennst *du* eigentlich diese Hütte?"

„Ich habe sie gebaut!", antwortete Berolunth und warf Emith dabei einen so finsteren Blick zu, dass die Kinder sich nicht trauten, noch eine weitere Frage zu stellen. Schweigend beendeten sie ihre Mahlzeit und gingen schlafen.

In der Nacht wachte Cynthia plötzlich auf. Sie war sich nicht sicher, was sie geweckt hatte. War da ein Geräusch? Cynthia setzte sich auf und lauschte angestrengt, doch außer Emiths gleichmäßigem Atem von der gegenüberliegenden Hüttenwand war nichts zu hören. Plötzlich sah sie, dass die Hüttentür einen Spalt offen stand. Und der Platz auf dem Fußboden war leer. *Berolunth war weg!* Neugierig stand sie auf und spähte vorsichtig zur Tür hinaus. Im Mondlicht konnte sie die drei Pferde sehen, die vor der Hütte angebunden waren. Perle schnaubte unruhig. Doch Berolunth war nirgends zu sehen. Cynthia musste wieder daran denken, wie sie Berolunth auf Mutter Doriahs Hof in der Nacht umherwandern gesehen hatte. Ob er heute Nacht auch irgendwo unterwegs war? Ihr Herz pochte heftig.

Sie überlegte, ob sie Emith aufwecken sollte, aber der schlief fest. Und letzten Endes gab es keinen wirklichen Grund, ihn zu wecken. Vielleicht musste Berolunth ja auch nur mal. Dann würde er bald wiederkommen.

Leise schlich sie zu ihrer Pritsche zurück. Ein paar Minuten später sah sie, dass Berolunth hineinkam und die Tür leise schloss. Also gab es vielleicht wirklich keinen Grund zur Besorgnis. Trotzdem war Cynthia unruhig. Sie nahm sich vor, Emith am nächsten Tag zu erzählen, wie sie Berolunth auf Mutter Doriahs Hof beobachtet hatte. Das hätte sie vielleicht schon längst tun sollen. Sie würde Emith fragen, ob er Berolunth wirklich für vertrauenswürdig hielt.

Unruhig wälzte Cynthia sich auf ihrer Pritsche hin und her. Es dauerte eine ganze Weile, bis sie wieder einschlief.

Am nächsten Morgen kamen ihr die nächtlichen Ängste jedoch lächerlich vor. Sie beschloss, Emith doch nichts davon zu erzählen. Es blieb ihnen sowieso nichts anderes übrig, als Berolunth zu vertrauen. Ohne ihn würden sie niemals an ihrem Ziel ankommen oder auch nur aus diesem Wald herausfinden. So schob sie ihre Ängste zur Seite und sagte nichts. Sie konnte nicht ahnen, wie sehr sie das schon bald bereuen würde.

XIV. Gefahr in Peregriah

Es war ein kühler, nebliger Morgen. Berolunth hatte die Kinder früh geweckt und nun waren sie endlich wieder unterwegs, weg von der Hütte, in der sie so viele Tage verbracht hatten. Ein einzelner Waldvogel hoch über ihnen sang sein einsames Lied, doch es klang eher unheilvoll als fröhlich. Cynthia fröstelte und zog ihren Mantel enger um sich. Sie fragte sich, was ihnen auf der Reise noch für Abenteuer begegnen würden.

Diesmal achtete Berolunth darauf, nicht zu schnell zu reiten und die Kinder nicht zu überfordern. Ab und zu warf er Cynthia einen prüfenden Blick zu. Auch machten sie bald nach dem Aufbruch schon die erste Pause.

Vielleicht ist er ja doch ganz in Ordnung, dachte Cynthia.

Trotz des langsameren Tempos kamen sie gut voran und hatten bis zur Mittagszeit ein ganzes Stück Weg zurückgelegt.

Am späten Nachmittag lichtete sich der Wald ein wenig und sie erreichten einen kleinen Gebirgszug. Weil die Wege dort steiler und holpriger waren, mussten sie langsamer reiten. Kurz bevor die Dämmerung einsetzte, erreichten sie ihr Nachtquartier: Eine Höhle, die zwar nicht besonders gemütlich, aber wenigstens trocken war. Aus Moos und Blättern richteten sie sich ein halbwegs bequemes Nachtlager her.

Nach dem langen Ritt und einem guten Abendessen waren die Kinder auch müde genug, um sofort einzuschlafen.

Am nächsten Morgen brachen sie wieder früh auf. Sie ließen den Gebirgszug hinter sich und ritten einen weiteren Tag durch dichte Wälder. Am Abend erreichten sie eine kleine Hütte, die der vorherigen sehr ähnlich sah. Einen Augenblick lang fragte Cynthia sich, ob sie im Kreis geritten waren. Auch Emith war verblüfft. „Hast du die auch gebaut?", fragte er Berolunth. Doch der tat so, als hätte er die Frage nicht gehört, und Emith wagte nicht, noch einmal zu fragen.

Am kommenden Morgen kündigte Berolunth an: „Wir werden heute den Wald hinter uns lassen und gegen Abend die Stadt Peregriah erreichen. Dort werden wir in einem Wirtshaus übernachten. Denkt daran, dass ich euer Vater bin und ihr Diomith und Merinde! Keiner von euch sollte jetzt noch unsere richtigen Namen benutzen!"

Die Kinder waren ganz aufgeregt. *Endlich wieder mal in einem richtigen Bett schlafen,* war Cynthias erster Gedanke.

Emith hingegen war froh bei der Aussicht, mal wieder etwas anderes als nur Bäume zu sehen. Er konnte es kaum erwarten, den Wald hinter sich zu lassen. Fröhlich pfiff er vor sich hin und die vielen Stunden des Reitens kamen ihm an diesem Tag gar nicht so lang vor.

Doch am Nachmittag, als sie tatsächlich aus dem Wald heraus ritten, wurde er unruhig. Ihm war bis dahin gar nicht bewusst gewesen, wie viel Schutz ihnen die großen Wälder doch geboten hatten. Obwohl sie die ganze erste Zeit keiner Menschenseele begegneten, drehte er sich ständig wachsam um.

Berolunth wies ihn zurecht: „So ziehst du nur unnötig Aufmerksamkeit auf dich!" Emith nickte. Er wollte versuchen, sich zusammenzureißen.

Allmählich wurde die Gegend belebter. Je näher sie der Stadt kamen, desto mehr Leute waren auf den Straßen unterwegs. Es fiel Emith schwer, sich an die vielen Menschen zu gewöhnen und sich nicht mehr immerzu umzuschauen.

Als sie Peregriah schließlich erreichten, wurde es schon dämmrig. Groß und dunkel ragten die Stadttore vor ihnen auf. Berolunth wechselte mit den Wächtern ein paar Worte und sie ließen ihn und die Kinder hinein.

Cynthia und Emith folgten Berolunth durch schmale, verwinkelte Gassen, bis sie zu einem größeren Platz kamen, der wie ein Marktplatz aussah. Dort standen ein paar mehrstöckige Fachwerkhäuser, eine Schule und ein Rathaus. Direkt dahinter befand sich ein weiteres, großes Haus. Auf einem Schild lasen die Kinder: *Gasthaus Zur Post.*

Vor dem Gasthaus hielten sie an. Berolunth ging hinein, um nach einem freien Zimmer zu fragen. Bald kam er mit einem Mann wieder, der ihnen die Pferde abnahm und zu den Ställen hinter dem Haus führte. Berolunth und die Kinder betraten das Gasthaus.

Sie gingen durch die Wirtsstube zur Theke. Es roch gut nach Essen. Cynthias Magen fing sofort an zu knurren. Der Wirt, ein stämmiger Mann, der seinen Bauch wie eine riesige Kugel vor sich herschob, schenkte gerade zwei Männern Getränke ein. Er unterbrach seine Tätigkeit, um seine neuen Gäste lautstark und fröhlich zu begrüßen. Überschwänglich schüttelte er Berolunth die Hand und klopfte den Kindern auf die Schultern. Cynthia mochte den Mann überhaupt nicht. Sein übertriebenes Getue war ihr zuwider, abgesehen davon, dass er nach Bier und abgestandenem Fett roch. Auch Emith reagierte genervt, als der Wirt versuchte, ihn in ein Gespräch zu verwickeln. Nach dem langen Ritt war den Kindern mehr nach einem guten Essen und einem warmen Bett zumute. Eine Unterhaltung mit dem Wirt stand nicht auf ihrer Wunschliste für den Abend. Anscheinend merkte der Wirt, dass seine neuen Gäste nicht so unterhaltsam waren. Ganz plötzlich hörte er auf zu reden, wies ihnen Plätze an einem der Tische zu und servierte ihnen bald ein reichhaltiges Abendessen.

Während sie aßen, beobachtete Emith, wie sich der Raum langsam füllte und immer mehr Gäste kamen, um zu essen oder etwas zu trinken. Unwillkürlich musste Emith an Onkel Lucio denken. Bestimmt saß auch er gerade an der Theke im *Wilden Eber* …

Plötzlich öffnete sich die Tür des Wirtshauses erneut und drei Männer kamen herein. Emith wäre fast zusammengezuckt, als er die schwarzen Rüstungen sah, die sie trugen. *Schwarze Ritter!* Wie gebannt beobachtete er, wie sie sich an einen Tisch am anderen Ende des Raums setzten und ihre Helme abnahmen. Der Wirt beeilte sich, sie zu bedienen, denn Schwarze Ritter waren bevorzugt zu behandeln.

Cynthia, die mit dem Rücken zu dem Geschehen saß und die Ankunft der gefürchteten Gäste nicht gesehen hatte, wandte sich um und folgte Emiths Blick, als sie seinen Gesichtsausdruck bemerkte. Auch sie erschrak. Schnell drehte sie sich wieder um und versuchte, weiterzuessen. Doch der Rest des Essens schmeckte ihr nicht mehr. Emith auch nicht. Berolunth versuchte leise, sie zu beruhigen: „Denkt daran, ihr seid mit eurem Vater auf einer Geschäftsreise unterwegs! Das ist eine ganz normale Sache! Keiner kann hier so schnell herausfinden, wer ihr wirklich seid. Ihr müsst also keine Angst haben!"

Die Kinder nickten. Trotzdem waren beide froh, als Berolunth bald darauf den Wirt nach dem Zimmerschlüssel fragte und sie aufforderte, mit ihm zu kommen.

Sie folgten der Beschreibung des Wirtes durch einen kleinen, dunklen Flur eine schmale Holztreppe hinauf. Im Treppenhaus roch es muffig.

Oben angekommen, schloss Berolunth gleich die erste Tür auf. Das Zimmer wurde vom Licht einer Straßenlaterne beleuchtet, die direkt vor dem Fenster stand. Es war klein, aber sauber, und drei Betten standen darin. In der Mitte stand ein kleiner Tisch mit einer Öllampe. Berolunth zündete sie an. Dann zog er die Vorhänge vor dem Fenster zu. „Unsere Sachen sind schon hier", sagte er und wies in die Ecke. Emith folgte seinem Blick. Tatsächlich, jemand hatte schon die Satteltaschen von ihren Pferden abgenommen und in ihr Zimmer gebracht.

„Dann schlaft gut. Ich habe noch etwas zu erledigen!" Berolunth ging zur Tür. Dort drehte er sich noch einmal nach den Kindern um und warnte sie: „Und verlasst das Zimmer nicht! Unter keinen Umständen lasst euch in der Wirtsstube blicken. Kümmert euch auch nicht darum, ob ich da bin oder nicht. Ich komme vielleicht erst spät!" Damit ging er hinaus und ließ die Kinder allein in dem Zimmer zurück.

Die beiden waren erschöpft von dem langen Ritt. Sie redeten nicht mehr viel, sondern löschten bald die Lampe und gingen schlafen.

Behaglich kuschelte sich Emith unter seine Bettdecke. Von unten drang Lärm und Gelächter zu ihnen herauf. Ihr Zimmer befand sich genau über der Wirtsstube. Er erschauderte noch einmal bei dem Gedanken an die schwarz gekleideten Gäste dort unten und zog sich die Bettdecke noch höher über seinen Kopf. Bald darauf schlief er ein.

Cynthia jedoch konnte das Gefühl der Bedrohung, das sie seit dem Anblick der Schwarzen Ritter empfunden hatte, nicht so leicht abschütteln. Sie wälzte sich in ihrem Bett hin und her und konnte einfach nicht zur Ruhe kommen. Irgendwann fiel sie in einen unruhigen Schlaf.

Plötzlich schreckte sie hoch. Sie wusste nicht, wie lange sie geschlafen hatte, aber sie war aus irgendeinem Grund hellwach. Aus der Wirtsstube drangen immer noch laute Stimmen und Gelächter nach oben. Sie setzte sich auf und zog den Vorhang vom Fenster hinter ihrem Bett ein Stück zur Seite. Im Lichtschein der Straßenlaterne konnte sie sehen, dass Berolunths Bett immer noch leer war. Was machte der bloß so lange, fragte sie sich. Plötzlich meinte sie, aus den Stimmen, die von der Wirtstube heraufdrangen, Berolunths herauszuhören. Angespannt lauschte sie und versuchte, herauszufinden, ob das wirklich seine Stimme war.

Doch sie war sich nicht sicher. Die Unruhe in ihr wurde größer. Sie musste an all die Situationen denken, in denen sie schon an Berolunth gezweifelt hatte. Wenn er jetzt dort unten sitzen würde, dann hätte er sie vorhin angelogen. „Etwas zu erledigen" konnte ja wohl nicht heißen, den Abend in der Wirtsstube zu verbringen! Und überhaupt: Wieso hatte er sie so eindringlich gewarnt, auf keinen Fall in die Wirtsstube zu kommen, obwohl er ihnen beim Abendessen noch erzählt hatte, dass sie mit der Tarnung, seine Kinder zu sein, ziemlich sicher seien?

So überlegte Cynthia hin und her. Schließlich hielt sie es nicht mehr aus. Sie musste die Wahrheit erfahren. Obwohl sie große Angst hatte, das Zimmer zu verlassen, ging sie zur Tür, öffnete sie leise und schlich auf Zehenspitzen hinaus. Vorsichtig schaute sie sich im Flur um. Kein Mensch war zu sehen. Sie schloss leise die Zimmertür hinter sich und schlich über den Flur zur Treppe. Ihr Herz klopfte bis zum Hals, als sie die Stufen hinunter ging. Wenn jemand sie sehen sollte, wollte sie sagen, dass sie nicht schlafen konnte und ihren Vater suchte. Doch sie hoffte inständig, niemandem zu begegnen.

Schließlich kam sie unten an und schlich durch den Flur bis zur Tür, die in die Wirtsstube führte. Sie musste nicht eintreten, denn durch das trübe Fenster, das sich in der Tür befand, konnte sie bereits alles sehen. Doch das, was sie sah, ließ sie beinahe erstarren: Berolunth saß an einem Tisch mit mehreren Schwarzen Rittern, offensichtlich in vertrauter, fröhlicher Gemeinschaft. Gerade hob er einen Krug und prostete ihnen zu.

XV. Gefangen!

Außer sich vor Entsetzen drehte sich Cynthia um und rannte die Treppe hinauf in ihr Zimmer. Emith fuhr verwirrt aus dem Schlaf hoch, als Cynthia aufgeregt auf ihn einredete. Es dauerte eine Weile, bis sie ihm begreiflich machen konnte, was sie gesehen hatte.

Doch als er endlich verstanden hatte, war auch er hellwach. „Dieser Mistkerl", schimpfte er, „und ich hatte ihm inzwischen fast schon vertraut!"

„Aber was machen wir jetzt bloß?", fragte Cynthia mit zitternder Stimme.

Emith runzelte nachdenklich die Stirn. „Ich habe gesehen, dass es hier einen Hintereingang gibt, der zu den Pferdeställen führt. Dort schleiche ich hinaus und versuche auszukundschaften, ob wir von da aus abhauen können, ohne, dass uns jemand sieht. In der Zwischenzeit packst du alle Vorräte, die in Berolunths Satteltaschen sind, in unsere. Versuche, die Taschen so voll wie möglich zu stopfen. Wenn alles gut geht, kann ich schon unsere Pferde heimlich satteln. Dann komme ich wieder und wir schleichen uns mit den Satteltaschen zum Stall! Wenn dort jetzt allerdings jemand ist, muss ich mir etwas anderes einfallen lassen ..."

„Oh nein, ich will nicht allein hier oben zurück bleiben!" Cynthia war den Tränen nahe. „Bitte, lass mich nicht allein!"

„Es ist aber besser so! Ich verspreche dir auch, dass ich nicht lange weg bin!"

„Wir können doch die Sachen jetzt schnell packen und dann zusammen gehen!", bettelte Cynthia.

„Nein!" Emith schüttelte entschieden den Kopf. „Wenn mich allein jemand sieht, kann ich mir leichter eine Ausrede einfallen lassen, aber wenn uns jemand zusammen und mit gepackten Sachen sieht, dann ist das schon sehr verdächtig! Nein, es ist besser, wenn ich erst allein prüfe, ob die Luft rein ist!"

Cynthia sah ein, dass Emith Recht hatte. So schlüpfte Emith bald darauf leise durch die Tür und sie blieb schweren Herzens allein im Zimmer zurück. Sie hatte sich noch nie in ihrem Leben so verlassen gefühlt wie in diesem Augenblick. Einen Moment blieb sie wie betäubt auf ihrem Bett sitzen. Dann fing sie in fieberhafter Eile an, die Taschen umzupacken. Das Herz klopfte ihr dabei bis zum Hals. Bei jedem Geräusch, das von der Wirtsstube in ihr Zimmer drang, zuckte sie zusammen.

Bald war alles gepackt. Nun musste sie warten. Sie setzte sich wieder auf ihr Bett. *Hoffentlich kommt Emith bald*, dachte sie. Sie wünschte sich so sehr, er wäre schon da. Doch die Minuten vergingen und er kam nicht. Cynthia wurde immer unruhiger. *Da war doch irgendwas schief gegangen! Er wollte sich doch beeilen ...*

Nervös stand sie wieder auf und ging im Zimmer hin und her. Sie konnte das Warten fast nicht mehr ertragen!

Plötzlich hielt sie inne. *War da ein Geräusch?* Sie lauschte. Tatsächlich, im Flur waren jetzt ganz deutlich Schritte zu hören. Emith kam zurück! Eine Woge der Erleichterung durchflutete sie.

Dann öffnete sich auch schon leise die Tür. Doch herein trat nicht Emith, sondern die Person, die sie am allerwenigsten sehen wollte.

Einen Augenblick war Cynthia wie erstarrt, als sie Berolunth gegenüber stand. Der stutzte ebenfalls, als er sie sah. Mit einem Blick erfasste er die Situation. „Du hast mich in der Wirtsstube gesehen!", sagte er ruhig.

Cynthia konnte nicht antworten, ihre Kehle war wie zugeschnürt. Berolunth schloss die Tür hinter sich und betrachtete Cynthia nachdenklich. Cynthia wagte nicht, sich zu rühren. *Wo blieb Emith nur?*

Plötzlich kam ihr ein schrecklicher Gedanke. Es konnte nur einen Grund geben, warum Emith nicht kam: Berolunth hatte ihm schon etwas angetan!

Bei diesem Gedanken fing Cynthia an zu zittern. Ohne zu überlegen, was sie tat, stieß sie hervor: „Verräter! Was hast du mit ihm gemacht? Was hast du mit Emith gemacht?"

„Mit Emith?", Berolunth zog eine Augenbraue hoch, sagte aber nichts.

Cynthia begann zu schluchzen. „Du hast ihn auf dem Weg zum Stall abgefangen! Was hast du ihm getan?"

Als Berolunth immer noch nicht antwortete, schleuderte sie ihm entgegen: „Du bist ein hundsgemeiner Kerl! Erst versuchst du, unser Vertrauen zu gewinnen und dann hintergehst du uns so gemein! Aber ich habe dir von Anfang an nicht geglaubt! Du hast deine Rolle nicht besonders gut gespielt!"

In Berolunths Augen trat ein harter Ausdruck. „Immerhin habe ich sie so gut gespielt, dass du jetzt hier bist!", sagte er kalt. Dann trat er entschlossen auf Cynthia zu. Er musste tun, was getan werden musste. „Du hast es nicht anders gewollt!", murmelte er.

Emith schlich die Treppe hinunter zum Hintereingang. Erleichtert stellte er fest, dass dort niemand zu sehen war. *Das sind ja gute Voraussetzungen*, dachte er.

Doch als er den Hof betrat, sah er, dass es trotzdem nicht einfach werden würde. Der Stall befand sich direkt gegenüber, aber der Hof wurde von einer Laterne hell erleuchtet, und auf allen Seiten waren Hauswände mit Fenstern. Würde Emith über den Hof gehen, konnte er von allen Seiten gut beobachtet werden. Nachdenklich schaute er sich um. Die rechte Seite des Hofes war etwas dunkler als die linke. Dort wollte er an der Hauswand entlang schleichen. Das war zwar der längste Weg zum Stall, aber der sicherste. Vorsichtig schlich er los. Er hatte schon fast die Hälfte des Weges geschafft, als er plötzlich Schritte und Stimmen hörte. Zum Glück war gerade dort, wo er sich befand, eine kleine Nische in der Mauer. Schnell schlüpfte er hinein und hoffte, dass man ihn dort nicht sehen konnte. Zwei Männer betraten den Hof. Sie kamen offensichtlich gerade aus der Wirtsstube. Emith hörte sie aufgeregt miteinander reden, wobei sie immer lauter wurden. Plötzlich hörte Emith einen dumpfen Schlag und einen Schrei. Von seinem Versteck aus konnte er nicht sehen, was passiert war. Es hörte sich aber so an, als hätte sich der Streit der beiden Männer zu einer handgreiflichen Auseinandersetzung entwickelt.

Weitere Schläge, Schreie und lautes Schimpfen folgten. Emith stöhnte auf. Das hatte ihm gerade noch gefehlt! Ausgerechnet jetzt, wo er sich so beeilen musste!

Da hörte er wieder Schritte und eine laute Männerstimme, die den beiden Streithähnen befahl, ihre Prügelei zu beenden und den Hof zu verlassen. Emith erkannte die Stimme des Wirtes. Die beiden Männer gehorchten offensichtlich, denn obwohl sie sich weiterhin lauthals beschimpften, hörten sie auf, sich zu prügeln. Kurze Zeit darauf entfernten sie sich. Emith hörte den Wirt noch eine Weile leise vor sich hinfluchen, dann wurde alles still. Er wartete noch ein paar Minuten, bevor er sich aus der Nische hervor wagte. Immerhin konnten Leute, die durch den

Lärm im Hof aufgeschreckt worden waren, aus dem Fenster schauen.

Schließlich ging er aber doch weiter. Er dachte daran, dass Cynthia auf ihn wartete. Und er hatte die Ställe noch nicht mal erreicht! Jetzt musste er sich wirklich beeilen!

Den Rest des Weges konnte er ohne Verzögerungen zurücklegen und schließlich betrat er den Pferdestall. Der Stall war erstaunlich groß. Viele Pferde waren darin untergebracht, durch halbhohe Bretterwände voneinander getrennt. Es dauerte ein bisschen, bis er Nachtwind und Perle gefunden hatte.

Liebevoll begrüßte er seinen Hengst. Nachtwind schaute ihn mit seinen großen, samtenen Augen an. Emith schlang die Arme um ihn. Einen Augenblick lehnte er sich an ihn und seufzte. „Du musst mich jetzt bald ganz schnell von hier fort tragen!", flüsterte er. Dann machte er sich daran, den Hengst zu satteln. Bald war er fertig und ging zu Perle. Die Stute schnaubte unruhig, als sie ihn sah, ließ sich aber ebenfalls willig satteln. Emith war gerade fertig, als er ein leises Geräusch hinter sich hörte. Ruckartig blieb er stehen, doch als er sich umdrehen wollte, schlang sich auch schon ein Arm um ihn und hielt ihn fest umklammert. Gleichzeitig presste eine Hand seinen Mund zu. „Du tust, was ich dir sage, oder du wirst es bitter bereuen!", hörte er Berolunths Stimme hinter sich leise zischen.

Emith versuchte, sich aus der Umklammerung zu befreien. Doch es hatte keinen Zweck. Berolunths Arm war wie Eisen und je mehr Emith sich wehrte, desto fester drückte Berolunth zu. Schließlich blieb Emith nichts anderes übrig, als sich zu fügen. Als Berolunth ihn fragte, ob er bereit sei zu gehorchen, nickte er. Daraufhin ließ Berolunth ihn los.

Emith musste ein paar Mal nach Luft schnappen und blieb einen Moment wie benommen stehen. Aus den Augenwinkeln sah er Berolunth hinter sich und erschrak: Berolunth trug Rüstung und Schwert eines Schwarzen Ritters. Das einzige, was fehlte, war der Helm. Entsetzt drehte Emith sich um und starrte ihn an. Damit hatte er nicht gerechnet! Er wusste ja, was Cynthia in der Wirtsstube gesehen hatte, aber dass Berolunth selbst ein Schwarzer Ritter war, das hatte er doch nicht gedacht!

„Du bist einer von *ihnen*!", flüsterte Emith entgeistert und konnte nicht aufhören, Berolunth anzustarren. Durch seinen Kopf schossen tausend Gedanken. *Wie hat er es geschafft, Herrn Odrian so zu täuschen?*

Berolunth befahl Emith mit kalter Stimme, vorwärts zu gehen. Er selbst blieb dicht hinter ihm und Emith wusste, dass er die Hand am Schwertgriff hatte. Sie gingen zu Berolunths Hengst. Berolunth befahl Emith, das Tier zu satteln. Er selbst stand mit gezücktem Schwert daneben.

Mit zitternden Händen führte Emith die Anweisung aus. Dabei überlegte er fieberhaft, wie er sich eine Gelegenheit zur Flucht verschaffen konnte. Doch Berolunth verfolgte wachsam jede seiner Bewegungen.

Nachdem der Hengst fertig gesattelt war, befahl Berolunth Emith, zurück ins Zimmer zu gehen. Er ging wieder dicht hinter Emith, den Schwertgriff in der Hand. Diesmal gab Emith sich keine Mühe, leise über den Hof zu schleichen. Im Gegenteil, er überlegte, ob er wohl irgendjemanden auf sich aufmerksam machen und Hilfe erwarten konnte. Doch als er sich vorsichtig umschaute, hörte er sofort, wie Berolunth das Schwert aus der Scheide zog. Da ließ er es doch lieber bleiben. Schließlich betraten sie das Gasthaus und stiegen die kleine Treppe hinauf zu ihrem Zimmer.

Emith überlegte, ob er Cynthia irgendwie warnen konnte. Vielleicht würde sie es schaffen, aus dem Fenster zu klettern.

Doch als er das Zimmer betrat, wartete eine böse Überraschung auf ihn: Cynthia lag auf ihrem Bett, gefesselt und geknebelt. Sie drehte ihren Kopf ein wenig, als sie hörte, dass die Zimmertür sich öffnete, und blickte Emith traurig an. Plötzlich wurde Emith wütend. Ohne zu überlegen, was er tat, drehte er sich um und stürzte sich auf Berolunth. Der war darauf nicht gefasst gewesen und geriet einen Moment ins Taumeln. Das wäre für Emith der beste Augenblick gewesen, um wegzulaufen, doch er konnte Cynthia nicht im Stich lassen. So begann er, wild auf Berolunth einzuschlagen. Etwas Besseres fiel ihm nicht ein. Aber Berolunth gewann schnell seine Fassung wieder. Geschickt fing er Emiths Schläge ab und bald hielt er seine Arme fest und verdrehte sie so schmerzhaft, dass Emith keuchte. Anschließend fesselte er ihm die Hände, knebelte ihn und band Cynthias Füße los. Aus einer Ecke des Zimmers holte er den Helm, der zu seiner Rüstung noch gefehlt hatte, und setzte ihn auf. Er hängte jedem der Kinder eine Satteltasche um und die dritte nahm er selbst. Dann befahl er ihnen, mitzukommen.

Eine herbe Enttäuschung

Michaela war so vertieft in die Geschichte, dass sie gar nicht gemerkt hatte, wie schnell die Zeit vergangen war. Draußen war es schon dunkel.

Doch nun war sie von einem lauten Poltern im Flur unterbrochen worden. War das Paps? Aber warum machte er so viel Krach? Michaela öffnete die Zimmertür einen Spalt. Sie sah ihren Vater im Flur. Sein Aktenkoffer war ihm aus der Hand gefallen. Ein wildes Durcheinander von Papieren türmte sich auf dem Boden, während Paps auf allen Vieren dazwischen krabbelte und versuchte, sie wieder einzusammeln. Picasso schob sich zwischen Michaelas Beinen hindurch und schnupperte entzückt an dem Chaos auf dem Boden. Michaela unterdrückte ein Grinsen und verscheuchte ihren Kater. Dann machte sie sich daran, ihrem Vater zu helfen. Aus dem Schlafzimmer hörten sie Moms verschlafene Stimme: „Was ist denn los?"

„Nichts! Schlaf nur weiter!", riefen Michaela und Paps gleichzeitig. Keiner von beiden hatte Lust, jetzt auch noch Stress mit Mom zu haben. Gemeinsam sammelten sie die restlichen Papiere auf. Wann hatte Michaela eigentlich das letzte Mal etwas zusammen mit ihrem Vater gemacht? Das musste sehr lange her sein! Sie folgte ihm ins Wohnzimmer und schaute auf die Uhr. 22 Uhr 10. Plötzlich fiel ihr ein, dass sie ihren Vater ja nach dem Bildbearbeitungsprogramm fragen wollte. Das war die Gelegenheit.

„Du, Paps", fing sie an, während sie sich auf das Sofa setzte. „Ich wollte dich mal was fragen."

„Ja?" Ihr Vater hatte sich auf dem Fernsehsessel niedergelassen und blätterte in einer Zeitung.

„Ich wollte dich fragen, ob du mir mal erklären kannst, wie dein Bildbearbeitungsprogramm funktioniert …"

„Och Michi, nee, du weißt doch, wie eingespannt ich bin. In der Firma gibt es im Moment jede Menge Extratermine. Ich glaube nicht, dass ich in der nächsten Zeit dazu kommen werde, mich auch noch mit dir an den Computer zu setzen!"

„Aber Paps …" Michaela überlegte kurz, wie viel sie ihrem Vater erzählen konnte. Eigentlich sprach sie mit Paps nie über ihre Probleme und irgendwie war es ihr auch peinlich, ihm davon zu erzählen. Doch andererseits … Wenn sie jetzt ehrlich zu ihm war, hätte sie vielleicht eine Chance, dass er ihr helfen würde. Mom lag nebenan schon im Bett und schlief hoffentlich. Also konnte sie in Ruhe mit Paps reden. Sie beschloss, ihm einfach zu erzählen, was vorgefallen war.

Ihr Vater hörte aufmerksam zu und legte sogar die Zeitung zur Seite. Das war ja schon mal ein gutes Zeichen.

Doch als sie zu Ende erzählt hatte, sagte er nur: „Michaela, ihr müsstet eigentlich alt genug sein, um mit solchen Kindereien langsam aufzuhören. Ich werde dich bestimmt nicht dabei unterstützen, alberne Bildchen hin und her zu schicken! Das werdet ihr ja wohl auch noch anders regeln können!"

Michaela starrte ihn an. Sie fühlte sich, als hätte er ihr eine Ohrfeige verpasst! Nein, nicht nur eine, sondern gleich zehn!

Wortlos stand sie auf und ging in ihr Zimmer zurück.

„Michaela", rief er ihr hinterher. Sie drehte sich noch einmal um. Anscheinend hatte er gemerkt, dass sie von seiner Antwort schockiert war.

„Michaela es tut mir leid, dass du Stress mit deinen Mitschülern hattest. Ich bin halt nur der Meinung, dass du das schon schaffen wirst!" Seine Stimme klang müde.

„Ist schon gut, Paps", erwiderte sie und schloss die Tür hinter sich.

Plötzlich fühlte sie sich auch müde. Und enttäuscht. Bodenlos enttäuscht!

Sie hatte es riskiert, ihrem Vater zu vertrauen und ihm von ihren Problemen zu erzählen, obwohl es ihr peinlich war. Und er hatte kein Verständnis für sie gehabt. Seine Anteilnahme glich der eines Kühlschrankes. Daran änderte auch der halbherzige Versöhnungsversuch am Schluss nichts.

Eins wusste sie jedenfalls jetzt: Wenn sie mal wieder Hilfe brauchen würde – ihr Vater stünde nicht auf der Top-Ten-Liste derer, die sie bitten würde!

Und überhaupt: Wahrscheinlich hatte Mom tatsächlich recht, dass Paps die Familie völlig gleichgültig war. Michaela fühlte sich von ihm jedenfalls nicht mit Wertschätzung überhäuft!

Picasso kam schnurrend auf Michaelas Schoß gesprungen. Sie seufzte und fing an, sein seidenweiches Fell zu streicheln. „Ja", murmelte sie, „wenigstens einer, der mich richtig gerne mag und immer für mich da ist!"

Während sie den Kater ausgiebig kraulte, bemerkte sie, dass ihr Laptop noch an war.

Plötzlich fiel ihr die Geschichte wieder ein. Sie musste unbedingt weiter lesen. Zum Schlafen war sie sowieso viel zu traurig. Da musste sie sich vorher noch ein bisschen ablenken. Außerdem wollte sie unbedingt wissen, ob Emith und Cynthia sich von diesem Ekel Berolunth befreien konnten!

Also schob sie Picasso ein wenig zur Seite und fing wieder an zu lesen, während sie seinen Kopf weiter kraulte.

XVI. Ritt ins Ungewisse

Berolunth führte die Kinder wieder über den Hof zurück zum Stall. Dort holte er die Pferde und befestigte die Satteltaschen. Anschließend nahm er ein langes Seil, mit dem er alle drei Pferde aneinander festband. Leise führte er sie durch die Hintertür des Stalls auf die Straße hinaus. Dort stiegen alle auf, was Emith mit den gefesselten Handgelenken gar nicht so leicht fiel. Cynthia, die daran gewöhnt war, nur eine Hand zur Verfügung zu haben, hatte damit weniger Schwierigkeiten. Bald darauf ritten sie los.

Zügig trabten sie durch die menschenleeren Straßen bis zum Stadttor. Die Wächter stellten keine Fragen, sondern öffneten sofort die Tore, als Berolunth ihnen den Befehl dazu gab.

Die Morgendämmerung setzte bereits ein, als sie die Stadt hinter sich ließen und einem breiten Weg folgten, der von ausgedehnten Feldern umgeben war.

Sie konnten mit den aneinander gebundenen Pferden nicht besonders schnell reiten. Dafür machten sie kaum Pausen. Stunde um Stunde trabten sie vorwärts und die Kinder hatten keine Ahnung, wohin Berolunth sie bringen würde.

Es war schrecklich, als Gefangene unterwegs zu sein. Berolunth hatte ihnen zwar nach einiger Zeit die Knebel abgenommen. Er wusste, dass es niemand wagen würde, Gefangenen eines Schwarzen Ritters zu helfen, selbst wenn sie noch so laut schrien. Ihre Handgelenke aber ließ er gefesselt. Je weiter der Tag fortschritt, desto mehr scheuerten die Fesseln die Handgelenke wund. Nach einiger Zeit fühlte sich Cynthias rechte Hand fast genauso taub an wie ihre gelähmte linke. Als Berolunth ihren gequälten Blick bemerkte, lockerte er ihre Fesseln ein wenig. Cynthia blickte ihn erstaunt an. *Er scheint doch so etwas wie Mitgefühl zu kennen,* dachte sie. Doch Berolunth verzog keine Miene und wandte sich sofort wieder ab.

Der Tag zog sich unendlich lange hin. Sie blieben stets auf der Hauptstraße, auf der viele Menschen unterwegs waren. Gelegentlich kamen sie durch ein Dorf.

Die Kinder stellten fest, dass alle Leute, an denen sie vorbei ritten, sie anschauten. Zwei Kinder als Gefangene eines Schwarzen Ritters – das erregte die Neugier der Menschen. Viele blickten sie mitleidig an. Manche blieben stehen, zeigten auf sie und flüsterten sich gegenseitig etwas zu. Es gab auch einige, die schadenfroh grinsten. Manche beschimpften sie sogar, als wären sie gemeine Verbrecher, die es verdient hatten, ins Gefängnis geworfen zu werden. Cynthia schaute jedes Mal, wenn sie beschimpft wurde, beschämt zu Boden.. Emith beschloss, den Kopf hoch zu halten. Schließlich hatten sie nichts Verbotenes getan! Aber es fiel auch ihm nicht leicht.

Am Abend erreichten sie ein Dorf und übernachteten in einem einfachen Gasthaus. Der Wirt wies ihnen ein schäbiges Zimmer zu, in dem es muffig roch. Die Kinder waren jedoch so erschöpft, dass sie sofort auf ihre Betten sanken und einschliefen.

Am nächsten Morgen wurden sie unsanft von Berolunth geweckt, der ihnen mit barscher Stimme zurief: „Los, aufstehn! Wir müssen bald weiter!"

Die Kinder rappelten sich mühsam auf. Nach einem hastigen Frühstück ritten sie weiter. Auch an diesem Tag machten sie nur wenig Pausen.

Sie folgten einer breiten Straße in südöstlicher Richtung und durchquerten dabei mehrere Dörfer. In einem davon hatten sie ein unangenehmes Erlebnis. Sie waren gerade dabei, aus dem Dorf heraus zu reiten, als sie sahen, dass ihnen vier Reiter entgegen kamen. Erst beim Näherkommen bemerkten sie, dass es sich um Schwarze Ritter handelte. Die vier kamen direkt auf sie zu und hielten an. Berolunth zügelte sein Pferd ebenfalls und hob sein Schwert zum Gruß. Der vordere der vier erwiderte den Gruß und fragte Berolunth, was sein Auftrag sei. „Ich habe hier zwei Gefangene, die in die Festung nach Perlenstadt überstellt werden sollen", antwortete Berolunth.

„Zwei Gefangene, ja?", wiederholte der Schwarze Ritter und ritt dicht an die Kinder heran. Cynthia, der es schon beim Klang seiner Stimme eiskalt den Rücken hinunter gelaufen war, wagte kaum zu atmen. Regungslos saß sie auf ihrem Pferd und starrte auf den Boden. Plötzlich hielt der Fremde ihr die Spitze seines Schwertes unter das Kinn und zwang sie, ihm ins Gesicht zu blicken. Unter den Sehschlitzen in dem Helm starrten sie zwei Augen an, so kalt und hart, wie sie nie zuvor gesehen hatte.

„Nach Perlenstadt?", fragte der Ritter, während er Cynthia eindringlich musterte. Dann drehte er sich zu Emith um und betrachtete auch ihn. „Ich kann sie mitnehmen", sagte er dann plötzlich und wandte sich wieder Berolunth zu. „Ich habe nur einen kleinen Auftrag in diesem Dorf zu erledigen und kehre dann sowieso nach Perlenstadt zurück. Dann kann der Meister dich für andere Aufgaben freistellen."

Bei diesen Worten blieb Cynthia fast das Herz stehen. Eine schreckliche Angst überfiel sie. *Oh nein, nur das nicht. Bitte, Berolunth überlass uns nicht diesen schrecklichen Menschen,* bettelte sie im Stillen. Auch wenn Berolunth ein

Verräter war und sie sowieso dem Schwarzen Meister ausliefern würde, wollte sie doch lieber mit ihm weiterreiten als mit diesen Fremden.

Zu ihrer Erleichterung entgegnete Berolunth: „Das geht nicht. Es handelt sich um einen Sonderauftrag des Meisters, den ich persönlich ausführen soll. Und nun haltet mich nicht länger auf, denn ich bin in Eile."

Mit diesen Worten nickte er dem Ritter kurz zu und ritt los. Schnell folgten die Kinder ihm. Nicht nur Cynthia atmete auf. Auch Emith hätte um nichts in der Welt mit diesen Männern reiten wollen.

Nach diesem Erlebnis hatten beide mehr Angst als je zuvor. Was für eine schreckliche Zukunft lag vor ihnen, wenn sie nicht irgendwie fliehen konnten! Die Grausamkeit der Schwarzen Ritter übertraf bestimmt ihre schlimmsten Vorstellungen. Doch wie sollten sie entkommen? Berolunth war zu jeder Zeit äußerst wachsam, das hatten die Kinder längst festgestellt.

Erstaunlicherweise schien jedoch auch er nervös zu sein seit der Begegnung mit den vier Rittern. Mehrfach schaute er sich aufmerksam nach allen Seiten um.

Kurze Zeit später tat er etwas Ungewöhnliches. Die Straße, auf der sie bereits einige Zeit unterwegs waren, kreuzte einen Fluss. Doch statt über die Brücke weiter Richtung Perlenstadt zu reiten, verließ er die Straße und lenkte sein Pferd geradewegs in den Fluss hinein. Emith und Cynthia wunderten sich. Warum folgten sie nicht weiter dem Weg nach Perlenstadt?

Der Fluss war deutlich tiefer als der Silberbach. Bald waren Emith und Cynthia fast bis zur Hüfte nass. Doch Berolunth schien das nicht zu kümmern. Eine ganze Stunde führte er sie durch den Fluss. Als ein kühler Wind aufkam, fingen sie an zu frieren. Erst nach einer ganzen Zeit wurde der Fluss schließlich schmaler und flacher und führte an einem Wald entlang.

Berolunth verlangsamte das Tempo etwas und schaute sich suchend um. Schließlich fand er, wonach er Ausschau gehalten hatte. Zwischen den großen, dunklen Tannen am Flussufer schlängelte sich ein kleiner Pfad in den Wald hinein. Sie ritten aus dem Fluss heraus in den Wald. Die Kinder waren erleichtert, dass sie nun nicht mehr durch das Wasser reiten mussten.

Der Wald bestand überwiegend aus Nadelbäumen, die dicht nebeneinander standen. Noch nie hatten die Kinder so große Tannen gesehen! Geradezu riesenhaft ragten sie in den mittlerweile dämmrigen Himmel. Der ganze Waldboden war mit Tannennadeln bedeckt und die Luft mit Nadelduft erfüllt.

Einmal scheuchten sie ein Rudel Rehe auf. Ansonsten begegneten sie keinem Lebewesen. Nicht einmal Vögel schien es in diesem Wald zu geben. Bis auf das Rauschen des Windes und gelegentlichem Knacken der Äste war kein Geräusch zu hören. Selbst das Hufgetrappel der Pferde wurde durch den dicken Nadelteppich erheblich abgedämpft.

Schließlich wurde es dunkel und es war unmöglich, noch weiterzureiten. Sie hielten an und ließen sich nieder, wo sie waren. Berolunth kümmerte sich um die Pferde, während die Kinder erschöpft auf den Boden sanken.

Nachdem sie eine Kleinigkeit gegessen hatten, rollten sie sich zum Schlafen auf dem Waldboden in ihre Decken ein. Das letzte, was Cynthia sah, bevor sie einschlief, war ein funkelnder Stern, der direkt über ihr zwischen den Tannenwipfeln vom Himmel herunter leuchtete.

XVII. Eine unerwartete Wendung

Am nächsten Morgen schlug Cynthia die Augen auf und sah Berolunth in seiner Ritterrüstung vor sich. *O nein!* Sie stöhnte. Gerade hatte sie so friedlich geträumt. Doch nun stand ihr die schreckliche Wirklichkeit wieder vor Augen. Sie waren als Gefangene unterwegs. Ohne Hoffnung. Vor ihnen lag ein weiterer Tag, an dem sie endlose Stunden gefesselt ihrem Schicksal entgegen ritten.

Berolunth hatte bereits Frühstück vorbereitet. Als er sah, dass Cynthia wach war, reichte er ihr einen Teller.

Für die Pferde fiel das Frühstück etwas kärglich aus. Es wuchs nur wenig Gras in dem Wald. An einigen Stellen fanden sie schließlich etwas, so dass wenigstens der gröbste Hunger gestillt werden konnte.

Doch auch die Kinder aßen nicht viel. Angst und Hoffnungslosigkeit schlugen ihnen auf den Magen. Ihnen graute davor, weiterzureiten. Immer noch herrschte eine geradezu unheimliche Stille. Cynthia vermisste den Gesang von Vögeln. Doch scheinbar gab es hier keine. Gedankenverloren beobachtete sie einen kleinen Käfer, der vor ihr auf dem Waldboden krabbelte. Emith hingegen überlegte fieberhaft, wie sie es schaffen konnten, Berolunth zu entkommen. War es nicht immer noch besser, sich im Wald zu verirren als in einer Festung des Schwarzen Meisters zu verschmachten?

Plötzlich unterbrach Berolunth das Schweigen. „Wir sind noch ungefähr zwei Tagesreisen vom *Moor der Irrlichter* entfernt", erklärte er mit ruhiger Stimme. „Wenn wir uns beeilen, können wir es morgen vor Einbruch der Dunkelheit erreichen."

Es dauerte eine Weile, bis Emith und Cynthia begriffen, was Berolunth gesagt hatte. *Moor der Irrlichter?* – Da wollten sie doch hin! Nur vom *Moor der Irrlichter* aus kam man in den *Wald der singenden Birken*! Das jedenfalls hatte Herr Odrian gesagt.

Verwirrt starrten die Kinder Berolunth an, wagten jedoch nicht, ihn zu fragen, warum er sie nicht nach Perlenstadt bringen wollte.

Schließlich fuhr Berolunth fort: „Aber wir sind in Gefahr. Der Schwindel wird bereits aufgeflogen sein und sie werden verstärkt nach uns suchen. Durch den langen Ritt im Fluss haben wir sie verwirrt, aber es wird sie nicht lange ablenken können. Bald werden sie uns auf der Spur sein."

Schwindel? Sie werden uns bald auf der Spur sein?

Cynthia verstand nicht ein Wort von dem, was Berolunth sagte. Sie hielt ihn für völlig verwirrt.

Doch Emith wurde langsam klar, was er ihnen begreiflich machen wollte. Neue Hoffnung stieg in ihm auf. „Schwindel? Du meinst, du bist gar nicht …?" Er brach ab und starrte Berolunth fassungslos an. Dieser erwiderte ruhig seinen Blick. Plötzlich stieg Wut in Emith hoch. „Du willst doch nicht etwa sagen, dass du das alles nur gespielt hast! Dass du uns nur so zum Spaß gefesselt hast und uns eine Riesenangst eingejagt hast und …" Ihm fehlten die Worte vor Empörung. Seine Wut war fast ebenso groß wie seine Erleichterung. Jetzt begriff auch Cynthia. Doch sie wusste nicht, was sie glauben sollte. Konnte das wirklich sein, dass alles nur Bluff war? Sie erinnerte sich daran, wie Berolunth sie mit eiskaltem Blick gefesselt und geknebelt hatte. Außerdem hatte sie ihn doch mit den anderen Schwarzen Rittern in der Wirtsstube gesehen.

Verwirrt schaute sie zwischen Emith und Berolunth hin und her. „Aber warum?", fragte Emith ihn. Berolunth antwortete: „Hatte ich denn eine andere Wahl? Ihr hättet mir sowieso nicht geglaubt! Das war der einzige Weg, euch aus Peregriah herauszubekommen!"

Plötzlich wurde den Kindern klar, dass Berolunth Recht hatte. Sie hatten ihn für einen Verräter gehalten und durch nichts hätte er sie davon überzeugen können, noch weiter mit ihm zu reiten. Sie hätten einen dummen Fluchtversuch unternommen und wären wahrscheinlich kurze Zeit darauf tatsächlich von Schwarzen Rittern geschnappt worden. Nachdenklich betrachteten sie Berolunth. Doch es gab noch so viele offene Fragen. „Aber warum hast du überhaupt mit ihnen in der Wirtsstube gesessen?", fragte Cynthia schließlich. Sie erschauderte immer noch, als sie an den Anblick dachte. „Und woher hast du die Rüstung?"

„In der Wirtsstube habe ich versucht, ihnen Informationen zu entlocken. Die Rüstung zu beschaffen war nicht schwer." Berolunth erhob sich. „Es tut mir leid, dass ich euch diese Unannehmlichkeiten bereitet habe. Doch ich fürchte, die Reise wird jetzt auch nicht viel gemütlicher werden. Wenn wir uns nicht alle erwischen lassen wollen, sollten wir jetzt weiterreiten und zwar so schnell wie möglich. Wir werden unsere Verfolger nicht länger zum Narren halten können!" Er schaute den Kindern prüfend in die Augen. „Also, vertraut ihr mir ab jetzt? Dann nehme ich euch die Fesseln ab!" Emith und Cynthia nickten und Berolunth schnitt mit einem Messer die Fesseln durch. Die Kinder atmeten erleichtert auf und rieben ihre Handgelenke.

Keiner sagte etwas, als sie die Pferde bestiegen. Cynthia hatte das Gefühl, dass sie sich bei Berolunth für ihr Misstrauen entschuldigen sollte. Aber das brachte sie noch nicht über sich. Immerhin war er nicht der netteste Reisebegleiter gewesen. Und die Behandlung in den letzten Tagen hatte nicht dazu beigetragen, dass er ihr sympathischer wurde.

Während sie weiterritten, dachte sie darüber nach. Immer wieder erinnerte sie sich an den Augenblick, als Berolunth sie brutal gepackt und gefesselt hatte. Nein, sie würde sich *nicht* entschuldigen. Wenn sich einer entschuldigen musste, dann er. Sein schwaches „Es tut mir leid" fand sie nicht ausreichend für eine solche Behandlung!

Emith dagegen war einfach nur erleichtert. In den vergangenen Tagen hatte er sich oft gefragt, ob er irgendetwas falsch gemacht hatte. Doch jetzt sah auf einmal alles ganz anders aus! *Zwei Tagesreisen bis zum Moor der Irrlichter!* Plötzlich hatte er das Gefühl, sie könnten es schaffen!

XVIII. Das Moor der Irrlichter

Wie Berolunth bereits angekündigt hatte, ritten sie, so schnell sie konnten. Die Kinder genossen es, nicht mehr gefesselt zu sein. Auch die Aussicht, bald an ihrem Ziel anzukommen, gab ihnen neue Kraft und so kamen sie gut voran. Sie hatten nur ein Problem: Es gab nach wie vor kaum Gras für die Pferde. Immer noch ritten sie durch dichten Nadelwald und der ganze Waldboden war mit Tannennadeln bedeckt. Nur an wenigen Stellen war es anders. Deshalb mussten sie immer wieder kurze Pausen machen, denn wann immer sie ein Fleckchen Gras sahen, hielten sie an, damit die Pferde genug zu fressen bekamen.

Umso glücklicher waren sie, als sie am Abend einen wirklich guten Lagerplatz fanden: Eine Lichtung mit ausreichend Gras und einem kleinen Bach. Der Wald um sie herum bestand immer noch überwiegend aus Tannen, aber es gab auch wieder ein paar Laubbäume.

Nach dem Abendbrot rollten sich die Kinder in die Decken und schliefen sofort ein. Berolunth blieb noch eine Weile sitzen und blickte nachdenklich in den Abendhimmel. Dann zog er seine Ritterrüstung aus und versteckte sie in einem Gebüsch. Bei der nächsten Begegnung mit Schwarzen Rittern würde er sie sowieso nicht mehr täuschen können, so viel war klar. Er hoffte, dass er bis dahin die Kinder in Sicherheit gebracht hatte.

Am nächsten Morgen hing dichter Nebel über dem Wald. Alles war eingehüllt in weiße Schleier. Schweigend machten sich die drei Reiter nach dem Frühstück auf den Weg. Der Wald wirkte in dem Nebelkleid geradezu gespenstisch. Die dunklen Tannen ragten riesenhaft aus den Nebelschwaden empor und überall glitzerten große Spinnweben. Eine düstere Stimmung legte sich auf die drei Reiter. In dieser unheilvollen Atmosphäre war es leicht, sich alle möglichen Gefahren vorzustellen, die auf sie zukommen konnten.

Erst am späten Vormittag lichtete sich der Nebel.

Die Sonne brach durch die Wolkendecke und sandte ihre wärmenden Strahlen durch das dichte Blätterdach des Waldes. Alle atmeten erleichtert auf. Nicht nur Nebel und Kälte, sondern auch die düsteren Gedanken wurden durch das Licht der Sonne vertrieben.

Am Mittag machten sie Rast auf einer Waldwiese. Die Kinder schlossen die Augen und ließen sich von der Sonne bescheinen. Nach dem Mittagessen ritten sie weiter, bis Berolunth ankündigte: „Wir haben jetzt bald den Waldrand erreicht, hinter dem das Moor liegt. Es hat keinen Sinn, das Moor bei Dunkelheit zu überqueren. Darum werden wir jetzt einen Lagerplatz suchen. Dann könnt ihr euch ein bisschen länger ausruhen. Ihr werdet morgen genug Kraft brauchen!"

Die Kinder nickten erleichtert. Eine zusätzliche Erholungszeit würde ihnen tatsächlich gut tun!

Bald hatten sie einen passenden Lagerplatz gefunden. Sie sattelten die Pferde ab, breiteten ihre Decken auf dem Boden aus und machten es sich gemütlich. Berolunth holte wieder gutes Essen aus seinen Satteltaschen und teilte es auf. Mit großem Appetit griffen alle zu. Auch die Pferde fanden reichlich Nahrung. Es war genug Gras vorhanden.

Beim Abendessen stellte Emith die Frage, die ihn seit einiger Zeit beschäftigte: „Wenn wir im *Moor der Irrlichter* angekommen sind, wie geht es von dort zum *Wald der singenden Birken*?"

„Das weiß niemand", antwortete Berolunth ernst.

„Ja, aber wie finden wir den Weg dorthin?"

„Der Weg wird denen gezeigt, die dazu bestimmt sind, hinein zu kommen." *Komische Antwort,* dachte Emith. Musste dieser Mann es ihnen immer so schwer machen?

Laut sagte er: „Aber wir müssen doch wenigstens wissen, wie wir weiterreiten sollen, wenn wir dort angekommen sind!"

„Wir halten uns strikt Richtung Osten", antwortete Berolunth. „Und wir dürfen uns nicht von den Irrlichtern ablenken lassen. Denkt immer daran: Auch wenn die Irrlichter euch in eine andere Richtung locken wollen, wir reiten ostwärts!"

„Ich lasse mich bestimmt nicht von irgendeinem Irrlicht ablenken!", sagte Cynthia leichthin. Berolunth warf ihr einen seltsamen Blick zu. Nach einer Weile sagte er schließlich: „Ich muss euch warnen. Unterschätzt die Gefahren des Moors nicht. Die Irrlichter werden euch locken, aber wenn ihr ihnen folgt, ist das euer sicherer Tod!" Emith zuckte die Achseln und antwortete: „Mach dir keine Gedanken, Berolunth. Wir reiten dir einfach hinterher und werden uns nicht von irgendwelchen Irrlichtern ablenken lassen. Versprochen!" Daraufhin verfielen alle in Schweigen. Sie saßen noch eine Weile zusammen, dann gingen sie schlafen.

Am nächsten Morgen fühlten sich alle erfrischt, weil sie länger als sonst geschlafen hatten. Nach einem herzhaften Frühstück brachen sie auf und kamen bald am Waldrand an. Dort hielten sie an und sahen zum ersten Mal das *Moor der Irrlichter*.

Nichts, was Berolunth den Kindern von dem Moor erzählt hatte, hätte sie auf den Anblick vorbereiten können, der sich ihnen bot. Was sie sahen war so erstaunlich, dass sie einen Moment den Atem anhielten.

Eine weite, öde Moorlandschaft erstreckte sich vor ihnen, an die am Horizont eine Bergkette grenzte. Es war schwer einzuschätzen, wie weit das Gebirge entfernt war, da über dem ganzen Moor graue Nebelfetzen hingen, die die Umrisse der Berge nur erahnen ließen.

Das Überraschendste aber waren die Irrlichter. Im Nachhinein fragten sich Cynthia und Emith, wie sie sich die Irrlichter eigentlich vorgestellt hatten, oder warum sie Berolunth niemals gefragt hatten, wie die Irrlichter sein würden. Sie wussten nur, *so* etwas hatten sie sich nicht vorgestellt! Überall in der Luft, mitten in dem grauen Nebel, waren helle Lichtpunkte zu sehen. Einige waren groß, andere kleiner. Manche blieben ganz ruhig an einer Stelle, während andere wild herumtanzten. Wenn man einen der Lichtpunkte länger betrachtete, sah es fast so aus, als bestünde er aus vielen tausend kleinen Sternen. Das sah wunderschön aus. Trotzdem war es ein kaltes Licht, das diese Sterne verbreiteten. Die Kinder fühlten sich davon angezogen und abgestoßen zugleich. Obwohl sie von Berolunth deutlich gehört hatten, wie gefährlich die Irrlichter waren, konnten sie doch nicht leugnen, dass sie eine seltsame Anziehungskraft besaßen. Während die Kinder noch staunend das Moor betrachteten und die Lichter, die ihm den Namen gaben, drängte Berolunth zum Aufbruch.

Es gab einen markierten Weg, der Richtung Osten führte. Den schlug Berolunth ein und die Kinder folgten ihm. Da der Weg sehr schmal war, mussten sie hintereinander reiten. Ab und zu gab es Abzweigungen nach rechts und links. Neugierig schaute Cynthia sich um. Sie fragte sich, warum es so viele Wege in diesem einsamen Moor gab. Nach einiger Zeit fiel ihr auf, dass an jeder Abzweigung ein Irrlicht stand. Diese Irrlichter schienen für ihre Abzweigungen zu werben. Mehr als einmal hatte Cynthia das Gefühl, die Lichter versuchten irgendwie, sie in andere Richtungen zu locken. In manchen glaubte sie sogar, Gestalten zu erkennen, die ihr zuwinkten. Je länger sie eine solche Gestalt anschaute, desto schwerer fiel es ihr, den Blick wieder davon abzuwenden und einfach weiterzureiten.

Nachdem sie schon einige Zeit unterwegs waren, wurde der Nebel dichter. Man konnte kaum noch etwas erkennen. Berolunth drehte sich um und ermahnte die Kinder, dicht hinter ihm zu reiten. Doch schließlich wurde der Nebel so dicht, dass sie sich fast gar nicht mehr gegenseitig sehen konnten, obwohl sie direkt hintereinander ritten. Aber das war noch nicht alles. Ganz plötzlich kam ein heftiger Wind auf, so unerwartet und mit solch einer Stärke, dass die Pferde scheuten. Emith und Cynthia erschraken. Doch von vorn hörten sie Berolunths Stimme, die sie ermahnte, die Pferde anzutreiben und weiterzureiten. Sie hatten Mühe, ihn überhaupt zu verstehen, denn der Wind heulte laut. Trotzdem gehorchten sie und ritten weiter, in den Sturm hinein.

XIX. Verirrt!

Inzwischen heulte und toste der Sturm so laut, dass es für die drei Reiter immer schwieriger wurde, sich gegenseitig etwas zuzurufen. *Was für ein Wetter,* dachte Emith. Es kam ihm fast so vor, als hätten sich Mächte gegen sie verschworen, die sie mit Gewalt davon abhalten wollten, ihr Ziel zu erreichen. Er biss die Zähne zusammen, konzentrierte sich ganz darauf, Berolunth nicht aus den Augen zu verlieren und hoffte, dass Cynthia hinter ihm das gleiche tat. Ab und zu schaute er sich nach ihr um und war erleichtert, wenn er durch den Nebel einen Blick auf sie erhaschen konnte. Er sah, dass Berolunth sich genauso immer wieder nach ihm umdrehte.

Nach einiger Zeit fühlte Emith sich völlig erschöpft. Sein ganzer Körper war trotz des kühlen Windes schweißnass von dem anstrengenden Ritt. Er hatte jegliches Zeitgefühl verloren und konnte überhaupt nicht einschätzen, wie lange sie schon in diesem Sturm unterwegs waren. Der bisherige Ritt kam ihm im Vergleich dazu wie ein Urlaub im Paradies vor!

Plötzlich fiel ihm ein, dass er sich länger nicht nach Cynthia umgeschaut hatte. Schnell drehte er sich um und hielt nach ihr Ausschau, konnte sie aber nicht sehen. Besorgt drehte er sich ein weiteres Mal um, doch auch dieses Mal sah er nichts. So rief er Berolunth zu, er solle anhalten. Doch Berolunth hörte ihn nicht. Verzweifelt hielt Emith sein Pferd an und schaute Berolunth hinterher, wie er in den Nebelschwaden verschwand. Emith konnte nur hoffen, dass Berolunth bald bemerken würde, dass die Kinder nicht mehr hinter ihm waren. Nervös schaute Emith sich immer wieder um. Doch weder Cynthia noch Berolunth tauchten auf. Panik stieg in ihm hoch. Was, wenn sie sich jetzt gegenseitig nicht mehr wieder finden würden? Nachtwind tänzelte unruhig. Auch er hatte Angst, das spürte Emith. Er versuchte, sein Pferd zu beruhigen, doch es gelang ihm kaum.

Nach einer ihm endlos erscheinenden Zeit tauchte Berolunth vor ihm im Nebel auf. „Was ist los?", rief er, als er vor Emith zum Stehen gekommen war. Emith informierte ihn darüber, dass Cynthia weg war. Berolunth runzelte besorgt die Stirn und schlug vor, ein Stück zurück zu reiten. Das taten sie dann auch. Aber so weit sie auch ritten, Cynthia war nicht zu sehen.

„Cynthia! Cynthia!" Emith schrie, so laut er konnte. Doch der Sturm toste so unerträglich laut, dass er wusste: Selbst wenn er sich die Kehle aus dem Leib brüllen würde, es wäre kaum zu hören. Und ebenso wenig würde er die Antwort von Cynthia hören können! Emith wurde immer verzweifelter und Berolunth fing an zu fluchen. Aber es nützte alles nichts. Das Undenkbare war geschehen: Sie hatten Cynthia verloren!

Emith und Berolunth stiegen von den Pferden ab, um sich zu beraten. Doch zum ersten Mal während der ganzen Reise hatte Emith das Gefühl, dass selbst Berolunth ratlos war. Das machte ihm mehr Angst, als er sich eingestehen wollte. Sonst wusste Berolunth doch immer, was zu tun war!

Doch der schaute ihn ernst an. „Wenn Cynthia einem Irrlicht gefolgt ist, wird es fast unmöglich sein, sie wieder zu finden", sagte er.

Emith erschauderte, als ihm die Bedeutung der Worte klar wurde. *Nein! Das durfte nicht sein!* „Wir *müssen* es versuchen!", flehte er Berolunth an. Der nickte nur. Dann band er die Pferde an einem Baumstumpf fest. „Fangen wir mit der Abzweigung an, bei der wir gerade stehen. Wir gehen zu Fuß und knicken überall, wo wir lang gehen, in regelmäßigen Abständen Schilfrohre um, damit wir den Rückweg erkennen können! Wichtig ist, dass wir langsam und vorsichtig gehen. Der Weg nach Osten ist nämlich der einzige sichere Weg. Jeder andere kann ganz plötzlich zu Ende sein!" Emith schluckte. Er atmete tief durch und dann machten sie sich auf den Weg.

Cynthia war müde. Sie wünschte, der Sturm würde bald aufhören. Der Nebel war schon schlimm genug, aber dazu noch der Sturm ... Es war einfach nur schrecklich.

Verbissen kämpfte sie sich vorwärts und versuchte, den Mut nicht zu verlieren.

Bilder von zu Hause tauchten in ihren Gedanken auf. Ob sie ihre Eltern jemals wieder sehen würde? Komisch, dass sie gerade jetzt an ihre Eltern denken musste. Ihre Gedanken wanderten weiter. Wenn sie zu Hause wäre, säße sie sicher gerade in der Schule. Vielleicht war die Schule auch schon zu Ende, es musste ungefähr Mittag sein. Einen Moment lang bedauerte sie, dass sie jetzt nicht einfach auf ihrer Schulbank sitzen konnte. Sicher, sie hatte die Schule immer gehasst. Die Gemeinheiten ihrer Mitschüler vermisste sie ganz sicher nicht. Aber durch diesen Sturm zu reiten, war auch nicht toll und sie war so müde ...

Während sie noch diesen Gedanken nachhing, erregte plötzlich ein heller Schimmer vor ihr ihre Aufmerksamkeit. Sie hatte eigentlich beschlossen, die Irrlichter gar nicht mehr anzuschauen, weil sie bald gemerkt hatte, dass es schwer war, sich nicht von ihnen in den Bann ziehen zu lassen. Doch dieses Irrlicht war fast direkt vor ihr und es war größer und heller als alle anderen. Als Cynthia schließlich einmal genauer hinsah, erschrak sie. Unwillkürlich ritt sie langsamer, um es noch einmal aufmerksam anschauen zu können. Wie schon bei einigen Irrlichtern, die sie am Anfang gesehen hatte, erkannte sie eine Gestalt darin. Doch das Besondere daran war, dass es sich eindeutig um die Gestalt eines Mädchens handelte und dass dieses Mädchen aussah wie Cynthia selbst! Es war nicht so, als ob sie in den Spiegel schauen würde, denn die Gestalt im Irrlicht war nur schemenhaft zu erkennen. Trotzdem sah Cynthia darin ihre eigenen Gesichtszüge. Es war schwer zu beschreiben, aber sie hatte das Gefühl, sich selbst gegenüber zu stehen! Plötzlich nahm der Gesichtsausdruck des Mädchens traurige, ja fast flehende Züge an. Cynthia spürte das tiefe Verlangen, diesem Mädchen, ob es eine Schwester oder ein Teil ihrer selbst war, zu folgen. Für einen flüchtigen Moment fielen ihr Berolunths Warnungen ein, aber die Gedanken daran schob sie schnell zur Seite. Nein, sie wollte, sie *musste* diesem Mädchen folgen. Alles andere erschien ihr plötzlich nicht mehr wichtig. Den Blick fest auf das Mädchen gerichtet, ritt sie ihm hinterher. Bald bog es in einen kleinen Seitenweg ein. Noch einmal fühlte Cynthia sich unbehaglich und dachte an Berolunths Warnungen. Doch das Verlangen, dem Mädchen zu folgen, war stark. Und sie war einfach zu müde, um noch weiter dagegen anzukämpfen.

Während sie der Irrlicht-Gestalt hinterher ritt, geschah etwas Merkwürdiges. Es war, als lebte sie ihr Leben noch einmal. Alles, was sie erlebt hatte, sah sie wie einen Film an sich vorüber ziehen. Es war nicht viel Schönes dabei. Ihre gelähmte Hand. Der Spott und die Quälereien der Mitschüler, die sie deswegen immer wieder hatte hinnehmen müssen. Die Missverständnisse in der Familie. Was hatte sie doch alles Schlimmes erlebt! Sie tat sich selbst plötzlich schrecklich leid. Hätte sie nicht Besseres verdient? Es schien ihr fast so, als würde das Mädchen in dem Irrlicht zustimmend nicken. Es blickte nun nicht mehr traurig. Nein, die Augen des Mädchens verengten sich und Cynthia sah darin Wut und Hass. Plötzlich spürte sie, wie diese Gefühle auch in ihr wuchsen. Grenzenlose Wut stieg in ihr auf. *Folge mir,* schienen die Augen des Mädchens zu sagen, *und ich werde dir zeigen, wie du dich rächen kannst. Du musst dich rächen an allen, die dir Unrecht getan haben!*

Plötzlich scheute Perle. Cynthia redete beruhigend auf die Stute ein, doch die blieb stur stehen. Eine ganze Weile versuchte Cynthia, das Pferd anzutreiben. Doch nichts, was sie tat, konnte die Stute dazu bewegen, auch nur einen Schritt weiterzugehen.

Normalerweise war Cynthia sanftmütig. Es wäre ihr nie in den Sinn gekommen, ein Pferd zu schlagen, schon gar nicht ihre wunderbare Perle. Aber in der Stimmung, in der sie gerade war, richtete sich ihre Wut plötzlich gegen das Pferd. Sie ärgerte sich beinahe grenzenlos darüber, dass es ihr nicht gehorchte. „Du starrsinniges Ding", schimpfte sie, „geh jetzt endlich weiter!" Allein die Tatsache, dass sie keine Peitsche besaß, hielt Cynthia davon ab, Perle zu schlagen. Ein wenig erschrak sie über sich selbst, als ihr das bewusst wurde. Doch dann zuckte sie mit den Achseln, stieg ab und ging zu Fuß weiter. Dem Mädchen im Irrlicht folgen, das war jetzt alles, was sie wollte, alles, was zählte.

Es war mühsam, im Sturm durch das Moor zu laufen, doch Cynthia stapfte Schritt für Schritt vorwärts. Ihre Umgebung nahm sie kaum noch wahr, so sehr war sie von dem Blick des Mädchens gefangen und von den starken Gefühlen, die in ihr tobten. So merkte sie zunächst gar nicht, dass der Boden unter ihr immer sumpfiger wurde.

Doch dann passierte etwas Schreckliches: Cynthia sank knietief im Morast ein.

Im gleichen Augenblick sah sie, wie die Gestalt im Irrlicht ihr Gesicht zu einem hässlichen, schadenfrohen Lachen verzog und sich dann in Luft auflöste. Mit einem Schlag war es Cynthia, als würde sie aus einem Traum erwachen. Plötzlich wurde ihr klar, dass sie in die Irre geführt worden war, wie es wahrscheinlich schon vielen anderen vor ihr in diesem Moor passiert war. Berolunth und seine Warnungen fielen ihr wieder ein. Aber nun war es zu spät. Sie schluckte. Sollte ihr Leben so enden?

Cynthia wurde von Panik erfasst und begann, wild um sich zu schlagen. Doch je mehr sie sich bewegte, desto schneller versank sie. Der Schlamm ging ihr schon bis zur Hälfte der Oberschenkel. Entsetzt hielt sie inne. Gab es denn gar nichts, was sie tun konnte? Sie begann, laut um Hilfe zu rufen, doch ihr Schreien wurde vom Heulen des Windes übertönt.

Unerwarteter Beistand und ein Streit mit Jo

Michaela seufzte. So eine Gemeinheit, dass die Mail ausgerechnet an einer so spannenden Stelle zu Ende war! Jetzt musste sie wieder warten, bis Wer-Auch-Immer ihr den nächsten Abschnitt der Geschichte schickte. Wer weiß, wie lange das dauern würde. Andererseits war sowieso längst Zeit zum Schlafen. Michaela schob Picasso zur Seite, der auf ihrem Schoß eingeschlafen war, zog sich um und ging ins Bett.

Am nächsten Morgen in der Schule erwartete Michaela eine unangenehme Überraschung. Irgendjemand hatte das „Klobürsten-Foto" ausgedruckt und im Klassenzimmer aufgehängt. Einige ihrer Klassenkameraden standen davor und kicherten.

Michaela erstarrte vor Schreck. Doch noch bevor sie irgendetwas sagen konnte, kam ihre Mitschülerin Lena herein. Lena ging direkt zu dem Foto, nahm es von der Wand ab und zerriss es vor den Augen aller anwesenden Schüler. Dabei schimpfte sie: „Wer von euch kommt denn auf so eine bescheuerte Idee? Wenn ihr euch schon nicht vertragen könnt, dann tragt eure Streitigkeiten wenigstens fair miteinander aus! Sich derartig über andere lustig zu machen, ist doch keine Art!"

Sofort war es totenstill im Raum. Die, die gerade noch über das Foto gelacht hatten, zuckten nun mit den Achseln und murmelten: „War doch nicht böse gemeint. Nur ein kleiner Scherz ..."

Michaela starrte Lena erstaunt an. Sie hatte Lena nie besonders gut leiden können. Alle lästerten über Lena, weil sie angeblich einen „Bibel-Tick" hatte. Die meisten aus ihrer Klasse hielten sich deshalb von ihr fern. Sie hielten sie für überdreht und viel zu religiös. Michaela hatte sich dieser Meinung einfach angeschlossen, ohne sich die Mühe zu machen, Lena überhaupt kennenlernen zu wollen. Doch dass sie sich jetzt so für sie eingesetzt hatte, beeindruckte Michaela. *Vielleicht ist sie doch ganz in Ordnung,* dachte sie.

In der Pause ging sie zu Lena hin und bedankte sich bei ihr. Lena erwiderte nur: „Ich kann's halt einfach nicht ab, wenn Leute so gemein sind."

Daraufhin kamen sie miteinander ins Gespräch. Sie unterhielten sich so angeregt, dass Michaela gar nicht merkte, wie schnell die Zeit verging. Plötzlich war die Pause schon vorbei und sie mussten ins Klassenzimmer zurück.

Als sie wieder auf ihrem Platz saß, stieß Joanne sie von der Seite an. „Na", zischte sie. „Seit wann interessierst du dich für religiösen Quatsch?"

Michaela starrte sie verständnislos an. „Für was?", fragte sie.

„Na, du hast dich doch die ganze Pause über mit dem Bibellexikon unterhalten!"

„Ach du meinst Lena?", fragte Michaela.

„Ja, sage ich doch, mit dem Bibellexikon!"

„Wir haben aber überhaupt nicht über die Bibel geredet."

„Was? Mit der kann man sich auch über andere Sachen unterhalten?" Jetzt kam Joanne richtig in Fahrt. „Ich kann diese Lena nicht ausstehen", maulte sie. „Ich hab gehört, dass die in ihrer Freizeit nichts anderes macht als Bibellesen und in die Kirche gehen. Ist doch voll öde! Wie kannst du dich mit so einer abgeben!"

Michaela verdrehte genervt die Augen. Musste ihre beste Freundin ihr jetzt auch noch Stress machen? „Sag mal ...", begann sie, doch da wurde sie von der Stimme ihres Englischlehrers unterbrochen: „Die beiden Damen in der letzten Reihe – Ruhe bitte!“ So mussten sie ihre Diskussion auf die nächste Pause verschieben.

Nico konnte sich im Unterricht nicht konzentrieren. Michaela war gestern natürlich *nicht* gekommen und hatte auch nicht angerufen. Er musste sich der Tatsache stellen, dass die Freundschaft vorbei war. Warum fiel ihm das nur so schwer?

„Nicolas Rösler!“ Wie durch eine Nebelwand nahm er die Stimme seines Mathelehrers wahr. „Wo bist du denn mit deinen Gedanken? Bei der Mathematik anscheinend nicht!“, schimpfte Herr Sinus. „Also kannst du jetzt die Aufgabe lösen oder nicht?“

„Äh …“ Erst jetzt sah Nico, dass Herr Sinus eine Gleichung an die Tafel geschrieben hatte. Aber bis er seine Gedanken wieder soweit zusammen hatte, dass er die Aufgabe hätte lösen können, hatte der Lehrer schon einen anderen Schüler aufgerufen, nicht, ohne Nico noch einen tadelnden Blick zuzuwerfen.

Doch dessen Gedanken wanderten schon wieder zu Michaela.

Vielleicht sollte er doch noch mal versuchen, mit ihr zu reden. Ein einziges Mal noch. Wahrscheinlich war das total doof, jemandem so hinterher zu rennen. Aber wollte er diese Freundschaft einfach so kampflos aufgeben? Je mehr er überlegte, desto sicherer war er sich: Nein, er wollte noch nicht aufgeben. Er nahm sich vor, in der nächsten Pause zu Michaela zu gehen.

In der nächsten großen Pause war Jo immer noch sauer.

Die beiden Freundinnen schlenderten gemeinsam über den Schulhof. Doch statt wie üblich nett zu plaudern, wetterte Jo sofort wieder über Lena. *Meine Güte,* dachte Michaela, *die ist aber schräg drauf heute!* Langsam kochte der Zorn in ihr hoch. Ihre Freundin ließ sie nicht mal zu Wort kommen. Mitten in Jos

Schimpftirade sah Michaela, dass Nico auf sie zukam. *O nein, nicht ausgerechnet jetzt,* dachte sie und spannte sich innerlich noch mehr an.

Nico gab sich betont lässig, als er sich den beiden Freundinnen näherte. Er hatte Jos Wettern mit angehört und klopfte ihr freundschaftlich auf die Schulter. „Na, bist wohl 'n bisschen eifersüchtig, weil Michi sich in der Pause mal nicht nur mit dir unterhalten hat, was? Das gibt sich wieder!"

Joanne funkelte ihn zornig an. „Ich habe dich nicht um deinen Rat gebeten! Halt du dich da raus!" Nico grinste und erwiderte: „Keine Angst! Im Moment sind die wertvollen Ratschläge von Doktor Nico noch kostenlos!"

Nico ignorierte Jos zornblitzende Blicke und wandte sich Michaela zu.

Doch Michaela musste jetzt erst mal loswerden, was sich in ihr angestaut hatte. Hitzig erklärte sie ihrer Freundin, was sie von deren Verhalten hielt und erzählte dann, wie Lena ihr am Morgen beigestanden hatte. Jo war an dem Morgen zu spät gekommen und wusste deshalb nichts davon. Als sie die Geschichte gehört hatte, war sie erst mal still.

„Na gut", gab sie schließlich zu. „Das war echt fair von ihr. Aber anfreunden wirst du dich mit der doch hoffentlich trotzdem nicht, oder?"

„Und wenn! Ich wüsste nicht, was dich das angeht!", gab Michaela wütend zurück. Die Zickerei von Jo hatte sie genervt, und dass Nico jetzt auch noch da war, gab ihr vollends den Rest. Sie fühlte sich kurz vorm Explodieren.

Doch dann brachte Jo das Fass zum Überlaufen, als sie Michaela fragte, ob sie ihren Vater schon nach dem Bildbearbeitungsprogramm gefragt hatte.

„Vergesst es!", brüllte Michaela so heftig, dass Jo und Nico erschrocken zusammen fuhren. Michaela erschrak über sich selbst. Es kam nicht oft vor, dass sie so losbrüllte, doch jetzt war ein Punkt erreicht, wo es einfach aus ihr herausgeplatzt war. „Entschuldigt", murmelte sie. „Ich muss zur Toilette."

Damit ließ sie die beiden stehen und ging ins Schulgebäude. Sie musste jetzt unbedingt allein sein, um wieder klarzukommen.

Nico blickte ihr betroffen nach. Das war wohl nicht der geeignete Zeitpunkt für ein klärendes Gespräch gewesen.

Nach der Schule entschuldigte Jo sich bei Michaela und Michaela entschuldigte sich bei Jo für ihr Ausrasten. Bald war der Streit vergessen und sie schmiedeten wieder gemeinsam Pläne, um sich an der Möllerei zu rächen.

„Das können wir nicht einfach so hinnehmen, was die mit dir machen", meinte Jo. „Wir müssen uns was echt Fieses ausdenken!"

Michaela nickte nur. Plötzlich fiel ihr Cynthia ein, die im Moor versunken war, während sie sich Rachegedanken hingab.

„Was ist?", fragte Jo, als Michaela nichts mehr sagte.

„Ach nichts!", antwortete Michaela leichthin und schob die Gedanken an Cynthia zur Seite.

„Manchmal bist du echt komisch", stellte Jo fest.

„Du auch!"

Zu Hause angekommen, machte Michaela sich ihr Mittagessen warm. Zur Abwechslung Makkaroni statt Spaghetti. „Nun", sagte sie zu Picasso, „das ist doch mal was völlig anderes, oder?" Picasso schaute sie aufmerksam an und stürzte sich dann heißhungrig auf den Napf mit Katzenfutter, den Michaela auf den Fußboden gestellt hatte.

Während sie aß, wanderten ihre Gedanken zurück zu dem Streit mit Jo und der Begegnung mit Nico, die wieder nicht so glücklich verlaufen war.

Nico war gekommen und hatte anscheinend mit ihr reden wollen. Das war ja schon mal was. Eigentlich hatte sie das gestern ja auch tun wollen, aber dann war diese blöde Begegnung mit Kevin und Jannis dazwischen gekommen. Und heute war es der Streit mit Jo. Nach der Schule hatte sie Nico nicht mehr gesehen.

Nachdenklich beobachtete Michaela ihren Kater. „Weißt du", erzählte sie ihm, „ich glaube, ich möchte trotz allem mit Nico befreundet bleiben. Und ich glaube, er will das auch, sonst wäre er nicht gekommen. Aber irgendwie klappt es einfach nicht, dass wir uns mal ausquatschen! Vielleicht sollte ich ihn heute mal anrufen. Was meinst du dazu?"

Picasso schaute sie mit großen Augen an, als hätte er sie verstanden. Aber eine Antwort konnte er ihr nicht geben. „Naja", murmelte Michaela vor sich hin. „Ich hab auch nicht wirklich damit gerechnet!"

Später, nachdem Michaela mit den Hausaufgaben fertig war, nahm sie ihr Handy und wollte gerade Nico anrufen, da sah sie eine SMS, die eine neue Colorania-Mail ankündigte. Freudig überrascht schaltete sie ihr Laptop ein. Das Telefonieren konnte doch noch ein bisschen warten. Sie wollte jetzt erst mal wissen, wie es mit Cynthia weiterging.

XX. Der Traum

Nachdem Cynthia eine Weile geschrien hatte, war sie erschöpft und gab auf. Sie war bis zur Hüfte im Schlamm eingesunken und wusste, es war zu spät. Niemand würde jetzt noch kommen und sie hier herausziehen. Wie sollten Emith und Berolunth sie in diesem Moor mit den Tausenden von Abzweigungen auch finden?

Doch plötzlich geschah etwas. Vor ihr lichtete sich der Nebel ein wenig und ein Ast tauchte auf, genau so, dass sie sich gut daran festhalten konnte. Sie wunderte sich, dass in dieser Gegend überhaupt ein Baum stand und dass sie ihn vorher nicht gesehen hatte. Oder war er bis zu diesem Augenblick noch gar nicht da gewesen? In diesem komischen Moor schien ihr alles möglich zu sein. Auf jeden Fall ergriff sie den Ast und atmete erleichtert auf. So konnte sie wenigstens nicht noch tiefer einsinken. Sie verstand nicht, warum dieser Ast in dem Moment, als sie ihn so bitter nötig hatte, plötzlich auftauchte, aber sie war unendlich dankbar dafür. Und dann geschah ein weiteres Wunder: In dem Moment, als sie den Ast berührte, durchströmte sie eine unerklärliche Kraft und sie konnte sich langsam an dem Ast hochziehen, bis sie bäuchlings darauf lag. Sie kletterte noch ein Stück weiter in Richtung des Baumstammes, bis sie zu einer Stelle kam, wo sie bequem sitzen und sich anlehnen konnte.

Cynthia fühlte sich unendlich erleichtert, aus diesem Schlamm herausgekommen zu sein, und sie hatte keine Erklärung für diese wunderbare Rettung. Doch dann musste sie an den Traum denken und sie sah das Gesicht des Mannes im Traum vor sich. Plötzlich wusste sie, dass sie *ihm* ihre Rettung zu verdanken hatte.

Sie schloss die Augen und dachte an den Traum. Er erschien ihr wieder so lebendig und frisch, als würde sie ihn zum ersten Mal träumen.

Im Licht der aufgehenden Sonne sah Cynthia einen Reiter. Er kam direkt vom Sonnenaufgang her auf sie zugeritten. Dann sah sie vor sich ein Gesicht, das Gesicht eines Mannes. Sie wusste, es war der Reiter. Er hatte blaue Augen. Blau – sie hatte noch nie vorher Blau gesehen, aber irgendwie wusste sie, dass die Farbe Blau hieß. In Colorania gab es kein Blau. Es gab Grau in verschiedenen Tönen und natürlich Schwarz und Weiß. Das war's.

Auch die Haut des Mannes war nicht grau, wie die Haut der Menschen in Colorania. Sie sah anders aus. Der Mann wirkte viel lebendiger als alles, was Cynthia vorher jemals gesehen hatte, und der Blick seiner Augen war unbeschreiblich. Abgesehen davon, dass sie noch nie blaue Augen gesehen hatte, fesselte auch der Ausdruck seiner Augen ihre Aufmerksamkeit. Diese Augen strahlten Leben aus und sie schienen Cynthia bis in ihr tiefstes Inneres zu durchschauen. Dann verschwand das Bild des Mannes und Cynthia sah sich selbst, wie sie vor einem See mit kristallklarem Wasser stand. Zuerst zögerte sie, doch dann wusste sie, dass sie in diesem See baden sollte. Sie ging in das Wasser hinein, schwamm bis zur Mitte des Sees und tauchte dort unter. Anschließend schwamm sie wieder ans Ufer zurück und stieg aus dem Wasser heraus. Plötzlich geschah etwas Seltsames. Sie blickte an sich herunter und beobachtete, wie sich ihr Körper veränderte. Ihre Haut war nicht mehr grau, sondern nahm nach und nach die Farbe an, die auch das Gesicht des Mannes hatte. Die Kleidung, die sie trug, war plötzlich nicht mehr dunkelgrau und schwarz, sondern leuchtete in verschiedenen Farben, zuerst ganz blass, dann immer kräftiger. Plötzlich begann sogar der Boden unter ihren Füßen sich zu verändern. Das Gras, das in Colorania stets blassgrau war, nahm plötzlich einen sanften Grünton an. Obwohl Cynthia alle diese Farben vorher noch nie gesehen hatte, wusste sie im Traum sofort, wie sie hießen. Das Grün breitete sich weiter aus bis zum Horizont. Auch die Bäume bekamen verschiedene Farben, es sah atemberaubend schön aus. Ganz zum Schluss färbte sich der graue Himmel in ein sattes Blau. Da wusste Cynthia, dass ihre ganze Welt sich verändern würde.

Cynthia schlug die Augen auf. Es hatte ihr gut getan, nach langer Zeit den Traum wieder zu träumen. Richtig erfrischt fühlte sie sich.

Sie dachte an die Zeit zurück, als sie Emith von ihrem Traum erzählt und zum ersten Mal erfahren hatte, dass es andere Leute gab, die genau dasselbe geträumt hatten. Damals hatte Emith ihr erzählt, was Vater Jonathan ihm erklärt hatte, nämlich dass der Name *Colorania* „Land der Farben" bedeutete. Und dass Colorania früher ganz bunt gewesen war. Bis der Schwarze Meister gekommen und mit seinem Erscheinen die Farben nach und nach aus dem Land verschwunden waren.

Doch wie das alles genau geschehen war, wusste noch nicht einmal Vater Jonathan. Obwohl er die Geschichte Coloranias besser kannte als jeder andere.

Aber er durfte nicht darüber sprechen. Außer bei den geheimen Treffen. Und nur zu Menschen, die den Traum gehabt hatten und die sich, genau wie er, danach sehnten, dass Colorania wieder bunt wurde.

Doch es musste eine Bedeutung haben, dass so viele Leute auf einmal den Traum geträumt hatten. Es musste einen Weg geben, die Farben in das Land zurück zu bringen!

Plötzlich hatte Cynthia das Gefühl, sofort aufbrechen zu müssen. Der Sturm hatte inzwischen nachgelassen. Vorsichtig kletterte sie den Baum herunter und tastete sich langsam auf den Weg, der sie zu ihrem Pferd zurückführte. Sie achtete sorgfältig darauf, keinen falschen Schritt zu machen, denn sie wollte nicht noch einmal im Moor einsinken. Schließlich kam sie bei ihrer Stute an. Sie schlang die Arme um Perles Hals und flüsterte: „Es tut mir so leid! Du wusstest vorhin genau, dass dieser Weg in den Sumpf führen würde, nicht wahr? Ich bin so froh, dass ich wieder bei dir angekommen bin!"

Es klopfte an die Tür. Michaela schreckte hoch. Ihre Mutter kam herein, mit einem Foto und einem Stift in der Hand.

„Übermorgen hat Oma Maria Geburtstag. Würdest du bitte hier auf dem Foto unterschreiben?"

Michaela nahm das Bild und betrachtete es. Ein Familienfoto in Schwarz-Weiß. Sie hatten es vor kurzem bei einem Fotografen in der Stadt machen lassen. Michaela hatte es immer schon schrecklich gefunden, Familienfotos machen zu lassen, weil dann alle immer so angestrengt lächeln mussten. Doch dieses hatte sie erst recht furchtbar gefunden. Seit Mom und Paps sich hauptsächlich stritten, wenn sie sich auch nur sahen, fand sie es fast unerträglich, eine solche Heuchelei auf dem Foto zu sehen.

Aber heute betrachtete sie es interessiert. Ein Schwarz-Weiß-Foto. So ungefähr musste es in Colorania ausgesehen haben.

Michaela stellte sich vor, sie hätte noch nie Farben gesehen. Die ganze Welt wäre so wie dieses Schwarz-Weiß-Foto. Irgendwie krass, dachte sie. Da würde ja ganz schön was fehlen.

Andererseits, wenn man Farben nicht kennt und überhaupt noch nie welche gesehen hat, weiß man natürlich auch gar nicht, was man verpasst!

Einen Augenblick lang musste sie darüber nachdenken. Es war schon eine schockierende Vorstellung, etwas so Gutes und Wichtiges wie Farben nicht zu kennen und noch nicht mal zu ahnen, dass es so etwas gibt.

Was wäre, wenn es im wirklichen Leben auch so etwas gäbe, was man verpasst, nur weil man es nicht kennt oder sich nicht dafür interessiert? Und wenn dieses Etwas so bedeutungsvoll und schön wäre wie z.B. ... Farben?

„Michaela", unterbrach Moms Stimme sie in ihren Gedanken. „Träumst du? Was ist denn mit dir los? Du sollst hier nur einmal unterschreiben, statt stundenlang auf das Foto zu starren!"

„Äh ... ja!" Michaela nahm den Stift und unterschrieb. Ihre Mutter verließ das Zimmer.

Michaela wandte sich wieder dem Laptop zu und las weiter.

XXI. Eine wilde Flucht und ein Kampf um Leben und Tod

Nachdem Cynthia aus den Satteltaschen frische Kleidung geholt und sich umgezogen hatte, stieg sie auf ihr Pferd und ritt zurück zum Hauptweg. Dort zögerte sie. Sie wusste nicht, in welche Richtung sie reiten sollte, denn Emith und Berolunth würden bestimmt nach ihr suchen. Wenn sie sie nun verpasste? Sie dachte an die wunderbare Rettung, die sie gerade erlebt hatte und wurde wieder zuversichtlich. Wenn der Mann aus dem Traum sie aus dem Moor gerettet hatte, konnte er ihr bestimmt auch helfen, ihre Gefährten wieder zu finden. Sie schloss einen Moment die Augen und versuchte, sich noch einmal in den Traum hineinzudenken und sich die Augen des Mannes vorzustellen. Nachdem sie das getan hatte, entschloss sie sich, einfach wieder Richtung Osten zu reiten.

Inzwischen war es fast windstill und auch der Nebel hatte sich gelichtet. Cynthia hielt nach allen Seiten Ausschau. Tatsächlich dauerte es nicht lange, bis sie in einiger Entfernung zwei Reiter sah. Schnell ritt sie auf die beiden zu. Sie erkannte schon von weitem, dass es Emith und Berolunth waren. Beide wirkten abgekämpft und müde.

Als sie Cynthia sahen, erhellten sich ihre Gesichter sofort. „Cynthia!", rief Emith und sprang vom Pferd, um ihr entgegenzulaufen. Sie sprang ebenfalls ab und die beiden fielen sich in die Arme. „Ich hatte nicht mehr damit gerechnet, dich noch einmal zu sehen!", flüsterte Emith. In seinem Gesicht war deutlich zu sehen, wie erschüttert er war.

„Ich auch nicht", erwiderte sie ernst. „Doch der Mann aus dem Traum hat mich gerettet!"

Dann wandte sie sich Berolunth zu. Der hatte bisher noch nichts gesagt und die Begrüßung schweigend beobachtet. Auch jetzt sagte er nichts, sondern nickte Cynthia nur zu. Doch in seinen Augen glitzerte es feucht und Cynthia fragte sich, ob er tatsächlich geweint hatte. Aber sie würde es wohl nie erfahren, denn einen Augenblick später wandte Berolunth sich ab und schlug vor, noch ein kleines Stück weiterzureiten und dann eine Pause zu machen.

Diesen Vorschlag fanden alle gut und so ritten sie bis zu einer Stelle, an der der Weg etwas breiter wurde. Dort ließen sie sich nieder. Während sie etwas aßen, erzählte Cynthia, was sie erlebt hatte, und Emith und Berolunth hörten aufmerksam zu. Alle fühlten sich ermutigt und gestärkt, als sie weiterritten.

Überhaupt wurde das Reiten viel leichter. Das Wetter war jetzt angenehm. Sogar die Sonne schien ein wenig. Das trug dazu bei, dass Emith und Cynthia in allerbester Laune waren. Sie scherzten und lachten miteinander. Nur Berolunth war nach wie vor schweigsam.

Nach einer Weile fiel Cynthia auf, dass so gut wie keine Irrlichter mehr zu sehen waren. Vereinzelt tauchten welche auf, aber es waren meistens ganz kleine, die schnell wieder verschwanden. Als Cynthia Berolunth fragte, warum es kaum noch welche gab, erklärte er ihr: „Die Irrlichter sind auf die Aufmerksamkeit der Menschen angewiesen. Wenn sie merken, dass man sie nicht mehr beachtet, werden sie immer kleiner und verschwinden schließlich ganz."

Komische Sache, dachte Cynthia. Aber eins wusste sie ganz sicher: Sie würde bestimmt kein Irrlicht mehr genauer anschauen!

Nachdem sie eine ganze Weile geritten waren, veränderte sich die Landschaft allmählich. Die letzten Ausläufer des Moors gingen in eine sanfte Hügellandschaft über. Direkt vor ihnen befand sich das Gebirge.

„Wo ist denn nun der Wald?“, fragte Emith und schaute sich suchend um.

„Das weiß ich leider auch nicht“, antwortete Berolunth. „Doch so lange wir nichts anderes wissen, reiten wir Richtung Osten.“

„Vielleicht ist er hinter dem Gebirge“, vermutete Cynthia.

„Ich hoffe nicht“, stöhnte Emith. „Findet ihr nicht auch, dass diese Berge ziemlich unüberwindbar aussehen?“

„Sicher wird es eine Schlucht geben, durch die wir reiten können. Los, machen wir uns auf den Weg“, forderte Berolunth sie auf.

Es dauerte nicht lange, bis sie das Gebirge erreicht hatten. Riesenhaft und undurchdringlich ragten die grauen, zerklüfteten Berge vor ihnen auf. Berolunth zögerte kurz. Dann entschied er: „Wir reiten einfach am Gebirge entlang und schauen, ob wir eine Schlucht finden.“ Entschlossen ritt er voran und schaute sich um. Die Kinder folgten ihm. Neugierig schaute Cynthia zu den Bergen hoch. Die Gipfel waren mit Schnee bedeckt und einige waren von dichten Wolken verhangen.

„O Mann“, stöhnte Emith, „das sind Berge!“ Der Gedanke, durch dieses Gebirge reiten zu müssen, gefiel ihm überhaupt nicht. „Na hoffentlich finden wir eine Schlucht, sonst kommen wir da nie durch!“

„Still!“, zischte Berolunth plötzlich. Sofort hielten alle inne. Nun hörten sie auch, was Berolunth gehört hatte: Von hinten näherten sich Reiter in schnellem Tempo. Was noch schlimmer war: In den Klang galoppierender Hufe mischte sich das Bellen von Hunden. Allen war klar, was das bedeutete.

Berolunth zögerte keinen Augenblick. „Wir müssen jetzt so schnell reiten, wie wir können! Du, Emith, reitest voran!", befahl er. „Cynthia reitet hinter dir und ich werde die Nachhut bilden!"

Emith galoppierte sofort los. Cynthia und Berolunth folgten ihm. So schnell sie konnten, ritten sie am Gebirge entlang. Die ganze Zeit hielten sie Ausschau nach einer Schlucht. Doch sie fanden keine. Nirgendwo gab es eine Möglichkeit, in das Gebirge hinein zu reiten. Und plötzlich geschah etwas Furchtbares: Vor ihnen tauchte noch eine Gruppe Schwarzer Ritter auf. Sie waren zwar weit weg, gerade so als Pünktchen am Horizont zu erkennen. Doch sie kamen in schnellem Tempo näher. Emith, der vorne ritt und sie zuerst bemerkte, erschrak fürchterlich. Wenn jetzt nicht schnell eine Schlucht kam, waren sie verloren! Er hielt sein Pferd an. Von hinten hörte er Berolunth fluchen. „Die haben das genau geplant", schimpfte er. „Sie haben uns die ganze Zeit in Ruhe gelassen, weil sie wussten, dass sie uns hier in die Falle treiben können!"

„Was sollen wir denn tun?", fragte Emith verzweifelt. „Sollen wir ins Moor zurückreiten?"

Keiner der drei verspürte auch nur die geringste Lust, das zu tun. Doch irgendetwas musste geschehen, sonst würden sie bald von Schwarzen Rittern umzingelt sein!

Einen flüchtigen Augenblick dachte Cynthia an den Mann im Traum. Er hatte ihr zweimal geholfen. Konnte er nicht auch jetzt helfen?

Und dann kam der nächste Schrecken. Plötzlich schoss vor ihnen ein großer, weißer Vogel vom Himmel herab, so ruckartig und unerwartet, dass die Pferde scheuten. Mühsam beruhigten sie die Tiere. Der Vogel stieg wieder auf und kreiste in niedriger Höhe direkt über ihnen.

„Es ist ein Adler!", stellte Berolunth fest.

„Schau nur, er will uns etwas zeigen!", rief Cynthia. Plötzlich fiel ihr etwas auf. „Seht nur!", schrie sie aufgeregt, „Der Adler hat *blaue* Augen!"

Tatsächlich! Jetzt sah Emith es auch. In diesem Moment flog der Adler los und schaute sich dabei mehrfach nach ihnen um.

„Er will, dass wir ihm folgen!", stellte Emith atemlos fest.

Schnell trieben sie ihre Pferde wieder an und ritten dem Adler hinterher. Mit Unbehagen sahen sie, dass die Schwarzen Ritter, die ihnen entgegen kamen, bereits bedenklich nahe waren. Schon waren sie deutlich zu erkennen. Es schienen fünf oder sechs zu sein und sie hatten ebenso viele Hunde dabei. Doch der Adler flog unbeirrt geradeaus. Emith begann bereits zu zweifeln, ob es richtig war, ihm zu folgen. Es würde nicht mehr lange dauern und sie würden den Schwarzen Rittern direkt in die Arme laufen!

Einer der Hunde löste sich jetzt aus der Gruppe und rannte voran, genau auf Emith zu. Der Hund war größer als die anderen. Er schien der Leithund zu sein. Drohend knurrte er und fletschte die Zähne. Schweißnass vor Angst versuchte Emith, nicht darüber nachzudenken, dass die Bestie ihn bald erreicht haben würde.

Doch plötzlich sah er den Weg! Es war eine kleine Schlucht zwischen zwei Felsmassiven. Dort flog der Adler hin! Vielleicht hatten sie auf diese Weise eine Chance zu entkommen! Die Frage war nur, ob sie die Schlucht rechtzeitig erreichen würden. So schnell sie konnten, preschten sie vorwärts. Es war ein Wettlauf um Leben und Tod.

Schließlich kamen sie Sekundenbruchteile vor dem Hund dort an. Der Adler fuhr im Sturzflug herunter. Die Bestie knurrte und bellte wütend und versuchte, nach ihm zu schnappen. Doch er schwang sich wieder hoch in die Lüfte.

Die Ablenkung hatte ausgereicht, um den Kindern und Berolunth einen kleinen Vorsprung zu verschaffen. Schnell bogen sie in die schmale Schlucht ein, gefolgt von wütendem Hundegebell. Der Adler flog nun wieder voran und die drei Gefährten folgten ihm. Nun ging die wilde Jagd durch die Schlucht in halsbrecherischem Tempo weiter, zwischen hohen, steilen Felswänden entlang, über Steine und Geröll. Die Kinder wagten nicht, daran zu denken, wie leicht ihre Pferde stolpern konnten.

Der Adler flog immer vor ihnen her und drehte sich ab und zu um, als wollte er sicher gehen, dass sie ihm auch wirklich folgten.

Inzwischen sank die Sonne immer tiefer und die Kinder waren fast am Ende ihrer Kräfte. Aber was noch schlimmer war: Auch die Pferde zeigten deutliche Ermüdungserscheinungen. Emith fragte sich, wie lange sie wohl noch durchhalten würden. Auch Berolunth blickte sich besorgt um. Er, der ganz hinten ritt, merkte am deutlichsten, wie sich der Abstand zwischen ihnen und ihren Verfolgern verringerte.

Noch einmal versuchten die drei, ihre Pferde anzutreiben. Doch selbst bei ihren edlen Tieren war jetzt die Grenze erreicht.

Als Berolunth sich das nächste Mal umschaute, sah er den großen Hund ganz dicht hinter sich. Er zückte sein Schwert.

Dann geschahen mehrere Dinge gleichzeitig. Der Hund machte einen großen Sprung und biss sich in Berolunths Oberschenkel fest. Sein Pferd bäumte sich vor Schreck auf und Berolunth hatte Mühe, sich im Sattel zu halten. Während der Hund eine tiefe Wunde in seinen Schenkel riss, bemühte sich Berolunth gleichzeitig, sein Pferd zu beruhigen und mit dem Schwert auf den Hund einzuschlagen. Anscheinend hatte er ihn getroffen, denn der Hund ließ mit Gejaule von ihm ab. Doch nun kam der erste der Schwarzen Ritter mit gezücktem Schwert. Berolunth ignorierte den Schmerz in seinem Oberschenkel und nahm den Zweikampf mit dem Ritter auf. Der Ritter war ein geschickter Kämpfer, doch Berolunth war auch nicht ungeübt. Geschickt parierte er mit dem Schwert und obwohl er durch die Wunde im Oberschenkel fast benommen war vor Schmerz, ließ er sich nicht zurückdrängen.

Emith und Cynthia hielten entsetzt an. Berolunth rief ihnen zu, sie sollten weiterreiten, doch sie waren wie gelähmt vor Schreck.

Als die Ritter sahen, dass Berolunth und die Kinder ihnen nicht mehr entkommen konnten, pfiffen sie ihre Hunde zurück.

Während Emith und Cynthia atemlos den Kampf verfolgten, kam ein Schwarzer Ritter auf sie zu. Höhnisch grinsend baute er sich vor ihnen auf und sagte: „Gratuliere. Ihr habt es ganz schön weit geschafft." Neugierig musterte er die Kinder von oben bis unten, während er lässig mit dem Schwert in seiner Hand spielte. „Doch genützt hat es euch nichts. Auch wenn euer Freund hier noch so tapfer für euch kämpft, er kann uns nicht alle besiegen. Außerdem haben wir hier noch unsere Hunde." Seine Augen verengten sich zu Schlitzen. „Sie gehorchen mir aufs Wort." Er lachte laut. „Glaubt ihr mir, dass sie nichts lieber tun werden, als sich auf euch zu stürzen, wenn ich ihnen gleich den Befehl dazu gebe?" Die Kinder brachten keinen Ton heraus vor Angst. Der Ritter lachte wieder laut und dröhnend. „Eigentlich sollte ich euch ja lebend dem Meister bringen. Doch ich finde, die Hunde haben jetzt eine Belohnung verdient!" Sein Gesichtsausdruck verriet, dass es für ihn fast eine genau so große Belohnung zu sein schien, die Kinder den Hunden auszuliefern. Dann gab er den gefürchteten Befehl: „Los! Auf sie!"

Mit vor Entsetzen geweiteten Augen sahen die Kinder, wie die Bestien zum Sprung ansetzten.

Michaela schrie auf, als plötzlich ein riesiger Hund auf sie zugesprungen kam.

Anscheinend hatte sich der Hund durch den Schrei erschreckt, denn er ließ von ihr ab. Sie atmete auf. Erst ein paar Sekunden später merkte sie, dass der große, gefährliche Hund gar kein Hund war, sondern ein kleiner, verängstigter Kater, der nun fauchend und mit gesträubtem Fell in der Ecke saß. „O Mann, Picasso!", rief sie aus. „Hast du mich erschreckt!" Der Kater starrte sie unverwandt an und wandte sich dann ab. Anscheinend war er beleidigt von Michaelas Reaktion. „Tut mir leid, Süßer", rief sie ihm zu. „Ich habe dich anscheinend auch ganz schön erschreckt! Du konntest ja nicht ahnen, dass ich gerade von riesigen, gefährlichen Hunden gelesen habe! Komm her zu mir, natürlich darfst du auf meinen Schoß!" Doch Picasso zeigte keinerlei Reaktion. „Nun spiel nicht die beleidigte Leberwurst!" Kurzentschlossen griff Michaela ihren Kater und hob ihn auf ihren Schoß. Dann las sie weiter, während sie ihn zum Trost ausführlich kraulte.

Cynthia schrie aus Leibeskräften.

In dem Moment geschah etwas Unerwartetes. Der Adler stieß einen hohen, schrillen Klagelaut aus, der kraftvoll in den Felswänden widerhallte. Dieser Klang hatte etwas so Ehrfurchtgebietendes, ja Majestätisches an sich, dass alle erschrocken still standen.

Die Hunde hielten mitten im Sprung inne, zogen ihre Schwänze ein und begannen, ängstlich zu jaulen. Die Schwarzen Ritter schauten sich erschrocken um. Dann hörten sie ein dumpfes Rollen und vor ihnen tat sich in der Felswand ein Riss auf, gerade breit genug, dass ein Reiter hineinpasste. Der Adler forderte die Kinder mit einer schnellen Kopfbewegung auf, hineinzureiten.

XXII. Im Wald der singenden Birken

Sobald die Kinder die Höhle betraten, verebbte der Kampfeslärm hinter ihnen. Sie hörten nur noch das Klappern der Hufe ihrer Pferde. Als sie anhielten, war alles still. „Merkwürdig", flüsterte Emith, „Wir sind doch gar nicht so weit weg. Warum hören wir nichts mehr von draußen?"

„Komm, lass uns weiterreiten", drängte Cynthia ängstlich, „bestimmt kommen sie uns bald hinterher!"

„Hierher kann uns niemand folgen!", hörten sie plötzlich eine kraftvolle Stimme über sich. Erschrocken schauten die Kinder nach oben und sahen den Adler.

„Du kannst sprechen?", fragte Emith erstaunt?

„Nur hier. In eurem Land kann ich eure Sprache nicht sprechen", antwortete der Adler.

„In unserem Land? Was meinst du damit? Wo sind wir denn hier?", fragte Emith, der immer verwirrter wurde.

„Jetzt ist nicht die Zeit für Erklärungen", sagte der Adler bestimmt. „Später wird euch alles erklärt werden. Doch jetzt musst du noch einmal zurück und eurem Freund helfen. Er wird es sonst nicht hierher schaffen! Komm schnell, es eilt. Ich werde dir Rückendeckung geben!"

Schnell sprang Emith vom Pferd und folgte dem Adler. Als er vor die Höhle trat, sah er sofort, dass Berolunth wirklich dringend Hilfe brauchte. Den ersten Ritter hatte er besiegt. Aber nun stürmte der nächste mit einem Wutschrei auf ihn zu. Berolunth, vom Kampf und der großen Wunde im Bein geschwächt, war dem Aufprall nicht gewachsen und fiel vom Pferd. Regungslos blieb er am Boden liegen. Doch gerade, als der Schwarze Ritter mit dem Schwert auf Berolunth einschlagen wollte, flog der Adler ihm mit einem schrillen Schrei mitten ins Gesicht. Der Ritter erschrak und verlor das Gleichgewicht. Schnell hob Emith Berolunths Oberkörper ein wenig hoch und zog ihn Stück für Stück Richtung Höhle. Er warf einen vorsichtigen Blick zu den Hunden. Doch die standen noch immer wie versteinert da. Es war, als hätte der Adler sie verzaubert. Auch die anderen Ritter rührten sich nicht. Erleichtert zog Emith den bewusstlosen Berolunth in die Höhle hinein und legte ihn vorsichtig auf den Boden. Wieder umgab ihn diese unerwartete Stille.

Der Adler kam angeflogen und ließ sich neben Berolunth nieder. Auch Cynthia kniete sich neben ihn. Im Licht der Abendsonne, das durch den Höhleneingang fiel, konnten sie sehen, wie schlimm Berolunth zugerichtet war. Er blutete aus vielen Wunden.

„Euer Freund hat tapfer gekämpft!", sagte der Adler.

Cynthia fing an zu weinen. „Er hat so mutig gekämpft, um uns zu beschützen, und ich habe ihm so misstraut!", schluchzte sie. „Was sollen wir jetzt nur machen? Wird er überleben?"

„Natürlich wird er überleben!", antwortete der Adler. „Ich werde dem König Bescheid sagen." Die Art und Weise, wie er das Wort *König* betonte, ließ keinen Zweifel daran, dass er sicher war, dieser König werde Berolunths Überleben ermöglichen.

„Kommt, wir müssen weiter. Es ist nicht mehr weit. Wir können nicht hier bleiben. Eure Pferde brauchen dringend einen Ruheplatz und eine frische Weide und ihr könnt auch ein wenig Stärkung gebrauchen."

„Sollen wir Berolunth jetzt einfach hier liegen lassen?", fragte Emith zweifelnd.

„Ihr habt nicht die Kraft, ihn zu tragen, und auch eure Pferde sind am Ende ihrer Kräfte. Ja, es ist das Beste, wenn wir ihn hier liegen lassen. Er ist hier in Sicherheit und der König wird sich um ihn kümmern."

Es fiel den Kindern nicht leicht, Berolunth so zurückzulassen, aber sie sahen ein, dass sie im Moment nichts für ihn tun konnten. Ein Blick auf ihre Pferde zeigte, dass die Tiere kurz vor dem Zusammenbrechen waren. Also nahmen sie sie behutsam am Zügel und führten sie weiter durch die Höhle. Der Adler flog langsam vor ihnen her. Es dauerte nicht lange und sie sahen den Höhlenausgang, durch den helles Sonnenlicht fiel. *Seltsam*, dachte Emith. *Als wir die Höhle betraten, war es doch Abend. Es müsste jetzt eigentlich langsam dunkel werden!*

Bald traten sie durch den Höhlenausgang ins Sonnenlicht. Über sich hörten sie die Stimme des Adlers, der sagte: „Willkommen im *Wald der singenden Birken* und im Land des *Herrn der Farben*, der der König hier und auch der wahre König eures Landes ist!"

Zuerst waren die Kinder so geblendet von dem Licht, dass sie kaum etwas sehen konnten. Als sich ihre Augen aber an die Helligkeit gewöhnt hatten, bot sich ihnen ein atemberaubender Anblick.

Vor ihnen erstreckte sich eine Wiese, die auf allen Seiten von Bäumen umgeben war. Das Gras war so saftig grün, wie Gras nur sein kann, wenn es sehr viel regnet, aber dann die Sonne darauf scheint. Überall auf der Wiese wuchsen die verschiedensten Blumen. Feuerrote, himmelblaue, goldgelbe, schneeweiße, violette und pinke. Die Kinder blieben reglos stehen und staunten. Sie mussten an die grauen und weißen Blumen in Colorania denken. Selbst dort waren Blumenwiesen ein schöner Anblick. Aber das war um nichts in der Welt zu vergleichen mit dem, was sie hier sahen. Die Farbenpracht war unbeschreiblich!

Bald hörten sie von oben die Stimme des Adlers, der sie einlud: „Kommt nur weiter. Seht euch alles an und genießt es. Ihr dürft überall hingehen. Esst von den Früchten des Waldes, so viel ihr mögt. Fühlt euch wie zu Hause!" Damit flog er davon und entschwand ihren Blicken. Erst jetzt sahen die Kinder, dass viele der Bäume, die die Wiese umgaben, Obstbäume waren. An einigen hingen rot-gelbe, leuchtende Äpfel, an anderen Orangen (die in Colorania auch Orangen hießen, obwohl man die Farbe gar nicht kannte). Viele andere Bäume trugen Früchte, die die Kinder noch nie gesehen hatten, die aber sehr lecker aussahen. Plötzlich merkten Emith und Cynthia, wie hungrig sie waren. Doch zuerst nahmen sie den Pferden die Sättel ab, rieben sie trocken und bedankten sich bei ihnen für ihr tapferes Durchhalten. Erst dann gingen sie auf die Obstbäume zu und ließen die Tiere auf der Wiese zurück. Cynthia pflückte zuerst eine saftige Orange, Emith entschied sich für einen leuchtend roten Apfel. Die Früchte schmeckten unendlich viel besser als die in Colorania. Noch nie hatten die Kinder etwas so Leckeres gegessen! Begeistert probierten sie noch eine Reihe weiterer Früchte. Einige waren ähnlich wie das Obst, das sie von zu Hause kannten, andere schmeckten völlig fremdartig. Aber alle waren so lecker, dass man gar nicht aufhören wollte, zu essen! Es gab sogar eine Frucht, die wie Schokolade schmeckte.

Während Emith und Cynthia immer wieder neue, interessante Obstbäume entdeckten und deren Früchte probierten, schlenderten sie tiefer in den Wald hinein. Sie stellten fest, dass, abgesehen von den Obstbäumen, der Wald hauptsächlich aus Birken bestand. Die Birken waren riesig und ihre Stämme waren nicht einfach weiß-schwarz, wie die Kinder das von den Birken in Colorania kannten. Nein, sie wurden durchzogen von unzähligen feinen Silberfäden. Es sah fast aus, als hätten sie sich für ein Fest geschmückt.

Überhaupt fanden die Kinder, dass der Wald irgendwie festlich wirkte.

Das Sonnenlicht schien golden durch das dichte, grüne Blätterdach. Überall funkelten und glitzerten die silbernen Streifen auf den Birkenstämmen im Sonnenlicht wie Diamanten. Das sah unbeschreiblich schön aus.

Und dann hörten sie den Klang, den sie nie mehr in ihrem Leben vergessen würden!

Es fing an wie ein leises Raunen, das von irgendwo weit her zu kommen schien. Schlagartig blieben die Kinder stehen und lauschten.

Mit der Zeit wurde es lauter und es hörte sich an wie der Klang vieler, glockenklarer Stimmen. Bald war der ganze Wald davon erfüllt. Es war wie ein Lied mit einer Melodie, so fremdartig und schön, dass es nicht zu beschreiben war. Nie hatten Cynthia oder Emith etwas Schöneres gehört. Keiner von beiden wagte etwas zu sagen. Sie standen regungslos und staunten. Um nichts in der Welt wollten sie auch nur einen Ton dieser herrlichen Musik verpassen.

Weder Cynthia noch Emith konnten hinterher sagen, wie lange sie dort gestanden und zugehört hatten. Es konnten Stunden gewesen sein oder auch nur Minuten.

Schließlich wurden die Klänge immer leiser, bis sie vom Wind davongetragen wurden und nur noch in der Ferne zu hören waren. Noch immer standen die Kinder still da. Erst als die Musik ganz verklungen war, wagten sie, sich zu bewegen. Stumm schauten sie sich an, aber keiner von ihnen sagte ein Wort. Jeder von beiden war so überwältigt, dass es einfach nichts zu sagen gab.

XXIII. Der König

„Gefällt euch mein Wald?"

Cynthia und Emith erschraken. Sie hatten niemanden kommen gehört und waren erstaunt, plötzlich hinter sich eine Stimme zu hören. Als sie sich dann umdrehten, erschraken sie noch mehr. Denn das, was sie sahen, war noch erstaunlicher als die geheimnisvolle Musik.

Hinter ihnen stand ein Mann. Er war ganz ohne Zweifel ein mächtiger König. Das sahen die Kinder sofort. Niemand musste es ihnen erklären.

Es war nicht so sehr die Kleidung, die er trug. Er hatte noch nicht einmal eine Krone auf dem Kopf. Nein, es war sein Gesicht, der Ausdruck seiner Augen und seine ganze Erscheinung. Er hatte eine solche Ausstrahlung, dass Emith und Cynthia fast die Luft anhielten. Die Tatsache, dass sie nun endlich dem Mann gegenüber standen, den sie schon so lange sehen wollten, war dagegen fast nebensächlich.

Trotzdem sahen die Kinder auf den ersten Blick: Der König war der Mann aus dem Traum.

Ohne auch nur einen Moment zu zögern, warfen sie sich vor ihm auf die Knie. Es schien das einzig Richtige zu sein. Niemals zuvor waren sie jemandem begegnet, der eine solche Macht und Majestät ausstrahlte. Dagegen kam ihnen alles andere bedeutungslos vor. Selbst die Macht des Schwarzen Meisters, die ihnen bislang so viel Angst eingejagt hatte.

Die Kinder spürten, dass sie diesen König viel mehr fürchten mussten als den Schwarzen Meister. Doch es war eine andere Art von Furcht. Eine Furcht, die schwer zu beschreiben war, nicht zu vergleichen mit Angst. Denn gleichzeitig ging von diesem König etwas so Wunderbares aus, dass die Kinder ihn sofort mochten. So etwas hatten sie noch nie erlebt.

Der König schaute die Kinder abwartend an. Da erinnerten sie sich, dass er ihnen eine Frage gestellt hatte. Doch sie waren kaum in der Lage zu antworten. Beide hatten das Gefühl, ihre Zungen würden am Gaumen festkleben vor Aufregung.

Schließlich war es Cynthia, die nach einer Weile leise antwortete: „Jawohl, mein König, der Wald gefällt uns sehr!"

„Das freut mich", antwortete der König beinahe ebenso leise. „Ihr sollt euch hier wohl fühlen. Willkommen hier."

Dann nahm er Cynthia bei der Hand. „Steh auf, Cynthia, meine Tochter."

Zögernd erhob sich Cynthia. Dabei wagte sie zum ersten Mal, dem König in die Augen zu sehen. *Wie Feuer*, dachte sie und im nächsten Augenblick: *Wie tiefes, klares Wasser! Wie ein Meer!*

Eigentlich gab es nichts, was diese Augen hätte beschreiben können. Cynthia hatte das Gefühl, als könnten sie bis in ihr tiefstes Inneres sehen. Lange schaute der König sie an. Schließlich lächelte er und breitete seine Arme aus. Zuerst wagte Cynthia nicht, sich zu rühren. Konnte das wirklich möglich sein? Wollte der König sie tatsächlich in die Arme nehmen?

Sie stand wie angewurzelt da und starrte ihn mit großen Augen an. Doch der König sagte: „Komm, Cynthia!" Da fiel sie ihm in die Arme.

Lange hielt der König sie fest. Cynthia hatte noch nie in ihrem ganzen Leben so etwas Schönes erlebt. Sie fühlte sich unbeschreiblich glücklich und geborgen.

Plötzlich fiel ihr etwas ein. „Danke, dass du mich im Moor gerettet hast!", sagte sie.

Der König lächelte nur und sagte: „Gern geschehen."

Nach einiger Zeit löste er Cynthia sanft aus seiner Umarmung und wandte sich Emith zu.

Der kniete nach wie vor auf dem Boden und wagte kaum, den König anzublicken. Erstaunt und ein wenig verwirrt beobachtete er Cynthia. Er fühlte sich hin und her gerissen. Einerseits wollte er am liebsten genau das tun, was Cynthia getan hatte – sich dem König in die Arme werfen. Andererseits fürchtete er sich vor ihm.

Er hatte dasselbe gespürt wie Cynthia. Nämlich, dass dieser König ihn ganz genau kannte! Vor ihm würde man nichts geheim halten können. Emith war sich sicher, dass der König sogar seine Gedanken lesen konnte.

Doch das war ihm gar nicht recht. Dummerweise fiel ihm nämlich ausgerechnet jetzt ein, wie sehr er Onkel Lucio gehasst hatte und wie oft er sich vorgenommen hatte, sich eines Tages zu rächen.

Plötzlich fühlte Emith sich ganz elend. *Ich bin auch nicht besser als Onkel Lucio,* durchzuckte es ihn. *Ich bin nur der Schwächere gewesen. Aber ich kann genauso gemein sein wie er!*

Diese Gedanken gefielen ihm überhaupt nicht. Das Schlimmste war jedoch, dass er vor diesem König kniete und sich schämte. Denn der König, das spürte er, war ein guter König. Er würde niemals böse Gedanken haben oder jemanden hassen, so, wie Emith Onkel Lucio gehasst hatte. Emith spürte, wie ihm die Tränen kamen. Auf einmal wünschte er sich so sehr, diesem König zu gefallen und genauso gut zu sein wie er. „Es tut mir so leid ...", stammelte er, während ihm die Tränen das Gesicht hinunter liefen. Er fühlte sich hundeelend.

„Steh auf, mein Sohn!", sagte der König.

Emith erhob sich zögernd.

Der König legte seine Hände auf Emiths Schultern. Langsam hob Emith den Kopf und blickte ihm in die Augen. Überrascht stellte er fest, dass der König ihn kein bisschen vorwurfsvoll anschaute. Im Gegenteil, seine Augen waren voll Mitgefühl und Verständnis.

„Ich habe gesehen, dass es dir leidtut. Komm in meine Arme", sagte er nur.

Nun ließ auch Emith sich in seine Arme fallen. Plötzlich fühlte er sich, als würde eine schwere Last von ihm abfallen. Er war unbeschreiblich glücklich.

Der König empfand anscheinend genau so, denn nachdem er ihn eine Weile gehalten hatte, stieß er plötzlich einen

Jauchzer aus und wirbelte Emith ausgelassen im Kreis herum. Cynthia lachte laut, als sie das sah.

Plötzlich ließ der König Emith los, drehte sich um und rief: „Fangt mich doch!"

Verdutzt schauten sich Cynthia und Emith einen Augenblick an, dann rannten sie los. Lachend und schreiend jagten sie den König über die Wiese. Anschließend lief der König hinter den beiden her, bis sie lachend und erschöpft ins Gras fielen. Sie konnten sich nicht daran erinnern, schon jemals solchen Spaß gehabt zu haben.

Als sie im Gras lagen und sich ein wenig ausruhten, dachten sie staunend über den König nach. Er war so würdevoll und majestätisch und trotzdem tobte er mit ihnen ausgelassen umher. So etwas hätten sie niemals gedacht!

Cynthia seufzte glücklich und schaute zu Emith. Plötzlich stieß sie einen leisen Schrei aus. „Emith", keuchte sie erschrocken. „Du siehst ganz anders aus!"

Emith drehte sich zu Cynthia um und riss die Augen auf. „Du auch!", staunte er. Beide betrachteten sich von oben bis unten. Sie hatten die bunten Farben des Waldes angenommen! Ihre Haut war nicht mehr grau, sondern hatte die gleiche, frische Farbe wie die Haut des Königs. Ihre Mäntel waren plötzlich dunkelgrün, ihre Schuhe braun. „Du hast ja ganz blaue Augen", staunte Cynthia.

„Und du hast grüne!", stellte Emith fest. Ausgiebig bestaunten sie ihr neues, schönes Aussehen. Im klaren Wasser eines Teiches konnten sie sich selbst wie in einem Spiegel betrachten. „Toll!", rief Cynthia entzückt. Dann wandte sie sich an den König. „Wie kommt das, dass wir plötzlich so schön aussehen?", wollte sie wissen.

Der König lächelte. „Hier, in meinem Wald ist alles bunt! Wer hierher kommt, wird auch bunt. Das ist einfach so!"

Die Kinder strahlten. Ihr Glück war einfach perfekt!

Nach einer Weile sagte der König: „Kommt, steht auf. Ich möchte euch noch etwas zeigen!"

Neugierig erhoben sie sich und folgten ihm.

XXIV. Freund der Tiere

Der König führte die Kinder tiefer in den Wald hinein. Sie gingen auf schmalen Pfaden, zwischen silbern schimmernden Birken und vielen anderen ungewöhnlichen Bäumen. Es gab zum Beispiel einen Baum, der ähnlich aussah wie eine Buche. An seinen Zweigen aber hingen Früchte, die aussahen wie bunte Bonbons. Diese Bonbonfrüchte schimmerten in Regenbogenfarben und glänzten wunderschön. Die Kinder probierten sie natürlich. Sie schmeckten absolut fantastisch! Cynthia erinnerten sie an ihren Lieblingskuchen, den ihre Mutter immer buk, wenn jemand Geburtstag hatte. Emith sagte hinterher, ihm hätten sie wie die Bonbons geschmeckt, die Tante Leah früher manchmal auf dem Markt gekauft hatte. Danach kamen sie durch ein Waldstück, in dem hauptsächlich Tannenbäume standen. Die Tannen schimmerten leuchtend grün und goldene Tannenzapfen hingen daran. Ehrfürchtig berührten die Kinder einen von ihnen. Er fühlte sich jedoch gar nicht wie Gold an, sondern seidig weich.

Plötzlich blieb Cynthia wie angewurzelt stehen: „Da, Eichhörnchen!", rief sie entzückt. In Colorania gab es nicht viele Eichhörnchen und wenn, dann bekam man sie selten zu Gesicht, denn sie waren sehr scheu. Doch dieses Eichhörnchenpaar schien überhaupt keine Angst vor ihnen zu haben. Im Gegenteil: Die beiden Tiere schauten sie mit klugen Augen an und sprangen fröhlich auf sie zu. Dann liefen sie zum König und flitzten wie der Blitz auf seine Schultern. Der König lachte und streichelte sie, bis sie wieder herunterhüpften und auf dem nächsten Baum verschwanden.

Als die Kinder den König fragend anblickten, erklärte er ihnen: „Hier, in meinem Wald, muss keiner Angst haben. Wir sind alle Freunde. Die Tiere lieben mich und ich liebe sie. Sie fressen sich auch nicht gegenseitig, wie das bei euch ist. Es gibt hier genug Nahrung für alle und keiner muss um sein Leben fürchten. Darum kennen die Tiere so etwas wie Angst gar nicht. Das ist etwas, was es nur bei euch gibt."

In dem Moment kam, wie zur Bestätigung, ein Reh aus dem Wald geflitzt und lief zum König. Es schmiegte sich an ihn wie eine Katze, die gestreichelt werden will. Das tat der König auch. „Ihr dürft es auch gerne streicheln, wenn ihr mögt", bot der König Cynthia und Emith an. Das ließen sie sich nicht zweimal sagen. Das Reh schien es zu genießen, so viel Aufmerksamkeit zu bekommen. Lachend und plaudernd gingen sie weiter, während der König ihnen Geschichten von den Tieren des Waldes erzählte. Stundenlang wanderten sie so, doch das strengte sie nicht im Geringsten an. Das Zusammensein mit dem König und all die schönen Dinge, die sie sahen und erlebten, waren einfach zu wunderbar, als dass sie müde werden konnten.

Nach einer Weile kamen sie zu einem kleinen Bach. Cynthia betrachtete das Wasser, in dem sich glitzernd das Sonnenlicht spiegelte. Sie bekam Lust, hinein zu steigen und durch den Bach zu waten. In dem Moment lächelte der König ihr aufmunternd zu, zog sich die Schuhe aus und sprang hinein. Begeistert taten die Kinder dasselbe.

So liefen sie eine Weile im Wasser weiter: der König vorweg, die Kinder hinterher. Plötzlich drehte sich der König um. Seine Augen blitzten und er lachte. Dann fing er an, Emith und Cynthia nasszuspritzen. Überrascht schnappten sie nach Luft, lachten laut auf und spritzten zurück. Bald war eine wilde Wasserschlacht im Gang, bis sie alle, prustend vor Lachen, völlig außer Atem waren. Immer noch lachend, stiegen sie wieder aus dem Wasser und ließen sich ins Gras fallen. Sie waren pitschnass. Doch das war nicht schlimm, denn die Sonne schien warm und es dauerte nicht lange, bis ihre Kleidung wieder anfing zu trocknen.

Plötzlich rief der König: „Da, schaut", und zeigte auf das Wasser, „da kommen wieder einige meiner Freunde." Die Kinder drehten sich zum Wasser und staunten. Ein Schwarm von bunten Fischen kam angeschwommen. Sie waren alle unterschiedlich gemustert und glänzten in wunderschönen Farben.

Plötzlich taten die Fische etwas sehr Ungewöhnliches: Sie schwammen auf den König zu und sprangen vor ihm aus dem Wasser in die Luft, wo sie fast so etwas wie einen kleinen Tanz vollführten, bevor sie sich wieder ins Wasser fallen ließen. Das wiederholten sie einige Male und es sah so einzigartig aus, dass Cynthia und Emith vor Staunen die Augen weit aufrissen.

Eine ganze Weile wanderten sie noch am Bach entlang. Dann schlug der König einen Pfad ein, der sich vom Bach wegschlängelte.

Sie gingen nun durch einen Teil des Waldes, der aussah, als wäre er verschneit. Die Bäume, die hier standen, waren so dicht mit riesigen, weißen Blüten bewachsen, dass kaum noch grüne Blätter dazwischen zu erkennen waren. Auch der ganze Boden war bewachsen mit weißen Blumen. Es war ein einziges Blütenmeer. Die Blüten verströmten einen intensiven, süßen Duft.

„Wunderschön!", flüsterte Cynthia ehrfürchtig. Sie wagte kaum weiterzugehen.

Doch der König nahm sie an seine Hand und so ging sie Hand in Hand mit ihm durch die weiße Blütenpracht.

Nach einer Weile kamen unzählige große, rosafarbene Schmetterlinge, die um den König herumflogen. Ab und zu kamen auch bunte Vögel angeflogen, die sich beim König und manchmal auch bei den Kindern auf Kopf und Schultern setzten.

Alle Tiere lieben den König, dachte Cynthia. Das war wirklich offensichtlich. Und er war zu allen Tieren freundlich. Sie begegneten auf ihrer Wanderung durch den Wald noch vielen verschiedenen Tieren, sogar solchen, vor denen sie sich normalerweise gefürchtet hätten. Aber hier brauchte man sich nicht zu fürchten. Schon gar nicht, wenn man mit dem König zusammen war.

XXV. Alte und neue Freunde

Nach einiger Zeit sagte der König: „So, jetzt sind wir bald da."

Fragend schauten die beiden Kinder ihn an, aber er sagte nichts weiter dazu. Sie waren gespannt, wo der König sie hinführte. Bisher hatten sie sich überhaupt keine Gedanken darüber gemacht. Sie waren einfach glücklich, mit ihm zusammen zu sein und durch diesen wunderschönen Wald zu laufen. Fast bedauerte Cynthia, dass die Wanderung bald vorbei sein würde.

Andererseits, dachte sie, *mit diesem wunderbaren König an meiner Seite ist es egal wo wir hingehen: wenn er dabei ist, ist es gut.*

Sie traten auf eine Lichtung mit einer großen Blumenwiese, ähnlich der, die sie ganz am Anfang betreten hatten. Von weitem sahen sie bereits, dass in der Mitte der Wiese Leute saßen. Neugierig gingen sie weiter. Bis auf den König hatten sie bisher an diesem Ort nur Tiere gesehen, deshalb waren sie sehr gespannt, was sie wohl hier für Menschen antreffen würden. Es waren ungefähr zwanzig Personen, die gerade ein großes Picknick veranstalteten. Für Cynthia und Emith war es ein ungewohnter, aber wunderschöner Anblick, Menschen in Farbe zu sehen. Schon von weitem sahen sie unterschiedliche Haut- und Haarfarben. Einige Menschen hatten helle, leicht gebräunte Haut, so wie Cynthia und Emith, andere dunklere, manche auch fast schwarze. Ebenso waren die Haare verschiedenfarbig – von hellblond bis hin zu tiefschwarz war alles vertreten. Doch noch ehe Cynthia und Emith die Leute genauer anschauen konnten, löste sich eine Gestalt aus der Gruppe und kam mit ausgebreiteten Armen auf sie zu. „Vater Jonathan!", riefen die beiden wie aus einem Mund und rannten schnell zu ihm. Lachend fielen sie ihm in die Arme. „Was machst du denn hier?", staunten sie. Doch bevor Vater Jonathan antworten konnte, sahen sie noch mehr vertraute Gesichter. „Menayon! Berian!", freuten sie sich. „Ihr seid also auch gut hier angekommen!" Strahlend umarmten sie auch diese beiden Freunde aus ihrer Heimat. Sie sahen vertraut und auch ein wenig fremd aus mit den neuen Farben.

Dann fiel ihr Blick auf einen Mann mit kurzen, schwarzen Haaren und der unverwechselbaren Hakennase. „Berolunth!", riefen die Kinder erstaunt und strahlten über das ganze Gesicht. Berolunth sah blendend aus. Es waren keine Spuren von Verletzungen mehr an ihm. Wenn man daran dachte, wie er nach dem Kampf ausgesehen hatte … „Wie hast du das denn geschafft?", fragte Emith den König. Doch der lachte nur.

„Ich bin ja so froh, dass es dir wieder gut geht", sagte Cynthia leise zu Berolunth. „Du hast uns das Leben gerettet!" Auch Emith schaute Berolunth an und sagte ernst zu ihm: „Ohne dich hätten wir es niemals hierher geschafft! Bitte entschuldige, dass wir dir so misstraut haben."

Berolunth lächelte. Cynthia fragte sich, ob sie ihn überhaupt vorher schon einmal lächeln gesehen hatte.

„Ich habe euch auch nicht gerade Grund gegeben, mir zu vertrauen", sagte er.

Er schwieg eine Zeit lang, dann fuhr er fort: „Ich war für Vater Jonathan als Geheimagent tätig. Viele Jahre lang habe ich unter falschem Namen bei den Schwarzen Rittern spioniert und Vater Jonathan und Herrn Odrian geheime Informationen geliefert. Die beiden haben schon lange geplant, Colorania von der Herrschaft des Schwarzen Meisters zu befreien. Und ich wollte ihnen dabei helfen. Aber ich hatte mir das alles ganz anders vorgestellt. Ich wollte kämpfen.

Stattdessen bekam ich den Auftrag, zwei Kinder aus dem Land hinauszubegleiten. Ich habe mich geärgert und hielt das für sinnlos, weil ich so sehr darauf gewartet hatte, dass der Kampf endlich losgeht. Ich fürchte, ich war nicht sehr freundlich zu euch."

Cynthia und Emith blieb der Mund offen stehen. Berolunth war ein Geheimagent! Das war wirklich eine Überraschung! Sie wussten gar nicht, was sie sagen sollten.

„Nun bin ich dem König begegnet", fuhr Berolunth fort. „Und er hat mir erklärt, dass der Kampf ganz anders aussehen wird, als ich immer geglaubt habe.

Vieles, was ich früher gemacht habe, ja wofür ich sogar mein Leben aufs Spiel gesetzt habe, war völlig überflüssig.

Vielleicht war das, was ich am Anfang für so unwichtig gehalten habe, nämlich euch zu beschützen und hierher zu bringen, das einzige Sinnvolle, was ich jemals getan habe ..."

„Nein!", unterbrach ihn da der König, der unbemerkt neben ihn getreten war. Er legte ihm die Hand auf die Schulter. „Du hast tapfer gegen das Böse gekämpft und das weiß ich sehr zu schätzen. Dass meine Art, einen Kampf zu führen, eine völlig andere ist, konntest du nicht wissen. Wie ich Colorania von der Herrschaft des Bösen befreien werde, werdet ihr alle noch sehen."

Unterdessen war Vater Jonathan zu ihnen gekommen. Er stellte sich zwischen Cynthia und Emith und legte väterlich seine Arme um sie.

Cynthia schaute zu ihm hoch. Wieder wunderte sie sich über sein ausdrucksstarkes Gesicht. Hier, in diesem seltsamen und wunderschönen Land, wirkte er sogar noch ungewöhnlicher. Sein Haar war immer noch schneeweiß, aber er hatte jetzt die gleiche schöne Gesichtsfarbe wie der König, und seine Augen waren strahlend blau. Trotz der vielen Falten in seinem Gesicht wirkte er jünger, als Cynthia ihn in Erinnerung hatte. Er zwinkerte den Kindern freundlich zu und fragte sie dann: „Wie war eure Reise?"

Einen Moment lang mussten Emith und Cynthia überlegen. Hier, an diesem wunderbaren Ort, waren die Gedanken an die Reise ganz weit weg. Doch plötzlich fiel Emith etwas ein.

„Das Tuch!", rief er aus. „Vater Jonathan, ich habe ja noch dein Tuch! Jetzt kann ich es dir wiedergeben. Ich habe es immer bei mir getragen."

Er begann, es aufzuknoten. Dabei musste er plötzlich daran denken, wie diese seltsame heilende Kraft durch das

Tuch in seinen verletzten Fuß hinein geströmt war. Und wie er sich durch das Tuch getröstet gefühlt hatte, nachdem er von Onkel Lucios Verrat erfahren hatte. Nachdenklich schaute er es an. Fast bedauerte er, dass er es zurückgeben musste.

Vater Jonathan schien seine Gedanken zu erraten. „Du kannst es behalten", sagte er. „Es kommt aus dem *Wald der singenden Birken* und ist gewebt aus Wolle von den Schafen des Königs. Nicht viele Dinge in Colorania sind von hier. Da ich nicht wieder nach Colorania zurückkehren werde, brauche ich es nicht mehr. Doch für dich wird es durchaus nützlich sein."

Emith starrte Vater Jonathan mit großen Augen an. Er hatte so viele Fragen, dass er fast vergessen hätte, danke zu sagen. Zum Glück fiel es ihm gerade noch so ein. Dann sprudelte es aus ihm heraus: „Woher hast du dieses Tuch? Warst du denn schon einmal hier? Warum gehst du nicht mehr nach Colorania? Müssen *wir* denn wieder dorthin zurück?"

Vater Jonathan lachte laut auf. Dann schaute er Emith belustigt an und sagte: „Nun mal langsam, Junge! Nicht alle Fragen kann man auf einmal beantworten!" Er wurde wieder ernster. „In der Tat steht es mir gar nicht zu, euch alle Antworten zu geben. Manches muss euch der König schon selbst sagen. Aber die ersten beiden Fragen will ich euch gerne beantworten: Nein, ich war noch nie hier. Ich bin, genau wie ihr auch, erst vor kurzem hier angekommen. Das Tuch schenkte mir ein alter Freund vor langer Zeit. Er ist längst nicht mehr in Colorania, sondern an einem anderen Ort. Er war einst hier und hat mir vom König erzählt und von den Farben. Seitdem hat mich niemals die Sehnsucht verlassen, die Farben in unser Land zurück zu bringen. Doch erst der Traum hat mir die Hoffnung gegeben, dass das auch wirklich geschehen würde."

Vater Jonathan blickte nachdenklich in die Ferne. Dann wandte er sich wieder den Kindern zu. Er zögerte, als ob er noch etwas sagen wollte, überlegte es sich dann aber anders. Mit einem warmen Lächeln forderte er sie auf: „Kommt, ihr sollt auch die anderen kennenlernen."

Cynthia und Emith folgten Vater Jonathan zum Picknickplatz. Als sie näher kamen, schauten die anderen neugierig auf, begrüßten die beiden herzlich und luden sie ein, an ihrem Picknick teilzunehmen. Sobald sie Platz genommen hatten, schob ihnen ein Mädchen Geschirr und Besteck hin und ein Mann bot ihnen Essen an. Obwohl weder Cynthia noch Emith hungrig waren, griffen sie kräftig zu. Das Essen war genau so ungewöhnlich und lecker wie die Früchte, die sie unterwegs gegessen hatten. Es schmeckte so gut, dass sie viel mehr aßen als sonst. Trotzdem bekamen sie keine Bauchschmerzen!

Doch mehr noch als das Essen genossen sie es, die anderen Freunde des Königs kennen zu lernen. Der König selbst stellte Cynthia und Emith den anderen vor. Anschließend machte er sie mit jedem einzelnen aus der Gruppe bekannt. Dabei ließ die Art und Weise, wie er das tat, erkennen, wie sehr er jeden von ihnen wertschätzte.

Bald wurden Cynthia und Emith in die fröhliche Unterhaltung mit einbezogen. Viele erkundigten sich nach ihrer Reise und die beiden berichteten ausführlich. Es stellte sich heraus, dass einige andere auch abenteuerliche Reisen erlebt hatten. So gab es viel zu erzählen.

Schließlich wurde es dämmerig und sie waren immer noch in Gespräche vertieft. Cynthia wunderte sich, dass sie mit Menschen, die sie noch nie zuvor gesehen hatte, so viel zu erzählen wusste. Sie fühlte sich so wohl in der Gruppe, als würde sie die anderen schon Jahre kennen. Gerade hatte sie sich eine Weile mit einem Mädchen unterhalten, das ungefähr in ihrem Alter war. Sinayah war ihr Name. Sie hatte schokoladenbraune Haut und schwarze Haare, die zu vielen kleinen Zöpfen geflochten waren. Ihre großen, braunen Augen blitzten fröhlich und wenn sie lächelte, strahlten ihre Zähne weiß wie Schnee. Cynthia mochte Sinayah auf Anhieb und spürte, dass sie in ihr eine Freundin gefunden hatte. Sinayah schien das auch so zu empfinden. Sie umarmte Cynthia und flüsterte ihr ins Ohr: „Ich freu mich so, dass du hierhergekommen bist!"

Emith unterhielt sich ausführlich mit Berian. Er war erstaunt, als er feststellte, dass er mit ihm richtig gut reden konnte. In Colorania hatte er Berian immer als schüchtern empfunden. Nie hatte er ihn bei den geheimen Treffen mehr als ein oder zwei Worte reden hören. Doch jetzt fand er die Unterhaltung mit ihm interessant und lebhaft.

Der Himmel hatte sich inzwischen zu einem tiefdunklen Blau gefärbt. Unzählige Sterne glitzerten darin. Über den Baumkronen thronte ein silberheller Mond, der viel größer war als der Mond in Colorania. Er spendete so viel Licht, dass die Nacht nicht wirklich dunkel war.

Cynthia schaute ihre neue Freundin an. Das Mondlicht glitzerte auf ihrem Haar und spiegelte sich in ihren Augen. „In Colorania", flüsterte sie, „da hatte ich keine Freundin. Die anderen mochten mich nicht wegen meiner Hand." Plötzlich bekam Cynthia Angst. Was hatte sie da gesagt? Vielleicht würde Sinayah sie jetzt auch nicht mehr mögen. Vielleicht hatte sie das mit der Hand nur noch nicht bemerkt …

Doch Sinayah erklärte: „Der König hat mir heute Morgen schon angekündigt, dass er eine Freundin für mich mitbringen würde. Deshalb habe ich das hier vorhin gemacht." Sie griff in ihre Tasche und holte ein buntes, wunderschön geflochtenes Freundschaftsband heraus. Dann nahm sie Cynthias gelähmte Hand und knotete das Band sorgfältig daran fest. „Freunde für immer!", sagte sie feierlich. „Freunde für immer!", wiederholte Cynthia und strahlte.

XXVI. Eine Begegnung am Bach und ein Ausflug zum Schloss

Schließlich suchten sich alle einen Platz zum Schlafen. Dazu verteilten sie sich im Wald und legten sich irgendwo auf das weiche Moos. Emith suchte sich gemeinsam mit Menayon, Berolunth und Berian einen Platz unter einer großen Birke.

Cynthia legte sich neben Sinayah an den Rand der Wiese, auf der das Picknick stattgefunden hatte. Noch lange lag sie wach und schaute in den glitzernden Sternenhimmel.

Plötzlich sah sie eine Sternschnuppe. Dann noch eine und noch eine. Auf einmal schien der ganze Himmel erfüllt zu sein von Sternschnuppen.

Das sah so schön aus, dass Cynthia mit weit aufgerissenen Augen dalag und staunte. Als der Sternschnuppenregen aufhörte, drehte sie sich um und kuschelte sich in das weiche Moospolster, bis sie glücklich einschlief.

Am nächsten Morgen war Emith der erste, der aufwachte. Leise stand er auf, um die anderen nicht zu wecken. Es begann gerade erst, hell zu werden, aber Emith fühlte sich schon ausgeschlafen. Langsam schlenderte er in die Richtung, in der er den Bach vermutete. Er war ganz allein, weder Menschen noch Tiere waren zu sehen. Nur ein prächtiges Vogelkonzert erfüllte die Luft.

Nach einer Weile kam er tatsächlich am Bach an. Er war immer noch allein. Auch deutete kein Geräusch in der Umgebung darauf hin, dass von den anderen schon jemand aufgewacht war.

Die perfekte Zeit für ein erfrischendes Bad, dachte Emith, zog sich aus und stieg in das kühle Wasser. Er blieb eine ganze Weile darin. Es war herrlich.

Als er gerade dabei war, sich wieder anzuziehen, hörte er hinter sich ein Knacken. Schnell drehte er sich um und sah den König auf sich zu kommen.

Emith erschrak. Niemals hatte er zugelassen, dass irgendjemand die Narben auf seinem Körper sehen konnte. Narben von den Schlägen, die er viele Jahre lang von Onkel Lucio bekommen hatte. Das war sein Geheimnis und er hatte nicht vor, daran etwas zu ändern. Er wusste selbst nicht so genau, warum, aber er schämte sich, dass Onkel Lucio ihn so oft geschlagen hatte. Er schämte sich, dass es ihm nie gelungen war, seinem Onkel zu gefallen, egal, wie viel Mühe er sich auch gegeben hatte. Vielleicht schämte er sich auch, dass er so schwach war und sich nicht hatte wehren können. Oder dass er nie den Mut gefunden hatte, einfach wegzugehen, wie es die Frau von Onkel Lucio vor vielen Jahren getan hatte.

So stand er wie erstarrt, als der König auf ihn zukam. Er hatte sich noch schnell seinen Mantel umgeschlungen, doch er wusste, es war zu spät. Der König hatte seinen nackten Oberkörper gesehen, und die Narben waren schon von weitem sichtbar. Was würde der König jetzt über ihn denken? Würde er ihn auch als Versager verachten, so wie Emith sich selbst verachtete?

Der König kam langsam näher. Emith stand noch immer stocksteif da. Er wagte nicht, ihm in die Augen zu sehen. Als der König ganz dicht vor ihm stand, fragte er sanft: „Emith, würdest du bitte deinen Mantel ausziehen?"

Emith erschrak. Was wollte der König von ihm? Er sollte seinen Mantel ausziehen? Ihm noch einmal seine Narben zeigen?

Der König stand abwartend vor ihm.

In Emith tobte ein Kampf. Einerseits vertraute er dem König und wollte alles für ihn tun. Andererseits verlangte der König von ihm etwas, das ihm fast unmöglich erschien. Das, was er immer verstecken wollte, sollte er nun freiwillig dem König zeigen? Er schämte sich in Grund und Boden. Doch eigentlich hatte der König seine Narben ja sowieso schon gesehen. Also war es auch fast schon egal.

Der König stand weiter geduldig vor ihm. Nach einer Weile zog Emith zögernd seinen Mantel aus. Er fühlte sich entsetzlich dabei.

Der König holte aus seiner Tasche eine Dose und öffnete sie. In der Dose war eine Salbe, die einen wunderbaren Duft verströmte. Behutsam begann er, Emith damit einzureiben. Ganz vorsichtig strich er sie über die vielen Narben. Emith spürte ein Prickeln und eine wohltuende Wärme. Diese Salbe war sogar noch besser als die, die Frau Odrian ihm damals gegeben hatte. Erstaunt blickte er nun doch zum König auf. Überrascht stellte er fest, dass der König Tränen in den Augen hatte.

„Emith", sagte er leise, „du brauchst niemals irgendetwas vor mir zu verstecken!"

Emith schluckte, dann nickte er. Nun liefen auch ihm die Tränen die Wangen hinunter. Sanft wischte der König sie ihm ab und nahm ihn in seine Arme.

„Und Emith", sagte er noch, „du bist kein Versager und niemals solltest du dich verachten oder denken, dass irgendjemand anders dich verachten muss!

Dein Onkel hatte kein Recht, dich so zu behandeln, und er wird sich eines Tages dafür verantworten müssen! Ganz bestimmt war es nicht deine Schuld oder dein Versagen, dass er dich misshandelt hat!"

Emith nickte wieder. Er brachte kein Wort heraus. Aber es fühlte sich richtig gut an, dass es jemanden gab, der ihn in seinem tiefsten Inneren kannte und ihn so gut verstehen konnte. Und plötzlich hatte er auch das Gefühl, dass er sich nicht mehr schämen musste.

Die ganzen nächsten Tage waren herrlich! Cynthia und Emith stromerten gemeinsam mit ihren neuen Freunden durch den Wald, spielten Verstecken, tollten herum oder gingen einfach auf Entdeckungsreise. Und es gab immer wieder Neues zu entdecken: Früchte, die sie noch nicht kannten, einzigartig schöne Blumen und Bäume oder seltene Tiere. Auch die wunderbare Musik, die sie gehört hatten, als sie gerade im Wald angekommen waren, hörten sie wieder. Inzwischen hatte der König ihnen erklärt, dass das die singenden Birken waren, von denen der Wald auch seinen Namen bekommen hatte. Jedes Mal, wenn die Birken anfingen zu singen, liefen den Kindern Gänsehautschauer den Rücken hinunter, so schön war das!

Doch so sehr sie den Wald und seine Schönheit auch genossen, am tollsten war es immer, mit dem König zusammen zu sein! Er nahm sich Zeit für sie, erzählte ihnen Geschichten und erklärte ihnen Dinge, von denen sie noch nie gehört hatten. Ab und zu nahm er sie mit auf eine Wanderung und zeigte ihnen andere Teile des Waldes, die sie noch nicht kannten. Eines Tages waren sie wieder einmal mit dem König unterwegs, als sie plötzlich den Waldrand erreichten.

„Jetzt zeige ich euch etwas ganz Besonderes", sagte der König geheimnisvoll.

Die Kinder waren gespannt. Sie hatten schon so viel Besonderes gesehen, dass sie sich kaum vorstellen konnten, dass irgendetwas sie noch mehr beeindrucken konnte. Doch was sie dann sahen, ließ sie vor Staunen den Atem anhalten.

Sie traten aus dem Wald heraus auf eine große Wiese. Über die Wiese schlängelte sich ein Pfad zu einer sanft begrünten Hügelkette. In der Mitte, auf dem höchsten der Hügel, stand ein Schloss. Es sah herrlicher und gewaltiger aus als alles, was sie bisher gesehen hatten. Unzählige Türme schimmerten wie Gold. Die Wände waren aus geschliffenen Diamanten. Sie funkelten und glitzerten so hell in dem Sonnenlicht, dass die Kinder kaum hinschauen konnten. Die Fenster bestanden aus bunten Mosaiken.

Vor dem Schloss war ein großer, türkisfarbener See mit Springbrunnen. Am Himmel, mitten über dieser ganzen Pracht, schimmerte ein Regenbogen. Er sah aus, als gehörte er zum Schloss dazu.

„Das ist das Schloss meines Vaters", sagte der König. „Hier lebe ich mit ihm zusammen, wenn mich meine Aufgaben nicht in andere Länder führen."

„Dürfen wir dort hinein gehen?", fragte Cynthia.

„Nicht jetzt", antwortete der König. „Es wird eine Zeit kommen, in der ihr in diesem Schloss ein- und ausgehen werdet. Dann werdet ihr auch meinen Vater sehen. Er ist genau wie ich. Doch diese Zeit ist noch nicht da. Ich wollte es euch nur einmal zeigen."

„Schade." Sehnsüchtig schauten sich die Kinder das Schloss an. Wie gerne wären sie hineingegangen. Doch immerhin hatte der König gesagt, die Zeit würde noch kommen.

Schweigend machten sie sich auf den Rückweg. Wieder einmal waren sie überwältigt von all dem Wunderbaren, das sie erleben durften. Wie sehr wünschten sie sich, für immer im *Wald der singenden Birken* zu bleiben.

Doch bald schon sollten sie erfahren, dass der König ganz andere Pläne hatte.

Am nächsten Tag nämlich kam er zu ihnen und bat sie, sich mit den anderen auf der großen Wiese zu treffen. An seinem Gesichtsausdruck erkannten sie, dass er ihnen etwas Wichtiges mitteilen wollte.

Michaela hörte auf zu lesen. Ihr fiel nämlich ein, dass sie auch jemandem etwas Wichtiges mitteilen wollte. Und das durfte sie nicht schon wieder verschieben. Kurzentschlossen nahm sie ihr Handy, atmete tief durch und wählte Nicos Nummer. Es klingelte dreimal und dann nahm er ab.

„Hi Nico …" Michaela fand, dass ihre Stimme viel zu schrill klang. Sie räusperte sich.

„Hi Michaela!" Nicos Stimme klang auch ein bisschen komisch. Michaela gab sich einen Ruck und sagte: „Ich wollte mich entschuldigen, dass ich vorhin auf dem Schulhof so ausgerastet bin … Das war … naja, ich war gerade voll sauer auf Jo und so und in dem Moment war mir das einfach alles zu viel!"

„Ist schon okay, mach dir mal keine Gedanken!"

Schweigen. Wie konnte sie bloß all das ausdrücken, was sie sonst noch sagen wollte? *Ich mag, dich, obwohl du mich neulich im Stich gelassen hast?* Oder: *Auch, wenn du ein totaler Feigling bist, möchte ich trotzdem noch mit dir befreundet bleiben?*

Irgendwie war ihre Zunge plötzlich wie gelähmt.

„Sehen wir uns morgen auf dem Schulhof?", fragte Nico schließlich nach einer längeren Pause.

„Ja, gerne. Und ich werde mir auch Mühe geben, nicht wieder auszurasten!"

Beide lachten. Etwas gezwungen, aber immerhin. Michaela fühlte sich erleichtert. Sie hatte zwar nicht das gesagt, was sie wirklich sagen wollte, aber wenigstens hatte sie überhaupt mit Nico gesprochen.

Nach dem Telefonat machte Michaela sich etwas zu Essen. Es war schon wieder Abendbrotzeit. Sie nahm das Essen mit in ihr Zimmer. Nun konnte sie entspannt weiter lesen.

XXVII. Die Geschichte des Königs

Als alle sich in das Gras gesetzt hatten, begann der König zu erzählen. Zum ersten Mal hörten Emith und Cynthia, was wirklich in Colorania passiert war.

„Vor langer Zeit", begann der König, „lebten die Menschen in Colorania glücklich und in Frieden miteinander. Es war ein herrliches Land, prächtiger und schöner als alle anderen Länder ringsumher. Ein buntes Land, voller Farben, und die Menschen lachten viel und liebten das Leben. Ich war ihr König und wohnte mitten im Land. Ich liebte mein Volk und wollte mit den Menschen zusammen sein. Nicht wie die Herrscher heute, die sich ihren Untertanen nur von weitem zeigen.

Deshalb gab es in meinem Schloss oft Feste, zu denen ich immer viele Menschen einlud. Auch nahm ich gerne Einladungen an und so war ich mal hier, mal dort im Land unterwegs, um mit meinem Volk zusammen zu sein. Es war eine schöne Zeit!"

Der König hielt einen Augenblick inne.

„Die Schönheit Coloranias war weit über die Landesgrenzen hinaus bekannt. Leider hörte auch Eyron davon, den ihr den Schwarzen Meister nennt. Eyron war der Herrscher eines kleinen Landes, in dem die Leute gerade so unglücklich waren, wie die Menschen in Colorania es heute sind. Er war schon immer ehrgeizig und gierig. Ständig wollte er größere Macht haben, mehr besitzen, weitere Städte bauen, andere Länder erobern. Viele Kriege führte er und machte unzählige Menschen zu Sklaven.

Seit er von Colorania gehört hatte, war sein größter Wunsch, dieses Land zu besitzen. Doch da das Land groß war und mit allen Nachbarstaaten in Frieden lebte, wusste er, dass er die Herrschaft über Colorania niemals durch einen herkömmlichen Krieg an sich reißen konnte. So dachte er sich eine List aus. Er reiste mit einigen seiner Getreuen nach Colorania und begann, den Menschen Lügen über mich zu erzählen. Überall im Land verbreitete er seine Schwindelei, so dass Menschen, die mir bisher immer vorbehaltlos vertraut hatten, plötzlich anfingen, schlecht über mich zu denken und zu reden.

Als nächstes fing er an, den Menschen schwarze Früchte aus seinem Land zu bringen. Jeder, der Eyrons Lügen gehört und seine Früchte gegessen hatte, fing an, sich zu verändern. Die Menschen begannen, Eyrons Wesen anzunehmen. Nachdem die meisten Menschen von diesen Früchten gegessen hatten, erklärte Eyron ihnen, schwarz und grau seien die einzigen schönen Farben. Und inzwischen waren die Leute tatsächlich so weit, dass sie ihm diese ungeheuerliche Lüge glaubten! Viele Händler aus Eyrons Land kamen, die den Menschen schwarze und graue Kleidung verkauften. Auch die schwarzen Früchte aus seinem Land wurden massenweise herbeigeschafft. Doch das alles blieb nicht ohne Folgen. Die Menschen veränderten sich immer mehr zum Bösen. Nachbarn, die ihr Leben lang friedlich zusammengelebt hatten, begannen plötzlich zu streiten. Freundschaften gingen kaputt. Sogar Ehepaare, die sich immer geliebt und aneinander gefreut hatten, gingen auseinander. Eltern begannen, ihre Kinder zu schlagen, und Kinder fingen an, ihre Eltern zu hassen. Die Zustände im Land wurden immer schrecklicher. Es gab nur wenige Menschen, die merkten, was geschah. Und nur ganz wenige, die zu mir hielten. Die meisten wandten sich Eyron zu, der immer mehr Macht gewann. Nach und nach redete er den Menschen ein, sie bräuchten keinen König mehr. Schließlich baten sie mich, das Land zu verlassen."

Hier machte der König eine Pause und schwieg eine Weile. Ihm war anzusehen, wie sehr es ihn schmerzte, diese Geschichte zu erzählen. Alle schwiegen betroffen.

Doch Emith konnte sich nicht zurückhalten. Aus ihm schoss die Frage heraus, die ihn die ganze Zeit beschäftigte: „Aber warum? Warum hast du das zugelassen? Du hättest diesen Eyron doch einfach aus dem Land vertreiben können und die Menschen, die sich auf seine Seite gestellt haben, dazu! Du bist doch viel mächtiger! Warum hast du dir dein Land einfach so wegnehmen lassen? Das verstehe ich nicht!"

Der König drehte sich zu Emith um und sah ihn mit seinem unvergleichlichen, durchdringenden Blick an.

„Emith", erklärte er, „niemals wollte ich ein Volk regieren, das mir nicht vertraut und aus freien Stücken zu mir hält. Es war nie meine Absicht, mein Volk mit Gewalt zu beherrschen. Die Menschen sollten sich entscheiden können, welchem Herrscher sie dienen wollen. Sie haben Eyron gewählt, nicht mich."

Die Kinder spürten die tiefe Traurigkeit in der Stimme des Königs, als er das sagte. Eine ganze Weile war es totenstill. Ringsherum konnte man fassungslose Gesichter sehen. Einige hatten Tränen in den Augen. Niemand konnte sich vorstellen, wie es möglich war, sich gegen den wunderbaren König und für diesen widerlichen Eyron zu entscheiden!

Schließlich sprach der König weiter: „Nachdem ich das Land verlassen hatte, konnte Eyron seine Herrschaft ungestört weiter ausbauen. Nun begann er, den Menschen weitere Lügen aufzutischen. Er erzählte ihnen, es gäbe keine Farben. Alles, was nicht schwarz oder grau sei, sei nur Einbildung.

Je länger er das den Leuten erzählte, umso mehr glaubten sie es und verloren nach und nach die Fähigkeit, Farben zu erkennen. Die wenigen Menschen, die diese Lügen durchschauten, wurden verschleppt in die zahlreichen Verliese, die Eyron überall im Land errichten ließ.

Die meisten von ihnen wurden getötet.

So verschwanden die Farben aus dem Land und über die Jahre auch die Erinnerung daran, dass es jemals welche gegeben hatte. Eyron fing an, sich Schwarzer Meister zu nennen und baute sich seine große Festung und so wurde Colorania zu dem Land, das ihr heute kennt."

Wieder machte der König eine Pause und sah ringsumher in die betroffenen Gesichter. Dann fuhr er mit verändertem Tonfall fort: „ Aber ich habe mein Land niemals aufgegeben. Immer stand ich mit einzelnen Menschen heimlich in Kontakt. Ich habe dafür gesorgt, dass die Erzählungen über die Zeiten, in denen ich in Colorania regiert habe, niemals ganz verstummten. Ich habe euch die Träume geschickt und habe dafür gesorgt, dass ihr hier bei mir angekommen seid."

Er schaute jetzt direkt zu Emith und Cynthia. „Sehr bald werde ich in mein Land zurückkehren. Und ich möchte mit euch gemeinsam reisen!"

Eine Idee entwickelt sich

Michaela schaltete ihr Laptop aus. Sie wollte heute mal nicht so spät wie sonst ins Bett. Umziehen, Zähne putzen, Picasso vom Bett runterjagen, Licht aus.

Als sie sich in ihre Bettdecke kuschelte, stellte sie sich den *Wald der singenden Birken* vor, träumte von der wunderschönen Landschaft dort und von dem König.

Wenn es einen solchen König in Wirklichkeit gäbe, dachte sie, *dann würde ich ihn auch unbedingt kennenlernen wollen.*

Dieser König schien ja ziemlich einzigartig zu sein. Michaela hatte jedenfalls noch nie von einem König gehört, der so war wie der in der Emith-Geschichte.

Ihre Gedanken wanderten weiter zu Eyron. Was für ein abscheulicher Tyrann! Sie konnte nicht verstehen, warum die Leute sich von dem guten König abgewandt und Eyron vertraut hatten. Nein, über Eyron mochte sie nicht länger nachdenken. Da wollte sie sich lieber wieder den König vorstellen.

Plötzlich fiel ihr das Schloss ein. Das Schloss des Vaters. Der König hatte auch einen Vater. Und der sollte genauso sein wie er selbst. Musste also ein echt toller Vater sein. Ein schmerzhafter Stich durchzuckte sie bei dem Gedanken an ihren eigenen Vater.

Auf einmal kam ein Satz in Michaelas Gedanken. *Wer mich gesehen hat, der hat den Vater gesehen.*

Komisch. Wo kam dieser Satz auf einmal her? Sie wusste, sie hatte ihn irgendwann einmal gehört. Aber sie konnte sich nicht mehr erinnern, wann und wo. Wer hatte das denn gesagt? Wie dumm, dass ihr das nicht einfiel.

Wer mich gesehen hat, der hat den Vater gesehen.

Sie schob die Gedanken beiseite, stellte sich den *Wald der singenden Birken* und das wunderschöne Schloss noch einmal vor und schlief schließlich ein.

Am nächsten Tag in der Pause kam Nico auf sie zu, als sie gerade mit Jo über den Schulhof schlenderte. Sie konnten nett miteinander plaudern. Es war fast wie früher.

Michaela war froh. Es hatte sich doch ausgezahlt, dass sie sich entschlossen hatte, nicht mehr sauer auf Nico zu sein. Vielleicht würde sie ihm irgendwann mal sagen, wie sehr es sie verletzt hatte, dass er tatenlos dabei gestanden hatte, als Emilia sie so vor allen Leuten fertig gemacht hatte. Aber fürs erste war sie froh, dass sie Nico überhaupt wieder ungezwungen gegenüber treten konnte.

Nach einer Weile sagte Nico plötzlich: „Ich hab eine Idee, wie wir uns an Emilia rächen können …"

„Echt? Was denn?", fragten Michaela und Jo gleichzeitig. Beide wussten: Wenn Nico eine Idee hatte, dann war sie meistens brauchbar!

Nico schaute sich kurz um. Als er sah, dass niemand in Hörweite war, sprach er leise und verschwörerisch: „Ihr wisst doch, dass ich ein Hobby habe, das manche nicht so ganz nachvollziehen können …"

„Fußball?", fragte Michaela.

„Nein!" Nico lachte kurz auf. „Das meine ich nicht."

„Ach, genau", meinte Jo, „du meinst deine Vorliebe für alles, was krabbelt und möglichst eklig ist!"

„Siehst du, du kannst es auch nicht nachvollziehen! Aber egal, ja, ich spreche von meinem Interesse an den faszinierendsten Tieren der Welt."

Michaela und Jo verdrehten die Augen. Nico interessierte sich für Spinnen und Insekten. Er sammelte sie in Gläsern, um sie tagelang in seinem Zimmer zu beobachten. Manchmal hatte er sie auch schon mit in der Schule gehabt. Aber Nico hatte Recht: Nachvollziehen konnten die Mädchen das nicht. Im Gegenteil.

„Ich habe neulich mitbekommen", fuhr Nico fort, „dass Emilia panische Angst, nicht nur vor Spinnen, sondern auch vor allen möglichen Insekten hat – ein Umstand, der sie mir noch unsympathischer macht ..."

„Cool", fiel Michaela ihm ins Wort. „Du meinst also, du kannst welche für Emilia besorgen und sie damit so richtig erschrecken?"

„Genau! Und du musst in dem Moment deine Kamera dabei haben. Dann kannst du auch ohne Bildbearbeitungsprogramm die allerschönsten Fotos von ihr machen! Wir müssen uns bloß noch überlegen, wie wir das genau durchführen wollen!"

„Megacoole Idee!", stimmte auch Jo begeistert zu. „Noch besser wird es aber, wenn wir nicht nur coole Fotos machen. Das Ganze muss an einem passenden Ort stattfinden, damit es richtig schön dramatisch wird! Möglichst in der Öffentlichkeit, so dass viele Leute Emilias Gekreische hören können und sie dann richtig blamiert ist! Ich hab auch schon eine Idee, wie wir das machen könnten!" Sie wandte sich an Michaela. „Du weißt doch noch, wie wir neulich in der Pause Connor ködern konnten ..."

Michaela runzelte die Stirn. Was sollte Connor jetzt damit zu tun haben?

Aber Jo fuhr unbeirrt fort: „Ich habe gehört, Connors Mutter ist jetzt endlich dahinter gekommen, dass zu viele Nutellabrote nicht allzu gesund für ihren Sohn sind! Sie hat beschlossen, nicht mehr so viel Nutella zu kaufen. Und Connor ist todunglücklich!"

„Und was hat das jetzt mit der Racheaktion zu tun?", fragte Michaela. Die Nutella-Dramen in Connors Familienleben interessierten sie nicht im Geringsten.

„Sehr viel! Wir brauchen nämlich einen Verbündeten! Jemanden, mit dem wir sonst nicht viel zu tun haben! Denn wenn Emilia einen von uns sieht, wird sie sofort misstrauisch. Aber weil Connor nicht zu unseren Freunden zählt, könnte sie ihm vertrauen! Und das nutzen wir zu unserem Vorteil aus. Ach ja, ich vergaß zu sagen, dass wir ihm natürlich ein paar Nutellagläser versprechen, wenn er mitmacht! Das müsste eigentlich klappen!"

Michaela nickte. „Klingt vernünftig", stimmte auch Nico zu. „Jetzt stellt sich nur noch die Frage, was wir genau mit Connor machen!"

„Da habe ich auch schon eine Idee", erklärte Jo begeistert.

In dem Moment klingelte es zur nächsten Stunde. Sie verabredeten sich nach der Schule, damit Jo ihre Idee erläutern konnte.

Erst am späten Nachmittag kam Michaela dazu, weiterzulesen. Nach der Schule hatte sie noch lange mit Nico und Jo an ihrem Racheplan herumgebastelt und zu Hause musste sie erst ihre Hausaufgaben erledigen. Doch nun schaltete Michaela ihr Laptop wieder an. Sie grinste in sich hinein. Die Rache würde fantastisch werden! Mit einem Lächeln auf dem Gesicht fing sie an zu lesen.

XXVIII. Aufbruch nach Colorania

Die Kinder wurden ganz kribbelig vor Aufregung. Der König wollte Colorania zurückerobern und sie sollten dabei sein! So ein Abenteuer!

Cynthia stellte sich vor, wie Emith und sie an der Seite des Königs nach Colorania ritten. Wie die Menschen den wahren König plötzlich erkennen und er dort den Thron besteigen würde ... Die Menschen würden ihm zujubeln und alles würde sich zum Guten wenden im Land!

Auch Emith malte sich die tollsten Geschichten aus. In seinen Gedanken sah er Onkel Lucio und die Menschen in seinem Heimatdorf, wie sie Emith bewunderten, an der Seite des prächtigen Königs und wie sie ihm als einem engen Vertrauten des Königs Ehre erwiesen. Ja, das waren tolle Aussichten!

Vielleicht würde der König ihm später einen Ministerposten geben und er wäre überall im Land berühmt ...

Erst als der König ihn ansah, hörte Emith auf, seine Träume weiterzuspinnen. Er wurde ein bisschen rot, denn plötzlich fiel ihm wieder ein, dass der König ja seine Gedanken erkennen konnte!

Doch der schaute nun zu Menayon, Berian und Berolunth und sagte: „Ihr sollt auch mitkommen." Dann wählte er zu Cynthias großer Freude noch Sinayah aus, ein älteres Ehepaar mit Namen Leylah und Eryn und einen jungen Mann namens Jorian.

Sinayah und Cynthia umarmten sich überschwänglich. Sie freuten sich sehr, dass sie zusammen bleiben konnten. Sofort flüsterten sie aufgeregt miteinander und malten sich aus, was sie unterwegs alles erleben würden. Emith schaute sie etwas verärgert an und ermahnte sie, lieber dem König zuzuhören. Der gab nämlich gerade die letzten Anweisungen für die Reise.

Am folgenden Tag sollte es bereits losgehen.

„Packt euch Essen ein. Nehmt von den Früchten des Waldes", sagte der König. „Jeder soll so viel mitnehmen, wie sein Pferd tragen kann! Wir werden unterwegs Menschen treffen, die diese Nahrung brauchen! Ihr sollt genug haben für euch selbst und um mit anderen zu teilen!"

Die Kinder fragten sich, mit wem sie wohl unterwegs das Essen teilen würden. Aber bald waren sie, wie alle anderen auch, damit beschäftigt, Früchte zu pflücken und ihre Satteltaschen damit zu füllen.

Als Emith vor dem Schlafengehen hinter ein Gebüsch schlüpfte, um sich umzuziehen, machte er eine erstaunliche Entdeckung: Seine Narben waren kaum noch zu sehen! Fassungslos strich er über seine Haut, die sich wie neu anfühlte.

Die Salbe des Königs musste aber eine außerordentlich gute Wirkung gehabt haben!

Fröhlich ging er zu seinem Schlafplatz. Als er unterwegs den König traf, erzählte er ihm aufgeregt von seiner Entdeckung und bedankte sich bei ihm. Der König freute sich mit ihm.

Am nächsten Morgen wurden die Kinder durch den Gesang der Birken geweckt. Schweigend blieben sie liegen und genossen die wunderbare Musik.

O wie schade, dass wir die bald nicht mehr hören können, dachten sie.

Erst als die Birken ihren Gesang beendet hatten, standen Cynthia und Emith auf.

Das Frühstück war bereits vorbereitet, als sie am Picknickplatz ankamen. Der König wartete schon auf sie und begrüßte sie fröhlich.

Nach dem Frühstück drängte er zum Aufbruch. „Wir haben heute einen langen Ritt vor uns", sagte er, „lasst uns jetzt keine Zeit mehr verlieren."

So verabschiedeten die Reisenden sich von den anderen. Sie wurden herzlich von allen umarmt und mit vielen guten Wünschen auf den Weg geschickt.

Als sie schon auf ihren Pferden saßen, kam Vater Jonathan noch einmal zu ihnen.

„Grüßt Colorania von mir!", rief er ihnen fröhlich hinterher. Dann wurde er ernster: „Und egal, was passiert, bleibt immer dem König treu!"

Die Kinder wunderten sich über diese Ermahnung. „Natürlich!", riefen sie. Wie konnte man einem solchen König *nicht* treu sein?

Emith band sich Vater Jonathans Halstuch ab und winkte damit. Wie eine Fahne flatterte es im Wind. Dann ritten sie los.

Ein paar Mal blickten die Kinder noch zurück zu ihren Freunden. Sie winkten, bis sie außer Sichtweite waren.

Cynthia liefen die Tränen über die Wangen. Würde sie die anderen jemals wieder sehen? Würde sie jemals wieder an diesen wunderbaren Ort zurückkehren?

Oder noch einmal so etwas Wundervolles wie die *Singenden Birken* hören?

Ein weiteres Mal drehte sie sich um. Der Wald war inzwischen nur noch als kleiner, grüner Streifen zu sehen. Einen Moment lang wollte Cynthia am liebsten umkehren.

Doch da kam Sinayah neben sie geritten und lachte die Freundin fröhlich an. Cynthia lächelte zurück. *Natürlich,* überlegte sie, *habe ich es auch jetzt gut. Der König ist bei mir, Emith und auch noch Sinayah. Es wird sicher gut werden!*

XXIX. Geheimnis um die Farben

Sie ritten nicht denselben Weg nach Colorania zurück, den sie gekommen waren. Der König wollte sie nicht durch das *Moor der Irrlichter* führen und wählte einen Weg, der südlich aus dem Gebirge heraus führte.

Einige Stunden lang ritten sie auf schmalen, felsigen Wegen, die sich durch das Gebirge schlängelten. Wie schon auf dem Hinweg, passierten sie Schluchten, die so eng waren, dass gerade ein einzelner Reiter hindurch passte. Doch diesmal ritten sie langsam und vorsichtig. Die Kinder hatten genug Zeit, die hohen, schneebedeckten Gipfel zu bewundern und die beeindruckenden Felsformationen anzuschauen. Ehrfürchtig bestaunten sie raue, zerklüftete Felsen, senkrecht zum Himmel stürmende Gipfel und atemberaubend steile Abhänge. Sie ritten zwischen Bergen entlang, die grau und kahl in die Höhe ragten und solchen, die mit dichtem Nadelgehölz überwuchert waren. Eine Zeit ritten sie an einem brausenden Bergstrom entlang, dessen sprühende Gischt sie alle nass spritzte.

Je weiter sie sich vom *Wald der singenden Birken* entfernten, desto blasser wurden die Farben allerdings. Bald war die Landschaft so grau, wie die Kinder es von Colorania kannten. Nur der König und sie selbst leuchteten noch immer genau so bunt wie vorher. Sie waren wie Farbtupfer in der grauen Landschaft.

Am Mittag machten sie die erste Rast. Der König hatte eine schöne, große Wiese als Picknickplatz ausgewählt, wo auch die Pferde ausgiebig grasen konnten.

Nachdem alle etwas gegessen hatten, legten sie sich noch eine Zeit in das weiche Gras und ruhten sich aus. Die Sonne schien und es war schön warm.

Emith dachte darüber nach, wie es wohl sein würde, wenn sie die ersten Dörfer und Städte erreichten. Wie die Leute wohl auf den König reagierten? Würden sie sich freuen? Oder sich erschrecken, wenn sie plötzlich zum ersten Mal in ihrem Leben Farben sehen konnten? Bestimmt würden sie staunen. Er freute sich schon bei der Vorstellung, wie die anderen auch ihn selbst anschauen und sogar bewundern würden, so schön bunt, wie er jetzt war. Ja, auch die Leute in seinem Dorf, seine Mitschüler und selbst Onkel Lucio ... Er nahm sich vor, auf jeden Fall bei Tageslicht einen Spaziergang durch sein ganzes Heimatdorf zu machen, wenn sie dort angekommen waren. Ja, auch in seine alte Klasse würde er mal hineinschauen ...

Er stand auf, um zu Cynthia zu gehen. Das musste er ihr unbedingt erzählen!

Doch plötzlich sah er, dass seine Farben viel blasser geworden waren. Er war gar nicht mehr so schön bunt wie im *Wald der singenden Birken*! Entsetzt schaute er sich um, ob die anderen inzwischen auch so blass geworden waren wie er selbst. Dabei bemerkte er, dass auch bei manchen anderen nicht mehr viel von der Farbe zu sehen war. Einige jedoch leuchteten noch genauso bunt wie vorher.

Gerade, als er sich fragte, woran das lag, sah er den König auf sich zukommen.

„Komm, Emith", sagte er freundlich, „lass uns noch ein wenig erzählen, bevor wir weiterreiten."

Sie setzten sich zusammen ins Gras und der König begann munter zu plaudern. Emith hatte eigentlich nicht vorgehabt, ihm zu erzählen, worüber er gerade nachgedacht hatte. Doch während er dem König zuhörte, hatte Emith plötzlich den Wunsch, es ihm doch zu sagen. Obwohl es ihm peinlich war, dass er sich vorgestellt hatte, wie alle ihn bewundern würden! Aber irgendwie spürte er, dass er dem König alles sagen konnte.

Als Emith zu Ende geredet hatte, sagte der König zu ihm: „Schön, dass du mir das alles erzählt hast. Weißt du, du bedeutest mir echt viel. Ich bin froh, dass du mein Freund bist!"

Emith errötete vor Freude! Damit hatte er nicht gerechnet, dass der König so etwas zu ihm sagen würde. Er wusste gar nicht, was er antworten sollte.

Später, als der König zum Aufbruch mahnte, musste er immer noch an diese Worte denken. Es kribbelte richtig im Bauch vor Freude. Dass er dem König so wichtig war!

Plötzlich merkte er, dass es ihm gar nicht mehr so viel bedeutete, vor den anderen in seinem Dorf zu prahlen. Es war doch an sich schon toll genug, ein Freund des Königs zu sein und von ihm wertgeschätzt zu werden. Da brauchte er eigentlich gar nicht mehr die Bewunderung der anderen!

Während er noch darüber nachdachte, bemerkte er, dass seine Farben wieder kräftiger geworden waren. Nicht so wie im Wald, aber doch um einiges leuchtender als vorhin. Fragend blickte er sich nach dem König um, doch in dem Moment kam gerade Cynthia neben ihn geritten.

„Hallo", begrüßte sie ihn, „du strahlst und leuchtest ja so. Man sieht dir an, dass du gerade mit dem König zusammen warst!"

Verwirrt blickte Emith sie an. Doch dann begriff er: „Du meinst … immer, wenn wir mit dem König zusammen sind, werden unsere Farben wieder leuchtender?", fragte er sie.

„Ja, so hat es mir der König erklärt! Zumindest wird das in der nächsten Zeit noch so sein. Doch je weiter wir nach Colorania hineinkommen, desto blasser werden sie. Also werden wir dort wohl erst mal so aussehen wie früher. So lange, bis der König etwas ganz bestimmtes tut. Aber was, das hat er mir nicht verraten!"

„Das hört sich ja geheimnisvoll an!", meinte Emith. „Und dann macht er alles wieder bunt?"

„Ich glaube schon! Das ist doch auch das, was wir geträumt haben!"

„Das stimmt", antwortete Emith nachdenklich. An den Traum hatte er lange nicht gedacht. Aber im Traum war das ganze Land schließlich wieder bunt geworden.

„Ja, ich glaube, das wird er tun", sagte er schließlich.

XXX. Ein Lachen für die Alte

Sie ritten mehrere Tage durch unwegsames Gebirge und ödes Land.

Der König ritt zügig, jedoch nicht zu schnell. Er achtete stets darauf, dass alle Mitglieder der Gruppe gut mitkamen und auch die Tiere genügend Zeit zum Rasten hatten.

Das Wetter war warm und trocken und auch nachts war es in der Gegend nicht besonders kühl. Deshalb übernachteten sie meistens unter freiem Himmel.

Eines Morgens beim Frühstück sagte der König: „Heute werden wir in einem kleinen Dorf ankommen. Dort werden wir für mehrere Tage bleiben!" Nach dieser Ankündigung waren alle ganz aufgeregt.

Der äußerste Süden des Landes war nicht besiedelt und so waren sie bisher noch keinem Menschen begegnet. Doch jetzt würden sie endlich in bewohntes Gebiet kommen und den Menschen den wahren König zeigen! Das Abenteuer konnte beginnen!

Emith ritt eine Weile neben Berian. „Was werden sie wohl sagen, wenn sie zum ersten Mal Farben sehen ...?", überlegten beide.

„Wenn sie sie überhaupt erkennen können!", warf Berolunth ein, der hinter ihnen ritt. Emith ärgerte sich über diese Bemerkung. „Warum sollten die Leute die Farben nicht erkennen können! Sie sind ja wohl eindeutig sichtbar, wenn nicht mehr bei uns, so doch wenigstens beim König selbst!" Insgeheim dachte er, dass Berolunth immer noch genau so ein Miesmacher war wie damals, als sie ihn kennengelernt hatten. Doch dann schämte er sich, dass er so schlecht über ihn dachte. Wie viel hatten sie ihm zu verdanken. Ohne ihn wären sie niemals beim König angekommen!

Trotzdem war Emith sich sicher, dass Berolunth diesmal Unrecht hatte und dass jeder in Colorania schon von weitem die Farben des Königs sehen und bewundern würde.

Die ganze Gruppe war in freudiger Erwartung, als sie schließlich das Dorf erreichten. Doch der Empfang war nicht so, wie sie es sich gewünscht hatten.

Die Sonne begann schon unterzugehen, als sie an den ersten verwitterten Häusern vorbei ritten und auf die breite Hauptstraße des Dorfes einbogen.

Es waren nicht viele Leute auf den Straßen unterwegs. Doch jeder, dem sie begegneten, musterte sie mit unverhohlener Neugier, mancher mit offener Feindseligkeit.

Der König grüßte jeden freundlich. Einige erwiderten den Gruß, andere starrten ihn nur mit offenem Mund an.

Emith wurde es unbehaglich. Warum reagierten die Leute so komisch? Am liebsten hätte er laut gerufen: *Hey, Leute, das ist euer König! Erkennt ihr ihn denn nicht?*

Doch der König selbst ritt einfach weiter und so folgte er ihm.

Sie kamen an einer Frau mit zwei kleinen Kindern vorbei. Der König grüßte auch sie freundlich. Da riss sich eines der Kinder von seiner Mutter los und rannte auf den König zu. „Mama, der Mann sieht aber nett aus!", rief es und blieb vor ihm stehen. Der König lächelte das kleine Mädchen an. Doch bevor er etwas sagen konnte, hatte die Mutter es schon weggezogen und schimpfte heftig. Schnell ging sie mit ihren beiden Kindern weiter. Emith sah ihr kopfschüttelnd hinterher.

Nach einer Weile bog der König in eine kleine Nebenstraße ab. Die Häuser hier sahen besonders alt und eingefallen aus. Manche von ihnen wirkten, als ob sie kein weiteres Jahr mehr überstehen würden.

Als die Straße schon fast wieder aus dem Dorf heraus führte, hielt der König an.

Vor einem halb zerfallenen Bauernhaus stieg er vom Pferd. Er bat die Gruppe, kurz zu warten und klopfte an die Tür. Eine ganze Weile geschah nichts. Emith dachte schon, niemand wäre zu Hause. Doch der König wartete geduldig und nach einiger Zeit öffnete sich die Tür einen kleinen Spalt. Emith, der direkt hinter dem König stand, sah eine uralte Frau mit einem runzligen Gesicht und schneeweißem Haar. Sie stand ganz still da und schaute den König an. Emith fragte sich schon, ob sie für immer da stehen und ihn anstarren wollte. Da begannen ihre Augen zu leuchten, als würde sie jemanden sehen, den sie schon lange vermisst hatte.

„Du bist gekommen!", sagte sie schließlich mit einer tiefen, rauen Stimme.

„Ja", antwortete der König und nahm ihre Hand. „Ich bin gekommen. Und ich bitte dich für uns um ein Quartier heute Nacht!"

Die Frau begann heftig zu zittern. „Ja, aber", stammelte sie, „aber ich habe doch … ihr könnt doch nich' … ich meine …"

Der König hielt immer noch ihre Hand. Mit der anderen drückte er sacht auf ihren Handrücken und sagte: „Wir können sehr gut in der Scheune übernachten. Die ist genau richtig für uns!"

Die Frau öffnete ihren Mund, um etwas zu sagen, doch dann besann sie sich anders und nickte nur. Immer noch blickte sie den König mit großen Augen an, sichtlich aus der Fassung gebracht.

Schließlich öffnete sie die Tür weit und bat die ganze Gruppe, hineinzukommen.

Menayon, Berian und Berolunth kümmerten sich um die Pferde, während die anderen der Alten folgten.

Sie betraten einen großen Raum, der nur spärlich durch ein kleines Fenster beleuchtet wurde, in das die letzten Strahlen der Abendsonne hineinfielen. In dem Raum standen nur wenige Möbel: ein großer Tisch mit zwei langen Bänken, ein schlichter Schrank aus dunklem Holz und in einer Ecke ein Bett. Am anderen Ende des Raums war eine Tür, die in eine kleine Küche führte. Sobald alle eingetreten waren, bat die alte Frau sie, Platz zu nehmen und schlurfte in die Küche. Bald darauf hörte man das Klappern von Geschirr und sie kehrte mit einem Tablett voll Tassen zurück.

„Ich hab leider nur Schwarzbeerentee. Und zu essen habe ich auch nich' viel … Früher, als meine Familie noch bei mir lebte, da hatten wir die Speisekammer immer voll … aber jetzt, so für mich alleine …" Sie seufzte tief. „Naja, und die Zeiten sind auch nich' einfach! Manchmal reicht's kaum für mich." Sie stockte. „Aber was red ich da! Ich will doch meinen Gästen nich' gleich die Ohren volljammern!"

Entschlossen drehte sie sich um und schlurfte wieder in die Küche, um bald darauf mit einem Kessel Tee wiederzukommen. Im Raum breitete sich der Geruch von Schwarzbeeren aus.

„So!", sagte sie, „Den kann ich euch wenigstens anbieten!"

Daraufhin schenkte sie zuerst dem König eine Tasse ein und dann allen anderen. Der König bedankte sich herzlich und sagte: „Wir freuen uns so sehr, dass du uns in dein Haus aufgenommen hast. Selbstverständlich erwarten wir nicht von dir, dass du uns alle verköstigen musst. Wir haben etwas zu essen mitgebracht und bitten dich: Greife auch du zu und iss mit uns die Früchte des Waldes, aus dem wir kommen!"

Alle packten aus ihren Taschen Früchte aus und aßen gemeinsam. Die alte Frau zögerte zuerst. Doch nachdem sie davon probiert hatte, aß sie mit einem solchen Heißhunger, als ob sie nicht genug davon bekommen könne. Cynthia beobachtete sie heimlich und konnte sich ein Schmunzeln nicht verkneifen. Sie musste daran denken, wie sie zum ersten Mal die Früchte des Waldes gegessen hatte. Kein Wunder, dass die Frau so gierig aß. Die Früchte waren wirklich unvergleichlich gut!

Noch mehr aber lächelte Cynthia darüber, wie die Frau den König anschaute. Sie konnte offenbar kein Auge von ihm lassen. Als ob sie ihn erwartet hatte ... Sie war der erste Mensch, dem sie begegneten, der den König willkommen hieß! Cynthia freute sich von ganzem Herzen darüber.

Nicht so Emith. Ihm wäre es lieber gewesen, wenn der König sofort zu den jungen Männern gegangen wäre. Dann hätten sie gleich Boten in alle Himmelsrichtungen schicken und ein Heer zusammenstellen können ... Aber eine alte Frau – was konnte die schon nützen?

Ungeduldig rutschte er auf seinem Stuhl hin und her. Die Alte langweilte ihn.

Sie erzählte dem König Geschichten von früher und klagte über ihre Alterswehwehchen ...

Der König hörte ihr aufmerksam zu, als interessierte er sich brennend für alles, was sie sagte. Dann griff er über den Tisch hinweg nach ihren Händen und hielt sie fest. Er schaute ihr in die Augen und sagte: „Du denkst, deine besten Jahre liegen hinter dir. Aber du wirst noch viel Gutes erleben!"

Plötzlich sprang die Frau auf. Emith erschrak richtig. Er hatte gar nicht erwartet, dass die Alte sich so schnell bewegen konnte!

„Was ist das?", rief sie freudig. „Meine Schmerzen sind weg! Meine Schmerzen, die mich jahrelang geplagt haben!" Fassungslos starrte sie den König an. „Das gibt's doch nich'!" Plötzlich fing sie an zu lachen. Sie lachte und lachte. „Das gibt's nich'!", keuchte sie zwischen einzelnen Lachsalven. „So 'ne Alte wie ich fühlt sich wieder jung! Das gibt's nich'!" Inzwischen hatten auch alle anderen angefangen zu lachen.

Selbst Berolunth, der nach wie vor meistens grimmig aussah, ließ sich davon anstecken.

Als sie sich schon fast die Bäuche hielten vor Lachen, holte die alte Frau eine Mandoline aus dem Schrank und stimmte ein altes coloranisches Volkslied an. Sofort stimmten alle begeistert mit ein.

Nach dem Lied sangen sie noch eins und dann noch eins. Cynthias Wangen glühten vor Begeisterung. Musik hatte sie schon immer gemocht!

Selbst Emith, der sich anfangs gelangweilt hatte, fand mehr und mehr Gefallen an dem Abend. Die Alte spielte erstaunlich gut Mandoline und einige aus der Gruppe konnten zu den meisten Liedern die zweite Stimme singen, so dass es sich richtig schön anhörte.

Sie sangen den ganzen restlichen Abend. Viel zu schnell wurde es Zeit, schlafen zu gehen.

Die glückliche alte Frau leuchtete ihnen mit einer Öllampe den Weg zur Scheune, wo alle es sich im Heu gemütlich machten.

XXXI. Eine unheimliche Begegnung und ein Gespräch mit dem König

Am nächsten Morgen, nach einer bequemen Nacht im Heu, schlenderten sie zum Haus der Alten zurück. Die Tür stand offen und der Frühstückstisch war gedeckt, aber die alte Frau war nicht da.

„Das ist in Ordnung", sagte der König und lächelte. „Ich weiß, was sie jetzt macht. Wir sollten ruhig anfangen zu frühstücken."

Als sie mit dem Frühstück fertig waren, kam die alte Frau zurück. Mit ihr kamen drei andere Frauen und ein junger Mann.

„Guten Morgen!", rief sie fröhlich. „Darf ich euch meine Freundinnen vorstellen?" Sie deutete auf die Frauen und nannte ihre Namen. „Und das ist mein Großneffe Viktor." Sie strahlte über das ganze Gesicht, als sie ihn vorstellte. „Ich habe sie alle mitgebracht, weil sie den König kennenlernen wollen!"

Der König stand auf, ging auf die drei Frauen und Viktor zu und begrüßte sie herzlich. Dann bat er sie, doch bei ihm Platz zu nehmen und war bald in ein Gespräch mit ihnen vertieft.

Cynthia stupste Emith an und sagte zu ihm: „Komm, lass uns mal nach den Pferden sehen!"

Sie standen auf und gingen zum Stall. Nachtwind und Perle schnaubten freudig, als die beiden Kinder hereinkamen. Liebevoll begrüßten sie sie, dann öffneten sie das große Tor und ließen alle Tiere auf die angrenzende Weide. Anschließend gingen sie wieder zurück Richtung Haus. Cynthia ging vor, während Emith langsamer hinterher schlenderte. Unterwegs drehte er sich noch einmal um. Plötzlich fiel sein Blick auf eine schwarze Gestalt, die regungslos auf der anderen Seite der Weide stand. Emith blieb wie erstarrt stehen. *Ein Schwarzer Ritter!* Sein Blick war direkt auf Emith gerichtet. Die Angst griff wie eine kalte Hand nach ihm. So lange hatte er schon keine Angst mehr gehabt. Im *Wald der singenden Birken* und in der unmittelbaren Nähe des Königs brauchte man sich nicht zu fürchten. Doch ganz allein da zu stehen und einen Schwarzen Ritter zu sehen, das war etwas anderes!

Warum beobachtete der Ritter gerade ihn?

Emith zwang sich dazu, sich wieder umzudrehen und weiterzugehen. Cynthia hatte von alldem nichts bemerkt. Er sah, wie sie gerade ins Haus hineinging. Schnell folgte er ihr. Als er sich noch einmal umdrehte, war der Ritter verschwunden. Nicht verschwunden war die Angst, die Emith die Kehle zuschnürte.

Im Haus waren inzwischen zwei weitere Menschen dazugekommen. Es war jetzt so eng, dass kaum noch Platz für alle war. Der König schlug deshalb vor, in den Garten zu gehen. So gingen alle hinaus und setzten sich ins Gras. Dann begann der König, Geschichten zu erzählen.

Emith und Cynthia wussten bereits, dass er ein wunderbarer Geschichtenerzähler war. Er hatte ihnen im *Wald der singenden Birken* schon etliche erzählt. Auch als sie unterwegs waren, abends beim Lagerfeuer oder mal zwischendurch. Seine Geschichten waren jedes Mal so spannend, dass man ihm aufmerksam zuhören musste. Außerdem hatte man immer das Gefühl, dass das, was der König erzählte, direkt mit dem eigenen Leben zu tun hatte.

Ein Blick in die Gesichter der Zuhörer zeigte Emith, dass es den anderen jetzt genau so ging.

In der Zwischenzeit kamen weitere Menschen an. Der Garten wurde voll und voller. Emith und Cynthia erkannten die Frau mit den beiden Kindern, die sie am Tag zuvor getroffen hatten. Das kleine Mädchen, das zu dem König gelaufen war, rannte gleich wieder zu ihm hin und kuschelte sich auf seinen Schoß. Cynthia beobachtete die Mutter. Die runzelte die Stirn und sah ihrer Tochter nach, sagte aber nichts. Schließlich ließ sie sich im Gras nieder.

Mit der Zeit entspannte sich auch Emith wieder. Während er dem König zuhörte, konnte er aufhören, an den Schwarzen Ritter zu denken, den er vorhin gesehen hatte.

Der Vormittag verging wie im Flug. Um die Mittagszeit gingen die meisten Leute nach Hause, um mit ihren Familien zu essen.

Als auch der König und seine Freunde am Tisch im Haus der Alten saßen, klopfte es plötzlich zaghaft. Eryn, der am nächsten zur Tür saß, öffnete. Draußen stand eine junge Frau mit einem Baby auf dem Arm. Die Frau war ärmlich gekleidet und sah müde und verzweifelt aus. Sie ging zum König und kniete vor ihm nieder. Dann fing sie an zu weinen. Das Baby, das sie auf dem Arm hatte, schlief die ganze Zeit. „Herr", schluchzte die Frau, „ich habe gesehen, dass die Frau, in deren Haus du Gast bist, jetzt wieder läuft wie eine Jugendliche. Dabei habe ich sie vorher jeden Tag langsam und unter großen Schmerzen die Straße entlang humpeln sehen. Und ich habe sie gefragt, warum sie wieder laufen kann, und da hat sie gesagt, du hättest ihre Hände gehalten. Sie sagte, dass da eine Kraft aus deiner Hand kam, die ihre Schmerzen weggenommen hat. Und da habe ich gedacht, wenn du heilen kannst ..." Ihre Stimme erstickte plötzlich unter Schluchzern. Sie hatte Mühe, weiterzusprechen. „Mein Sohn ..." Sie hielt ihm das Baby hin. Emith schaute es sich genauer an. Es sah merkwürdig blass aus und hatte Flecken im Gesicht. „Er fiebert schon seit Wochen und jetzt wird er immer schwächer und er ist alles, was ich noch habe, und ich habe so Angst, dass er ..." Wieder brach sie ab und schluchzte.

Der König blickte sie voll Mitgefühl an. Dann nahm er das Baby auf seine Arme. Er streichelte den Kopf des kleinen Jungen und sprach mit sanfter Stimme zu ihm.

Eine Weile geschah nichts. Es war ganz still in dem Raum. Selbst die Mutter des Babys hatte aufgehört zu schluchzen.

Nach einiger Zeit veränderte sich der Gesichtsausdruck des Kindes. Es sah nicht mehr so blass aus und man konnte richtig beobachten, wie das Leben, das schon fast von ihm gewichen war, wieder zurückkehrte. Nach und nach verschwanden selbst die Flecken aus dem Gesicht des Kindes. Ein ehrfürchtiges Staunen erfüllte den Raum. Keiner wagte, etwas zu sagen.

Plötzlich wurde die Stille durch ein lautes, kräftiges Schreien unterbrochen. Das Baby war aufgewacht.

„Er hat Hunger", sagte der König und gab ihn seiner Mutter zurück. Die strahlte über das ganze Gesicht und nahm fassungslos vor Glück ihr Kind entgegen. Ehrfürchtig staunend sah sie den König an. Ihr gestammeltes „Danke" war kaum zu hören, weil das Baby so laut schrie.

Schließlich führte jemand die Frau in die Küche, wo sie ihr Kind stillen konnte. Bald darauf hörte das Schreien auf.

Dieses Ereignis sprach sich im Dorf herum wie ein Lauffeuer und bald kamen viele Leute, um sich von ihren Krankheiten heilen zu lassen. Der König nahm sich für alle Zeit und im ganzen Dorf waren Jubelschreie zu hören, wenn die Leute gesund wieder nach Hause zurückkehrten.

Am Abend dieses ereignisreichen Tages gingen die Freunde des Königs wieder zur Scheune, um eine weitere Nacht dort zu schlafen.

Emith ging ein wenig langsamer als die anderen. Ein sanfter Wind wehte ihm um die Ohren. Tausend Sterne funkelten am Himmel und die Grillen zirpten so laut, als veranstalteten sie einen Gesangswettbewerb. Es war ein wunderschöner Abend. Doch Emith konnte ihn nicht so richtig genießen.

Er war sehr nachdenklich. Schließlich blieb er am Weidezaun stehen und stützte sich mit den Ellbogen auf dem Balken ab. Er schaute in den Sternenhimmel und versuchte, seine Gedanken zu sortieren.

Wusste der König, dass die Schwarzen Ritter ihn bereits ausspionierten? Konnte er wirklich gegen diese große Macht in Colorania siegen? Warum machte er keine Anstalten, ein Heer um sich zu versammeln? Wollte er das Land einfach nur dadurch einnehmen, dass er Menschen heilte und sie zu Freunden machte?

Das brachte Emith zu einer anderen Frage, die ihn beschäftigte. Wenn der König Menschen gesund machen konnte, warum heilte er nicht auch Cynthia? Ging es bei ihr aus irgendeinem Grund nicht?

Während er darüber nachdachte, spürte er tatsächlich so etwas wie Wut in sich hochsteigen. Das war doch ungerecht vom König! Immerhin gehörte Cynthia zu seinen treuesten Freunden!

Plötzlich merkte Emith, dass der König neben ihm stand. Er war so in seine Gedanken vertieft gewesen, dass er dessen Kommen gar nicht bemerkt hatte.

Eine Weile sagte keiner von beiden etwas. Immerhin hatte Emith gerade an dem König gezweifelt, ja, war sogar wütend auf ihn gewesen. Konnte er auch darüber mit ihm reden?

Doch er spürte, wie gut es ihm tat, dass der König da war. Schließlich traute er sich, auszusprechen, was in ihm vorging und erzählte ihm alles.

Als er fertig war, schwieg der König noch eine Weile.

Dann begann er etwas zögernd zu sprechen: „Ich schätze es sehr, dass dir Cynthia so wichtig ist und du dir Gedanken um sie machst. Normalerweise würde ich nicht mit dir über Cynthia reden. Das ist eine Sache zwischen ihr und mir. Aber weil sie dir so viel bedeutet, sage ich dir nur so viel: Cynthias Zeit wird noch kommen. Im Augenblick sind ganz andere Sachen viel wichtiger für sie. Cynthia hat sich zum Beispiel ihr Leben lang wegen ihrer gelähmten Hand für weniger wertvoll gehalten. Und sie musste erst lernen, dass sie trotz dieser Einschränkung ein genauso kostbarer Mensch ist wie alle anderen auch. Für sie war es sehr wichtig, die Erfahrung zu machen, dass es Menschen wie dich oder Sinayah gibt, die sie so mögen, wie sie ist. Mit ihrer gelähmten Hand! Diese Erfahrung hätte sie nicht machen können, wenn ich sie sofort geheilt hätte."

Wieder schwiegen beide. Aber Emith begann zu verstehen, was der König meinte. Nach einer Weile nickte er.

„Was die andere Sache anbetrifft ..." Der König sprach jetzt leise und eindringlich. „Nein, ich unterschätze die Macht der Schwarzen Ritter nicht und auch nicht die ihres Herrn, Eyron. Ich weiß, dass wir das Land Colorania nicht einnehmen werden, indem wir Menschen heilen und Freundschaft mit ihnen schließen. Um die Schwarzen Ritter zu besiegen, wird sehr viel mehr nötig sein. Der Kampf wird hart werden, härter, als du dir jemals vorstellen kannst, und er wird anders sein, als du dir jemals ausgemalt hättest. Aber um eins möchte ich dich bitten!"

Der König drehte sich zu ihm um und schaute ihm ernst in die Augen.

„Vertraue mir, auch wenn Dinge passieren werden, die du nicht verstehen wirst!"

Überraschungen im verstaubten Buch

Hier war die Mail leider zu Ende.

Schade. Nun musste Michaela wieder auf die Fortsetzung warten. Sie schaute auf die Uhr. Es war erst halb sieben.

Während sie sich ein Brötchen schmierte, fiel ihr plötzlich etwas auf. Die Geschichten von dem König, der durch das Land zog und Kranke heilte – irgendwie kam ihr das bekannt vor.

Da hatte es doch mal einen gegeben, der das tatsächlich so gemacht hatte. Das war Thema im Religionsunterricht gewesen. Hatte sie aber nicht übermäßig interessiert.

Doch nun war sie neugierig geworden und wollte sich das gerne mal durchlesen. Ob sie wohl irgendwo eine Bibel finden würde? Sie wusste nicht, ob Mom oder Paps überhaupt eine besaßen.

Mit dem Brötchen in der Hand ging sie ins Wohnzimmer. Während sie kaute, suchte sie überall in den Bücherregalen nach einer Bibel. Schließlich hatte sie das Brötchen aufgegessen und viele Bücher dabei vollgekrümelt, aber eine Bibel hatte sie nicht gefunden. Enttäuscht wollte sie gerade aufgeben, da kam Mom nach Hause.

„Du, Mom", überfiel Michaela sie sofort, „haben wir eigentlich eine Bibel?"

„Eine was?", fragte ihre Mutter entsetzt. „Was ist denn mit dir los, dass du nach einer Bibel fragst? Willst du jetzt etwa religiös werden? Das hat mir gerade noch gefehlt!"

„Ist doch egal. Ich möchte einfach mal darin lesen."

„Warte mal." Ihre Mutter ging ins Schlafzimmer. Kurz darauf kam sie mit einem dicken, sehr staubigen Buch zurück. „Hier."

Mom reichte ihr die Bibel. Michaela wischte den Staub vom Einband und schlug sie auf. „Wo finde ich denn die Geschichten von Jesus?", fragte sie.

„Woher soll ich das wissen", antwortete Mom. „Ich habe von solchen Sachen keine Ahnung. Musst einfach suchen."

„Na gut", murmelte Michaela und zog sich in ihr Zimmer zurück.

Sie schlug das erste Kapitel auf. Da stand nichts über Jesus. Nun gut, weiterblättern. Immer noch nichts. Weiter und weiter. Langsam wurde sie ungeduldig.

Plötzlich fiel ihr etwas ein. Sie konnte ja mal Lena anrufen. *Das Bibellexikon* – so hatte Joanne sie genannt. Nun, ein Bibellexikon musste ja wissen, wo man die Jesus-Geschichten finden konnte.

Sie schaltete ihr Handy ein. Die Nummer von Lena hatte sie natürlich noch nicht gespeichert. Schließlich hatte sie noch nie mit ihr telefoniert. Also musste sie in der Klassenliste suchen.

Nach dreimal klingeln hatte sie Lena am Apparat.

„Hi, hier ist Michaela!"

„Hallo!" Lena klang erfreut. „Was gibt's, Michi?"

„Äh." Plötzlich war es Michaela peinlich, dass sie Lena nach den Jesus-Geschichten fragen wollte. Was würde Jo wohl denken, wenn sie das wüsste?

Schnell schob sie diese Gedanken beiseite. „Also, ich wollte dich mal fragen, ob du weißt, wo ich in der Bibel die Geschichten über Jesus finde."

„Ach so. Nichts leichter als das. Also, die Bibel besteht aus zwei Teilen: Das Alte Testament und das Neue Testament. Das Alte Testament ist sehr viel länger. Die Geschichten über Jesus stehen im Neuen Testament. Du musst in den Evangelien nachschauen."

„In den was?", fragte Michaela.

„Es gibt vier Evangelien. Die heißen Matthäus, Markus, Lukas und Johannes. Wenn du dich in der Bibel noch nicht so gut auskennst, aber etwas über Jesus wissen möchtest, empfehle ich dir, mit dem Johannesevangelium anzufangen."

„Okay. Das ist doch schon mal eine hilfreiche Auskunft." Michaela schlug noch einmal die Bibel auf. „Kannst du mir jetzt noch sagen, wo ich dieses Johannesevadings finde?"

„Klar. Schlag die Bibel mal im letzten Viertel auf. Ungefähr da beginnt das Neue Testament. Dann suche im Inhaltsverzeichnis, oder schau halt so: Zuerst kommt Matthäus, dann Markus, dann Lukas und dann Johannes."

Meine Güte, dachte Michaela. *Ich glaube, Jo hatte Recht. Lena ist tatsächlich ein wandelndes Bibellexikon!*

Nach einigem Suchen hatte sie das Johannesevangelium gefunden.

Sie bedankte sich bei Lena und legte auf. Dann fing sie an, in der Bibel zu lesen.

Nach ein paar Seiten wollte sie schon wieder aufhören, weil sie nichts verstand. Doch schließlich überblätterte sie einfach ein paar Kapitel und las erst mal nur die Seiten, wo sie die Überschriften besonders interessant fand. Dabei machte sie erstaunliche Entdeckungen. Jesus musste wirklich ein außergewöhnlicher Mensch gewesen sein.

Besonders überrascht war sie, als sie las, dass Jesus seinen Freunden die Füße gewaschen hatte. Und sogar dem, von dem er genau wusste, dass er ihn kurze Zeit später verraten würde. *So was würde doch kein normaler Mensch tun, oder?*

Einen Moment lang musste sie darüber nachdenken, wie es wohl in ihrer Familie sein würde, wenn sie alle so miteinander umgehen würden, wie Jesus es seinen Leuten vorgemacht hatte. Und in der Schule? Ihre Gedanken wanderten zu der geplanten Racheaktion. Jesus hätte so was nicht gemacht, so viel war klar.

Na und, dachte sie dann trotzig, *ich bin eben nicht so heilig wie Jesus!*

Sie klappte die Bibel zu. Für heute hatte sie genug gelesen.

Am nächsten Tag in der Pause traf sie sich wieder mit Jo und Nico, um die Aktion weiterzuplanen. Jo sprudelte gleich von weitem los: „Es klappt! Connor ist dabei!" Sie überschlug sich fast vor Begeisterung, als sie erzählte, wie sie ihn mit den Nutellagläsern überzeugt hatte, ihnen zu helfen, und wie sie alles weitere schon in die Wege geleitet hatte. „Es klappt wie am Schnürchen", stellte sie fest, „bis auf, dass Connor fünf statt drei Nutellagläser gefordert hat. Aber das müssen wir halt hinnehmen."

Während Jo noch erzählte, sah Michaela aus dem Augenwinkel Lena auf sich zukommen. *O nein,* dachte sie, *die will mich bestimmt fragen, ob ich in der Bibel gelesen habe. Das wär mir ja oberpeinlich vor Jo. Und außerdem darf sie von der Racheaktion nichts mitkriegen!* Kurzentschlossen drehte sich Michaela ein Stück zur Seite und tat so, als hätte sie Lena nicht gesehen. Lena kam dann auch nicht und Michaela atmete auf.

Schließlich war alles besprochen und als die Pause zu Ende war, gingen alle drei zufrieden wieder in die Klasse zurück.

Am Nachmittag hatte Michaela ein schlechtes Gewissen. Irgendwie hatte sie sich ja unfair verhalten gegenüber Lena. Sie beschloss, Lena anzurufen.

Michaela wählte ihre Nummer, konnte sie aber nicht erreichen. Also begann sie mit den Hausaufgaben.

Währenddessen hörte sie ihr Handy. Eine SMS! Sie öffnete und las: *Der Kampf um Colorania: Fortsetzung morgen, 16.00 Uhr.*

Oh – gut! Morgen war Wochenende. Da konnte sie in Ruhe weiter lesen. Ach nein, morgen Abend würde die Racheaktion stattfinden. Da würde sie nicht ganz so lange lesen können. Trotzdem freute sie sich auf die Mail.

Plötzlich musste sie wieder an Jesus denken und an das, was sie über ihn gelesen hatte. Spontan schnappte sich Michaela die Bibel und schmiss sich auf ihr Bett. Auch wenn sie mit dem Anspruch nicht klar kam, den Jesus an seine Leute hatte, wollte sie jetzt doch weiter lesen.

Sie schlug das vierzehnte Kapitel des Johannesevangeliums auf und stutzte. Da stand er! Der Satz, von dem sie die ganze Zeit überlegt hatte, wo er herkam! Johannesevangelium Kapitel vierzehn, Vers neun: *Wer mich gesehen hat, hat den Vater gesehen.*

Jesus hatte das also gesagt! Aber was hatte er damit gemeint? Wer sollte denn der Vater von Jesus sein? Gott?

Plötzlich musste sie an ihren eigenen Vater denken. Ja, so ähnlich stellte sie sich Gott auch vor. Weit weg und nicht im Geringsten interessiert an ihrem Leben.

Aber wenn Jesus sagte: „Wer mich gesehen hat, der hat den Vater gesehen", kann er eigentlich nur gemeint haben, dass der Vater, also Gott, genauso ist wie Jesus. Michaela hatte ja nun einiges über Jesus gelesen und festgestellt, dass er sich sehr für jeden einzelnen Menschen interessierte. Über Jesus konnte man absolut *nicht* sagen, dass er uninteressiert und weit weg von den Nöten der Menschen war. *Sollte Gott genauso sein? Das wäre fast zu schön um wahr zu sein,* dachte sie.

Vorbereitungen und Missgeschicke

Am nächsten Morgen schlief Michaela erst mal gründlich aus. Das tat sie am Wochenende immer. Um elf, als sie gerade fertig gefrühstückt hatte, rief Nico an. „Na", neckte er sie, „darf man dich zu dieser frühen Stunde schon stören?"

Michaela grinste und antwortete: „Normalerweise nehme ich erst ab dreizehn Uhr Gespräche an. Aber bei dir kann ich ja mal eine Ausnahme machen!"

„Na prima. Ich mach's auch kurz. Danach darfst du ruhig weiter schlafen. Wollte dir nur erzählen, dass ich eine große Dose Waldameisen habe und einige Prachtexemplare von Spinnen! Die sind herrlich groß, das wird klasse! Schade nur, dass Emilia gar nicht zu schätzen weiß, welch einen kostbaren Schatz ich ihr bringe!"

„Na, in diesem Fall kann ich Emilia sogar verstehen. Ich glaube, ich werde deine wertvollen Exemplare auch nicht wirklich zu schätzen wissen!"

„Ach Michi!" Mit gespielter Empörung seufzte Nico laut und theatralisch in den Telefonhörer. „Warum kann mich nur keiner verstehen?"

„Na immerhin werden deine Prachtspinnen für unsere Aktion sehr nützlich sein! Vielleicht kann ich mir allein deshalb eine gewisse Sympathie für sie abringen!"

„Sie werden nicht nur nützlich, sie werden fabelhaft sein", prahlte Nico. „Eine fantastischere Rache hat die Welt noch nicht gesehen!"

„Ja, wahrscheinlich nicht", antwortete Michaela. Sie versuchte, das ungute Gefühl wegzudrücken, das ihr bei dem Gedanken an die geplante Rache kam. Doch auch, nachdem Nico längst wieder aufgelegt hatte, konnte sie es nicht abschütteln. Sie verbrachte eine unruhige Zeit, lief in ihrem Zimmer hin und her und spielte ein bisschen mit Picasso.

Dann schaute sie auf die Uhr. Bald war es vier. Sie schaltete ihren Laptop ein.

Nun würde sie noch ein bisschen lesen können, bevor sie los musste.

XXXII. Das Geheimnis der Früchte

Vier Tage blieben sie noch in dem Dorf, bevor sie weiterritten. Nach dem letzten gemeinsamen Frühstück im Haus der Alten forderte der König alle seine Freunde auf, Früchte aus dem *Wald der singenden Birken* zurückzulassen. Jeder, der der alten Frau noch etwas schenken wollte, sollte ihr ein paar Früchte dalassen. Emith sah, dass Cynthia fast ihre ganze Tasche ausleerte.

Er ärgerte sich über sie. „Das ist doch unverantwortlich", schimpfte er leise vor sich hin. „Die Vorräte werden sowieso nicht mehr lange reichen. Dann haben wir für uns selbst auf der weiteren Reise gar nicht mehr genug!"

Gerade wollte er etwas deswegen sagen, da sah er, wie der König Cynthia aufmunternd zulächelte und fast unmerklich nickte. So kniff Emith den Mund zu und schwieg. Seufzend beschloss er, Cynthia von seinen eigenen Vorräten abzugeben, wenn ihre aufgebraucht sein würden.

Zum Abschied versammelte sich das ganze Dorf. Der König hatte viele Menschen geheilt. Doch auch alle anderen hatten ihn ins Herz geschlossen und wollten ihn gar nicht gehen lassen.

Am traurigsten war die Alte. Tränen rannen ihr über das runzlige Gesicht, als sie sich vom König verabschiedete. Doch der König flüsterte ihr etwas ins Ohr und danach sah sie viel fröhlicher aus.

Dann gab es noch eine Überraschung. Viktor trat zum König und fragte ihn, ob er mit ihm reiten dürfe. Der König erlaubte es ihm und so schloss er sich der Reisegruppe an.

Unter vielem Rufen und Winken ritten sie schließlich los.

Nach mehreren Stunden erreichten sie das nächste Dorf. Wieder wusste der König genau, in welchem Haus er einkehren wollte. Diesmal klopfte er an die Tür eines riesigen Bauernhauses. Ein älterer Bauer und seine rundliche, fröhlich lächelnde Frau luden sie herzlich ein, bei ihnen zu bleiben. Dort waren tatsächlich genug Zimmer mit Betten für alle. Das war für sie richtig ungewohnt – nach so langer Zeit mal wieder in einem ganz normalen Bett zu schlafen!

Sie blieben auch in diesem Dorf einige Tage. Der König versammelte wieder die Menschen um sich, erzählte Geschichten und heilte die Kranken.

Bald verbreiteten sich die Berichte über ihn wie ein Lauffeuer und auch aus den umliegenden Dörfern kamen viele Leute, um den König zu sehen oder sich von ihm heilen zu lassen. Das führte dazu, dass der König und die, die mit ihm reisten, kaum noch allein waren. Immer mehr Menschen versammelten sich um sie.

Zu den Mahlzeiten verteilten sie wieder Essen aus dem *Wald der singenden Birken*. Als Emith seine Taschen öffnete, um Essen herauszuholen, freute er sich, dass er noch einiges aufgehoben hatte. Er nahm sich vor, auch weiterhin sparsam mit den kostbaren Vorräten zu sein. Gerade wollte er großzügig Cynthia etwas von seinen Früchten anbieten, da warf er einen Blick in ihre Tasche und erschrak: Cynthias Tasche war randvoll gefüllt mit Früchten! Aber wie konnte das sein? Emith hatte doch mit eigenen Augen gesehen, wie Cynthia fast ihre ganze Tasche ausgeleert hatte! Und jetzt war ihre Tasche voller als seine eigene! Sprachlos starrte er sie an. Cynthia fing an zu lachen. „Du schaust mich an wie ein Bauer, der gerade seine Kuh sprechen gehört hat!", zog sie ihn auf. Emith fand das gar nicht lustig. Er war völlig verwirrt. „Das kann doch nicht sein …" stammelte er. „Woher hast du diese Sachen?"

„Ja, wusstest du denn nicht, dass diese Früchte sich vermehren, wenn man sie verschenkt?", fragte Cynthia ihn jetzt ernst.

„Nein, wusste ich nicht!", erwiderte Emith verärgert. „Woher wusstest *du* es denn?"

„Der König hat es mir gesagt", antwortete Cynthia.

„Und warum weiß *ich* nichts davon?", fragte Emith, immer noch wütend.

„Vielleicht, weil du von Anfang an so darauf bedacht warst, genug für dich übrig zu behalten, dass du gar nicht über die Möglichkeit nachgedacht hast, anderen viel abzugeben. So kam es gar nicht für dich in Frage, diese wunderbare Eigenschaft der Früchte zu entdecken!", gab Cynthia zurück. Dann wandte sie sich Sinayah zu, die ihr gerade eine Frage gestellt hatte.

Emith war jetzt richtig sauer. Er fühlte sich von allen ungerecht behandelt. Vor allem vom König, weil der ihm nicht gesagt hatte, dass er von den Früchten ruhig reichlich abgeben konnte. *Oder?* Eigentlich hatte er ja von Anfang an gesagt, dass sie mit den anderen teilen sollten …

Aber auf Cynthia war er auch sauer, weil, ja weil … Ach egal, er fand das einfach blöd!

Wütend stand er auf und verließ den Raum, während die anderen noch am Essen waren. Er musste sich ein bisschen die Beine vertreten. Vielleicht sollte er einen kleinen Spaziergang machen.

Emith trat ins Freie, überquerte den Hof und ging durch das Hoftor auf die Straße.

Dann schlug er einen kleinen Feldweg zwischen zwei Maisfeldern ein.

Es tat ihm gut, endlich mal ein bisschen Ruhe zu haben. In den letzten Tagen waren sie immer mit so vielen Menschen zusammen gewesen. Er marschierte zwischen den Maisfeldern weiter. Langsam entspannte er sich ein wenig und seine Wut wurde kleiner. Trotzdem ging er viel schneller, als er normalerweise gehen würde und merkte gar nicht, wie weit er sich bereits vom Dorf entfernt hatte.

XXXIII. Schrecken im Maisfeld

Die Sonne fing schon an, unterzugehen, als Emith bewusst wurde, dass er ganz schön weit gegangen war. Immer noch war er umgeben von hohen Maispflanzen. Doch wenn er nicht im Maisfeld übernachten wollte, sollte er jetzt besser zusehen, dass er ins Dorf zurückkam. So beschloss er, einfach umzudrehen und den gleichen Weg zurückzugehen, den er gekommen war.

Er war schon ein ganzes Stück zurückgegangen, als er plötzlich hörte, dass sich von hinten Reiter näherten. Neugierig schaute er sich um. Da stockte sein Atem vor Schreck!

Zwei Schwarze Ritter kamen im schnellen Galopp auf ihn zugeritten. Ohne zu überlegen, stürzte er sich in das Maisfeld und rannte, so schnell er konnte, zwischen den hohen Halmen hindurch, bis er vor Blicken geschützt war.

Dann warf er sich auf den Boden und wartete regungslos. Sein Herz pochte bis zum Hals. Ob sie ihn gesehen hatten? Ob sie Hunde dabei hatten? Das hatte er so schnell nicht erkennen können!

Die Reiter kamen näher. Er hörte das Hufgetrappel. Plötzlich hielten sie an. Einen Moment war es still, dann hörte Emith eine Stimme: „Er ist irgendwo hier drin."

Emiths Herz fing an, noch heftiger zu pochen. Plötzlich hörte er ein Geräusch, das ihn fast erstarren ließ: Das Hecheln eines Hundes!

Gleich darauf kam auch schon der Befehl: „Los, such!"

Danach ging alles ganz schnell. Innerhalb weniger Sekunden hatte der Hund bellend und knurrend die beiden Ritter zu Emith geführt. Einer der Ritter stieg vom Pferd, packte Emith unsanft und zog ihn auf seine Beine hoch.

„So, haben wir dich!"

„Was wollt ihr von mir?", fragte Emith ängstlich, „Ich habe euch nichts getan!"

„Was wir von dir wollen? Das wirst du schon noch erfahren! Doch erst mal kommst du mit!" Der Ritter bog Emiths Handgelenke nach hinten und hielt sie mit eisernem Griff fest. „Los, fessle ihn!", forderte er seinen Kameraden auf. Nun stieg auch der andere Ritter vom Pferd. Er war ein massiger Kerl und schnaufte laut beim Absteigen. Doch statt dem anderen zu gehorchen, entgegnete er nur genervt: „Das hat doch noch Zeit! Entwischen kann er uns sowieso nicht. Ich will ihn erst mal befragen!" Dann wandte er sich an Emith: „Los! Erzähle uns alles, was du über deinen sogenannten

König weißt" Der Ritter spuckte das Wort „König" aus, als wäre es ein giftiges Insekt, das ihm in den Mund geflogen war.

Emith stand regungslos da. Mit weit aufgerissenen Augen starrte er die Ritter an.

„Ich ... ich weiß nicht so viel ... Autsch!"

Der Ritter hatte ihm eine Ohrfeige gegeben.

„Jetzt hör mir gut zu: keine Spielchen, klar!"

Gerade wollte er ihm eine weitere Ohrfeige verpassen, da mischte sich der andere Ritter ein. „Lass das! Du weißt genau, dass wir nicht den Auftrag haben, den Jungen zu verhören! Wir sollen ihn nur zum Meister bringen, das ist alles! Fessle ihn jetzt endlich und dann machen wir uns auf den Weg!"

„Ach, Unsinn! Überleg doch mal! Wenn wir die ersten sind, die brauchbare Informationen über den Feind bekommen, dann sind wir die Helden!"

„Ja, und wenn wir dem Meister nicht gehorchen, dann sind wir bald Helden ohne Köpfe!"

„Ach, Quatsch! Wir gehorchen ihm ja! Nur haben wir vorher schon ein bisschen mehr gemacht!" Der dicke Ritter baute sich wieder vor Emith auf. „So, jetzt erzähle!", forderte er ihn auf. „Wo ist euer Heer?"

„Unser Heer?", stammelte Emith, „Wir haben kein ... au!"

Nun hatte er doch noch die zweite Ohrfeige bekommen. Seine Wange brannte.

In der Zwischenzeit hatte der andere Ritter Emiths Handgelenke losgelassen. Weil sein Kamerad immer noch keine Anstalten machte, Emith zu fesseln, begann er nun selbst, nach einem Seil zu suchen. Emith rieb sich in der Zwischenzeit die schmerzenden Handgelenke und betastete vorsichtig seine Wange.

Der dicke Ritter zog nun sein Schwert und hielt Emith die Schwertspitze unters Kinn. Emith wich einen Schritt zurück. Doch sofort packte der Kerl ihn am Arm und hielt ihn fest. „Fällt dir jetzt vielleicht doch noch ein, wo euer Heer ist?", fragte er. Ein grausames Lächeln verzerrte sein Gesicht zu einer abscheulichen Grimasse.

Emith begann, heftig zu schwitzen. „Wir haben wirklich keins! Der König sagte, sein Kampf würde anders aussehen!"

„Ach ja?", fragte der Ritter höhnisch und hielt die Schwertspitze noch dichter unter Emiths Kinn. „Und wie soll er aussehen?"

„Das weiß ich ja nicht!", sagte Emith kläglich.

Er wusste nicht, ob er froh sein sollte, dass er tatsächlich nichts wusste, oder nicht. Eins stand jedenfalls fest: Wenn er auch nur das Geringste gewusst hätte, er hätte es bestimmt verraten. Sein Mut fühlte sich jedenfalls in dem Moment etwa so an wie der einer Maus, die einer Riesen-Monsterkatze gegenüber steht.

Das Gesicht des Ritters vor ihm verzerrte sich vor Wut. „Du wirst mir jetzt sofort alles sagen, was du weißt! Verstanden?" Rasend vor Zorn fuchtelte er mit dem Schwert vor Emiths Gesicht herum. Emith zuckte zurück und versuchte, dem Schwert auszuweichen. Doch nun platzte dem anderen Ritter der Kragen. Er schob seinen Kollegen zur Seite und riss ihm das Schwert aus der Hand. „Halt! Willst du den Jungen jetzt umbringen? Hör sofort auf! Der Meister hat uns ausdrücklich den Befehl gegeben, den Jungen *lebendig* zu ihm zu bringen! Lass deine Spielchen und hilf mir jetzt, ihn zu fesseln und aufs Pferd zu setzen! Wir sollten so schnell wie möglich mit ihm in Atraria erscheinen!"

Nun fing auch der andere an zu brüllen. „Du hast mir gar nichts zu sagen! Keiner hat gesagt, dass du hier der Boss bist!" Wütend schubste er Emith, so dass dieser rücklings auf den Boden fiel. Dann ging er mit seinen Fäusten auf den anderen Ritter los.

Emith setzte sich auf und schaute sich um, ob sich eine Gelegenheit zur Flucht bot. Doch sobald er versuchte, aufzustehen, fing der Hund an zu knurren.

Ängstlich starrte er vom Hund zu den beiden Rittern und wieder zum Hund. Wo war er nur hineingeraten? Zwei Schwarze Ritter, die sich darum stritten, was sie mit ihm machen sollten und eine knurrende Bestie vor ihm! Wie hatte das nur geschehen können? Warum war er nicht in der Nähe des Königs geblieben? Da wäre ihm so was nicht passiert! Und nun war der König nicht da, um ihm zu helfen!

Die Ritter hatten sich inzwischen beruhigt und suchten nun gemeinsam nach einem Seil. Sehr zu Emiths Bedauern, der gehofft hatte, sie würden sich gegenseitig k.o. schlagen.

Nachdem sie beide Satteltaschen ausgekippt hatten, fanden sie ganz unten endlich eines.

„Ich fessle den Jungen und du räumst die Taschen wieder ein", befahl der dünne dem dicken Ritter. Der maulte zwar, fing aber tatsächlich an, den auf dem Boden verstreuten Inhalt der Satteltaschen einzusammeln.

Unterdessen fing der andere an, Emith so straff zu fesseln, dass der vor Schmerz aufstöhnte. Mit Wehmut dachte Emith daran zurück, wie Berolunth ihn und Cynthia gefesselt hatte. Das war dagegen wie ein sanftes Streicheln gewesen!

Doch dem Ritter schien es Freude zu machen, Emith weh zu tun. Immer, wenn der Junge stöhnte, grinste er zufrieden. Als er fertig war, nickte er seinem Kollegen zu.

„Fertig. Auf nach Atraria! Nehmen wir die Abkürzung. Der Meister wird den Jungen bald sehen wollen!"

Emith war verschnürt wie ein Paket. Und er spürte, wie Verzweiflung sich auf ihn legte wie eine dunkle Wolke. Nun würden sie ihn fort bringen. Fort vom König. Fort von Cynthia. Fort von seinen Freunden. Fort von dem Traum.

Der Ritter hob Emith vor sich auf das Pferd. „Auf nach Atraria!", rief er noch einmal. „Auf zum Mächtigen und Unbesiegbaren!" Zu Emith sagte er: „Genieße den Ritt! Es wird dein letzter sein!" Er lachte grausam und trieb sein Pferd an.

Michaela schaute auf die Uhr und erschrak. Sie hätte eigentlich schon längst los gemusst! Ausgerechnet heute konnte sie ihre Freunde doch nicht warten lassen!

Schnell zog sie sich um. Weil sie keine Zeit mehr hatte, auf den Fahrstuhl zu warten, raste sie die Treppen hinunter in den Keller, um ihr Fahrrad zu holen.

Im Keller musste sie an Kevin und Jannis denken und daran, wie sehr die beiden sie erschreckt hatten. Eigentlich müsste sie sich an den beiden auch rächen, dachte sie. Aber Emilia war immer noch die Anführerin. Wenn sie sich an der Anführerin rächte, würde das die ganze Clique treffen. Kevin und Jannis würden dann auch sehen, dass sie sich nicht alles gefallen ließ!

Plötzlich fiel ihr ein, dass sie ihre Kamera vergessen hatte. *O nein!* Jetzt würde sie ganz sicher zu spät kommen!

Trotzdem musste sie noch einmal nach oben, denn ohne Kamera würde die ganze Aktion ja keinen Sinn machen. Sie sprintete die Treppen wieder hoch, so schnell sie konnte und kam schnaufend oben an. Gerade, als sie den Schlüssel ins Schlüsselloch stecken wollte, öffnete Mom die Tür.

„Michaela, wo willst du denn so schnell hin?", fragte sie.

„Ach, ich brauch nur meine Kamera."

„Deine Kamera? Ich denke, ihr wollt ins Kino? Was willst du denn da filmen?"

„Ach, äh ... ach Mom, ist doch egal. Ich will sie einfach dabei haben."

Mom schaute Michaela mit dem durchdringenden Blick an, den Mütter immer so gut drauf haben. Doch Michaela schob sich an ihrer Mutter vorbei in ihr Zimmer. Dort griff sie schnell die Kamera und ging wieder Richtung Haustür. „Tschüss, Mom", flötete sie in ihrem allerliebsten Tonfall, in der Hoffnung, dass ihre Mutter keine weiteren Fragen mehr stellte. Zum Glück kam sie damit durch.

Schließlich saß sie auf ihrem Fahrrad und radelte, so schnell sie konnte, Richtung Kino. Jos Idee war, dass Connor Emilia ins Kino zu einem Film mit ihrem Lieblingsschauspieler Rett Sunnyboy einladen sollte. Jo hatte selbst die Kinokarten besorgt und für sich, Michaela und Nico Plätze direkt hinter Emilia reserviert. Das Unangenehme war nur, dass es sich bei dem Film um eine absolut kitschige Liebesschnulze handelte. „Liebesglück auf der Trauminsel" – allein der Titel sagte ja wohl schon alles! Michaela war nicht gerade begeistert über die Aussicht, sich so etwas ansehen zu müssen.

Schon von weitem sah sie Jo und Nico vor dem Kino auf und abgehen. Jo sah sichtlich ungehalten aus.

„Wo bleibst du denn?", rief sie verärgert. „Wir warten schon total lange. Die Vorschau ist gleich vorbei!"

„Tut mir leid", keuchte Michaela, während sie vom Rad sprang und es in den Fahrradständer schob. „Ich hatte meine Kamera vergessen und musste noch mal zurück." Die Tatsache, dass sie auch vorher schon spät dran war, weil sie zu lange gelesen hatte, erwähnte sie lieber nicht.

„Typisch Michi", schimpfte Jo vor sich hin, während Nico umständlich in seiner Tasche kramte.

„Bevor wir reingehen, muss ich Michi noch meine geniale Idee zeigen."

„Was denn noch für eine Idee?", fragte Michaela neugierig.

Nico holte aus seiner Tasche eine Gewürzdose.

„Hier, schau. Da sind die Ameisen drin. Die Streulöcher in der Dose sorgen für ausreichende Belüftung, sind aber klein genug, dass die Ameisen nicht entwischen können. Aber was das wirklich geniale an dieser Dose ist: Sie lässt sich so aufschieben, dass man eine relativ kleine Öffnung hat. In diese Öffnung kann ich einen Pappstreifen hineinlegen, der als eine Art Brücke für die Ameisen direkt an den Nacken von Emilia heranreicht. Der Streifen muss natürlich noch auf Emilias Pullover enden, damit sie das nicht sofort merkt. So können die Ameisen gemütlich über die Brücke in ihren Nacken krabbeln."

„Coole Idee!" Michaela klopfte ihm anerkennend auf die Schulter. „Und wie viele Ameisen hast du da drin?"

„Ungefähr dreißig. Und dann habe ich noch ein Glas mit sechs wunderschönen Spinnen! Möchtest du sie sehen?"

„Ach nein, muss nicht sein", antwortete Michaela schnell. „Lasst uns lieber jetzt reingehen." Sie gingen hinein, zeigten ihre Kinokarten vor und wurden in den verdunkelten Kinosaal gelassen. Gerade lief der Vorspann des Films, in dem überdimensional große Palmen vor einem türkisblauen Meer gezeigt wurden. Dazu sang der Teenie-Star Ronnie Regenbogen sein bekanntes Lied: 24 Stunden täglich denk ich nur an dich. Nun standen sie vor der ersten Herausforderung: Sie mussten ihre Plätze hinter Emilia erreichen, möglichst ohne dass diese sie bemerkte. Jo ging voran. Reihe 17, die Plätze 23, 24 und 25 hatten sie reserviert. Als sie bei der Reihe ankamen, mussten sie jedoch feststellen, dass ihre Plätze besetzt waren.

„So ein Mist", schimpfte Jo vor sich hin. Sie verglich noch einmal die Reihe und die Nummern. Kein Zweifel, jemand saß auf ihren Plätzen. Sie warf einen Blick auf die Reihe vor ihnen und sah dort Emilia und Connor sitzen.

„Entschuldigung", sprach sie einen der Typen an, die auf ihren Plätzen saßen. „Wir hatten diese Plätze reserviert. Könntet ihr euch bitte woanders hinsetzen?"

Ein kaugummikauendes, finster aussehendes Gesicht musterte die drei Freunde.

„Sind doch überall noch Plätze frei! Warum müsst ihr euch ausgerechnet hier hin setzen?" Er machte keine Anstalten, aufzustehen.

„Das sind die Plätze, die wir reserviert hatten. Hier, wir können euch die Karten zeigen!", mischte sich nun auch Nico ein.

„Ey bleib mal locker, Mann! Ich glaub euch das mit den Karten. Ich versteh nur nicht, warum ihr euch nicht einfach woanders hinsetzen könnt!"

„Müssen wir das jetzt noch begründen? Das sind unsere Plätze und hier wollen wir sitzen!"

Mist, dachte Michaela, *schon der Anfang läuft nicht gut!*

Inzwischen drehten sich schon einige Leute nach ihnen um. „Hallo, könnt ihr mal bitte leise sein und euch hinsetzen! Das stört!", beschwerte sich ein Mann, der hinter ihnen saß.

„Also gebt jetzt bitte unsere Plätze frei!", forderte Nico den kaugummikauenden Typen und seine zwei Freunde auf.

Genervt standen die schließlich auf und setzten sich schimpfend ein paar Plätze weiter. Noch einmal drehten sich mehrere Leute um. Auch Emilia. Sie sah Michaela und ihr Blick erstarrte. „Du?", fragte sie.

Michaela wunderte sich, wie man in ein einziges Wort so viel Verachtung hineinlegen konnte. „Ja, ich!", fauchte sie zurück. „Was dagegen, dass ich auch mal ins Kino gehe?"

Emilia drehte sich wortlos wieder um, nicht ohne einen misstrauischen Blick auf Jo und Nico zu werfen.

Aufruhr im Kino

Schließlich hatten sich alle wieder beruhigt und widmeten sich dem Film.

Der Kitschanteil darin war sogar noch größer, als Michaela befürchtet hatte. Rett Sunnyboy, der blonde, sonnengebräunte und muskulöse Lieblingsschauspieler von Emilia, verliebte sich in ein schönes Inselmädchen. Leider verstand dieses seine Sprache nicht und außerdem hatten die Eltern des Mädchens sie schon einem Mann aus ihrem Eingeborenenstamm versprochen. Blieb abzuwarten, wie der schöne Superheld des Films diese Probleme lösen würde.

Doch selbst wenn der Film Michaelas Geschmack entsprochen hätte, wäre es ihr schwergefallen, sich auf die Handlung zu konzentrieren. Sie war viel zu aufgeregt. Bis jetzt war ja so ziemlich alles schiefgegangen, was bei dieser Aktion schiefgehen konnte. Ob der Rest besser klappen würde?

Nervös fingerte sie an ihrer Kamera herum, prüfte, ob die Akkus geladen waren und veränderte die Einstellungen. Dann schaute sie zum wiederholten Male auf die Uhr. Im letzten Viertel des Films wollten sie mit der Ameisenaktion beginnen.

Nico stieß sie von der Seite an. „Siehst du irgendwo Emilias Handtasche?“, flüsterte er.

Michaela schaute sich suchend um. „Nein. Ich glaube, sie hat sie vor sich auf den Boden gestellt.“

„Mist! Wir müssen irgendwie unauffällig an die Handtasche rankommen, sonst können wir die Spinnen nicht reinkippen!“

Michaela wurde immer frustrierter. Sie schaute Jo an, die links neben ihr saß. Doch die blickte ebenso ratlos vor sich hin.

„Naja", meinte Nico schließlich. „Vielleicht tun's die Ameisen allein ja auch schon." Er schaute auf die Uhr. „Der Film dürfte nicht mehr lange gehen. Ich hole sie jetzt raus."

Er griff in seine Tasche, holte Gewürzdose und Pappstreifen und baute beides vorsichtig auf. Es gelang ihm, den Pappstreifen plangemäß an Emilias Pullover anzulehnen. Leider war es im Kino zu dunkel, um zu beobachten, wie die Ameisen herauskrabbelten. Doch nach einer Weile war zu sehen, dass Emilia unruhig wurde und sich in den Nacken griff. Schnell zog Nico den Pappstreifen weg. Emilia kratzte sich kurz und schaute dann weiter konzentriert dem Film zu. Nico lehnte den Pappstreifen wieder an. Nach einer Weile wurde Emilia erneut unruhig. Sie wedelte heftig in ihrem Nacken herum und drehte sich schließlich um. Zornig musterte sie Michaela, Jo und Nico, die so taten, als wären sie ganz vertieft in den Film. Die Gewürzdose und den Pappstreifen hatte Nico schnell versteckt, so dass nichts zu sehen war. Nach einer Weile schaute Emilia wieder zur Leinwand.

Nico leuchtete mit einer Minitaschenlampe in die Dose, um zu sehen, wie viele Ameisen sich noch darin befanden. Dabei stellte er fest, dass noch nicht viele herausgekrabbelt waren. Anscheinend hatten sie die Pappstreifenbrücke nicht so genutzt, wie er gehofft hatte.

Fieberhaft überlegte er, wie er Emilia noch mehr mit den Tierchen in Kontakt bringen konnte. Einer plötzlichen Idee folgend, öffnete er die Limoflasche, die er in seiner Tasche hatte, machte eine ungeschickte Bewegung und kippte einen Schwall Limonade in Emilias Nacken.

Emilia schrie auf und drehte sich empört um.

„Entschuldige vielmals! Ich weiß gar nicht, wie mir das passieren konnte! Oh, es tut mir ja so leid!" Nico entschuldigte sich mit einem so bedauernden Blick, dass selbst Michaela und Jo einen Augenblick dachten, ihrem Freund wäre ein Missgeschick passiert, das ihm jetzt aufrichtig leid täte.

„Du Volltrottel!", zischte Emilia. „Kannst du nicht besser aufpassen?"

Sie bückte sich und holte ihre Handtasche. Dann kramte sie darin herum und zog ein Päckchen Taschentücher hervor. Die Tasche ließ sie neben sich auf dem Sitz stehen. Während sie sich mit den Taschentüchern den Nacken abtupfte, holte Nico schnell sein Glas mit den Spinnen heraus, öffnete es und kippte den Inhalt in Emilias Handtasche. Dabei entschuldigte er sich immer noch fortwährend bei Emilia.

Weil gerade in diesem Moment der Film zu Ende ging und Rett Sunnyboy in Großaufnahme mit dem Inselmädchen im Arm erschien, achtete Emilia überhaupt nicht auf Nico, sondern starrte entzückt ihren Traumprinzen an. Michaela kicherte vor sich hin. Nico hätte sich wirklich keinen besseren Zeitpunkt aussuchen können!

Doch der war mit seiner Vorstellung noch nicht fertig. Im Gegenteil. Grinsend rieb er sich die Hände. Jetzt fing es erst an, Spaß zu machen.

Er nahm die Ameisendose, öffnete sie und kippte den Inhalt Emilia in den Nacken. Dabei schüttelte er die Dose heftig, um sicherzugehen, dass möglichst viele Ameisen herausfielen.

Emilias gellender Aufschrei mischte sich mit dem dramatischen Schlussakkord der Filmmusik. Der Unterschied war nur, dass die Musik irgendwann aufhörte, Emilias Schreien aber nicht.

Die Lichter gingen an. Michaela schaltete ihre Kamera ein und begann zu filmen. Doch Jo stieß sie heftig von der Seite an. „Pack die Kamera ein, wir kriegen Ärger!"

Erschrocken ließ Michaela die Kamera sinken und steckte sie in ihre Tasche.

Sie war so darauf bedacht gewesen, Emilia zu filmen, dass sie gar nicht mitbekommen hatte, dass immer mehr Menschen auf sie zuströmten. Einige redeten auf Emilia ein und versuchten, sie zu beruhigen. Andere beobachteten das Ganze mit forschenden Blicken, um herauszufinden, was eigentlich passiert war. Schon fingen einige an, Fragen zu stellen. Ein streng aussehender Mann musterte Michaela, Jo und Nico misstrauisch. „Ihr habt doch was gemacht, oder?", fragte er. Jetzt kam auch der kaugummikauende Typ von vorhin dazu.

„Ach darum wolltet ihr unbedingt auf diesen Plätzen sitzen!", behauptete er grinsend.

Inzwischen hatte sich Emilias kreidebleiches Gesicht puterrot verfärbt und sie zeigte mit dem Finger auf Michaela und schrie: „Das war ein Anschlag! Die will mich umbringen! Holt die Polizei!"

Michaela wurde blass. Eine Vielzahl von Augenpaaren richtete sich auf sie.

In der Zwischenzeit bahnten sich zwei Angestellte vom Kino einen Weg durch die Menge und fragten mit barscher Stimme, was passiert sei. Michaela, die vor Schreck kein Wort mehr herausbrachte, war froh, dass Nico und Jo einen klaren Kopf behielten und die Situation erklärten. Mit ernster Miene hörten die beiden Kinoangestellten zu und stellten zwischendurch Fragen.

Mittlerweile waren die meisten Leute gegangen. Nur einige wenige standen noch um sie herum, unter anderem der Kaugummi-Typ, der immer noch breit grinste.

Emilia hatte sich inzwischen weitgehend von den Ameisen befreien können und sich einigermaßen beruhigt.

„Komm, wir gehen." Connor hatte freundschaftlich den Arm um Emilia gelegt. Doch Emilia fauchte ihn nur an: „Lass mich in Ruhe!" Damit drehte sie sich um und verließ das Kino.

Die beiden Kinoangestellten erklärten mit ernster Miene: „Also, ihr drei. Für heute verzichten wir auf eine Anzeige. Nach allem, was wir gehört haben, werten wir das Ganze als einen kindischen Streich und werden das nicht weiter verfolgen. Aber wir haben uns eure Gesichter gemerkt und warnen euch: Solltet ihr jemals wieder in unserem Kino Ärger machen, wird das nicht mehr so glimpflich für euch ausgehen. Dann werden wir auch nicht zögern, die Polizei einzuschalten! Ist das klar?"

Die drei Freunde nickten ernst.

Schließlich wandten sich alle zum Gehen.

Vor dem Kino standen sie noch eine Weile zusammen. Sie fühlten sich ganz schön mitgenommen von dem Ärger, den es gegeben hatte. Nicht auszudenken, wenn die Kinoleute wirklich die Polizei geholt hätten! *Emilia, dieses Biest, hat es darauf angelegt,* dachte Michaela wütend. *Die lässt auch nichts unversucht, mich fertig zu machen!*

Dann fiel ihr Blick auf Nico. Jo und er hatten den ganzen Ärger mit auf sich genommen, um Michaela zu unterstützen. Cool, dass sie solche Freunde hatte!

„Danke", sagte sie beim Abschied zu beiden und dann leise zu Nico: „Ich hab dich für feige gehalten. Aber heute hast du mir gezeigt, dass du wirklich zu mir stehst!"

Viele Fragen und einige Antworten

Als Michaela endlich zu Hause angekommen war, holte sie ihre Kamera heraus. Sie war immer noch sauer auf Emilia und dass die ganze Aktion nicht so gelaufen war, wie sie sich das vorgestellt hatte. Besonders wütend war sie, dass sie kaum hatte filmen können. Sie hoffte, dass trotzdem etwas Brauchbares dabei war.

Michaela schaute sich den Film an. Sechs Sekunden Film zeigten eine schreckensbleiche, hysterisch schreiende Emilia. Langsam breitete sich auf Michaelas Gesicht ein Grinsen aus. Emilias schreckverzerrte Miene gab auch in diesen sechs Sekunden schon einiges her. Also hatte sich selbst der kurze Film gelohnt! Morgen würde sie Jo anrufen und dann konnten sie gemeinsam überlegen, was sie mit dem Film machen würden!

Plötzlich fiel ihr etwas ein. *Die Spinnen!* Nico hatte doch kurz, bevor der Film zu Ende war, die Spinnen in Emilias Handtasche gekippt! Und Emilia hatte danach die Tasche nicht mehr geöffnet! Na, die würde zu Hause eine Überraschung erleben! Michaela lachte laut auf. Während sie sich umzog und die Zähne putzte, stellte sie sich immer wieder Emilias Gesicht beim Öffnen ihrer Tasche vor.

Schließlich kuschelte sie sich in ihre Bettdecke. Eigentlich, fand sie, konnte sie doch ganz zufrieden sein. Sie hatte letzten Endes keinen Ärger bekommen, auch wenn die Situation im Kino unangenehm gewesen war. Und sie hatte einen klasse Film von Emilia. Und Emilia hatte Spinnen in ihrer Tasche.

Vor dem Einschlafen musste Michaela plötzlich wieder an Jesus denken, der seinen Freunden und auch seinem Verräter die Füße gewaschen hatte.

Warum hatte er das bloß gemacht?

Michaela hätte sich nie vorstellen können, Emilia irgendetwas Gutes zu tun. Im Gegenteil. Sie empfand so viel Genugtuung bei dem Gedanken, sie mit dem Film bloßzustellen. Denn schließlich hatte Emilia sie ja auch bloßgestellt!

Michaelas Gedanken wanderten zu Nico. Wie gut, dass zwischen ihr und Nico alles wieder in Ordnung war. Nico mit seinen spritzigen Ideen. Ja, auch wenn er sich neulich feige verhalten hatte, heute hatte er ganz schön was drauf gehabt, fand sie. Sie kuschelte sich in ihre Bettdecke und schlief bald darauf ein.

Ein paar Straßen weiter lag Nico in seinem Bett und konnte nicht schlafen.

Für feige hatte Michaela ihn gehalten! Das war echt nicht zu fassen! Und das, obwohl er ihretwegen so viel Ärger bekommen hatte. Nur wegen Michaela hatte er mit der Zwille auf Emilia geschossen, nur ihretwegen hatte er sich vor seinem Lehrer, der Schulleitung und vor seinen Eltern rechtfertigen müssen. Nur ihretwegen hatte er sogar Fußballverbot bekommen, die schlimmste Strafe für ihn überhaupt! Und da kam sie zu ihm und erzählte, dass er mit der Kinoaktion nun endlich bewiesen hätte, dass er zu ihr stehen würde! Und was vorher war, das war alles nichts in ihren Augen?

Nico kochte vor Zorn! Warum gab er sich überhaupt so viel Mühe für ein Mädchen, das ihn so wenig zu schätzen wusste wie Michaela?

Unruhig wälzte er sich im Bett herum. Seit Michaela das zu ihm gesagt hatte, hatte er unaufhörlich darüber nachgedacht. Und je länger er nachdachte, desto wütender wurde er. Nein, beschloss er, er würde sich für Michaela nicht länger zum Affen machen! Jetzt reichte es endgültig.

Am nächsten Morgen wachte Michaela erstaunlich früh auf. Für einen Sonntag war es jedenfalls früh. Erst neun Uhr. Normalerweise schlief Michaela sonntags länger.

Na, auch gut. Dann hatte sie mehr Zeit zum Lesen. Sie war sowieso sehr gespannt, wie es mit Emith weiter gehen würde.

Nach dem Frühstück schaltete sie sofort ihr Laptop ein und las weiter.

XXXIV. Der König greift ein

Sie waren noch nicht weit geritten, da hielten sie ruckartig an. Emith, fast ohnmächtig vor Schmerz, war plötzlich wieder hellwach. Hatte er tatsächlich die Stimme gehört, die er am allerliebsten von allen Stimmen auf der ganzen Welt hören wollte? Oder spielte seine Fantasie ihm einen grausamen Streich?

Doch da hörte er es wieder.

„Keine Bewegung!"

Die Ritter standen mucksmäuschenstill. Emith riss die Augen auf. Vor ihnen quer auf dem Weg stand ein weißes Pferd. Darauf saß – der König!

Hoch aufgerichtet, das Schwert gezückt. Seine Augen sprühten vor Zorn. Er befahl den Rittern, abzusteigen und ihre Schwerter auf den Boden zu legen. Zitternd gehorchten sie ihm. Sie waren vor Schreck wie erstarrt.

Der König bot aber auch einen Schrecken erregenden Anblick. Von dem Schwert in seiner Hand ging ein gleißender Lichtstrahl aus. Doch selbst ohne Schwert hätte er zum Fürchten ausgesehen, denn seine Augen glühten wie Feuerflammen und man konnte es fast nicht ertragen, diese Augen überhaupt zu sehen. Die Macht und Stärke, die von ihm ausging, war unbeschreiblich. Selbst Emith begann, sich bei diesem Anblick zu fürchten. Er hatte den König noch nie zornig gesehen. Doch jetzt sah er, dass es niemanden auf der Welt geben konnte, der einem mehr Angst einzujagen vermochte als der König, wenn er zornig war. In diesem Augenblick wurde ihm klar, dass der Kampf bereits entschieden war. Kein Schwarzer Ritter würde es mit dem König aufnehmen können!

Selbst der Hund hatte den Schwanz eingekniffen und winselte leise.

Der König befahl: „Hebt den Jungen vom Pferd und bindet ihn los!"

Die Ritter beeilten sich, zu gehorchen und bald war Emith die Fesseln los.

Er atmete auf und versuchte vorsichtig, sich zu bewegen. Doch jede Bewegung tat ihm weh. So stand er erst mal still und beobachtete, was weiter geschah.

Der König steckte sein Schwert in die Scheide. Dann nahm er die beiden Schwerter der Ritter, die auf dem Boden lagen und schleuderte sie weit in das Maisfeld hinein. Die Ritter wagten nicht, sich auch nur zu rühren. In ihren Augen stand das blanke Entsetzen.

„So, jetzt zieht eure Schuhe aus!", befahl der König. Die beiden Ritter wirkten überrascht, beeilten sich aber, dem Befehl nachzukommen.

„Nun dürft ihr mit eurem Hund spielen!", sagte der König, als beide barfuß vor ihm standen. „Ihr werft eure Schuhe ins Maisfeld und der Hund kann loslaufen und sie holen!"

Die Ritter standen still da und starrten den König fassungslos an.

„Na los“, wiederholte der König den Befehl. „Spielt ihr mit eurem Hund niemals Ball werfen? Ich werde euch zeigen, wie es geht!“ Daraufhin nahm er einen der Schuhe und schleuderte ihn weit in das Feld hinein. Sofort sprang der Hund los und lief dem Schuh hinterher. Bald darauf kam er stolz mit seiner Beute im Maul zurück.

„Jetzt seid ihr dran!“, forderte der König die beiden Ritter auf. Die wagten nicht, sich seinem Befehl zu widersetzen. Hastig nahmen sie ihre Schuhe und schleuderten sie ins Maisfeld. Der Hund sprang begeistert hinterher und brachte sie zurück.

Unter dem glühenden Blick des Königs wiederholten sie das Spiel wieder und wieder.

Schließlich wandte sich der König Emith zu. Sanft nahm er seinen Kopf in seine beiden Hände und berührte vorsichtig Emiths geschwollene Wange.

„Was haben sie mit dir gemacht?“, fragte er. Seine Augen waren gleichzeitig voll Mitgefühl und voll Zorn.

Behutsam nahm er Emith in seinen Arm. Sofort floss es wie ein warmer Strom durch ihn und seine Schmerzen hörten auf. Emith entspannte sich und lehnte sich glücklich an den König.

Lange Zeit standen sie so und der König hielt Emith fest. Emith fühlte sich rundherum geborgen. Nichts zählte jetzt, als nur beim König in Sicherheit zu sein.

Nach einiger Zeit wurden sie von einer Stimme unterbrochen, die zaghaft fragte: „Wie lange müssen wir denn noch … äh … spielen?“

Widerwillig löste sich Emith aus der Umarmung des Königs. Er hatte fast vergessen, dass die beiden Ritter und ihr Hund immer noch da waren. Der König bedachte den Ritter, der die Frage gestellt hatte, mit einem seiner glühenden Blicke. Daraufhin verstummte der sofort und begann wieder, einen Schuh zu werfen, von dem inzwischen nicht mehr viel übrig geblieben war.

Je länger das Spiel dauerte, desto mehr zerfetzte der Hund die Schuhe mit seinen scharfen Zähnen. Immer wieder brachte er schwanzwedelnd und mit großer Begeisterung die Schuhreste aus allen Richtungen zurück. Es war offensichtlich, dass er wesentlich mehr Spaß an dem Spiel hatte als seine Herrchen!

Schließlich, als nur noch kleine Fetzen von den einst so prächtigen Schuhen übrig geblieben waren, wandte der König sich wieder den Rittern zu. „Ihr dürft jetzt aufhören", sagte er knapp. Dann ging er zu den beiden Pferden der Ritter, gab ihnen einen Klaps und rief ihnen zu: „Auf, lauft nach Hause!"

Die Pferde liefen davon. Die beiden Ritter starrten ihnen mit offenen Mündern nach.

„Ihr dürft jetzt auch gehen", erlaubte der König ihnen. Keiner der beiden rührte sich. Wie benommen schauten sie erst ihren Pferden hinterher und dann auf ihre bloßen Füße. „So können wir doch nicht ..." stammelte der eine. „Los!", befahl der König mit lauter Stimme. „Genauso könnt ihr auch! Wenn ihr euch jetzt nicht bewegt, werdet ihr es bereuen!"

Daraufhin zuckten die beiden zusammen, als hätte er sie geschlagen. Hastig machten sie sich auf den Weg. Der Hund folgte ihnen. Er hatte noch einen Schuhfetzen im Maul.

Emith blickte ihnen nach und hätte fast laut losgelacht. Es sah aber auch zu komisch aus: Zwei Schwarze Ritter in voller Rüstung, aber barfuß und ohne Pferde!

Immer wieder hörte er sie schimpfen und fluchen. Ab und zu jammerten sie leise auf, wenn sie auf etwas Spitzes getreten waren.

Schließlich stiegen Emith und der König auf den prächtigen weißen Hengst des Königs und ritten nach Hause. Als sie an den zwei humpelnden und schimpfenden Rittern vorbeitrabten, konnte Emith sich ein Grinsen nicht verkneifen.

Noch Wochen später erzählte man sich in den umliegenden Dörfern von den zwei Schwarzen Rittern, die barfuß durch die Gegend marschierten. Immer wieder brachen die Leute dabei in großes Gelächter aus. Schließlich wurde die Geschichte zu einem der beliebtesten Witze des Landes überhaupt.

XXXV. Auf in die Stadt des Bösen!

Der König beschloss, noch drei Tage in dem Dorf zu bleiben und dann weiter zu ziehen. Als die Zeit des Abschieds gekommen war, versammelte sich auch diesmal eine große Menschenmenge. Fast das ganze Dorf war zusammengekommen.

Einige schwenkten Taschentücher, andere weinten laut, als der König sich verabschiedete. Emith seufzte erleichtert, als sie die ganze Menschentraube endlich hinter sich gelassen hatten. „Meine Güte, ist das ein Trubel!", sagte er zu Menayon, der neben ihm ritt.

Doch auch im nächsten Dorf wurden sie bereits erwartet. Die Gerüchte über den König hatten sich schon wie ein Lauffeuer in der ganzen Umgebung verbreitet. Die Leute scharten sich um ihn und er sprach mit ihnen und heilte die Kranken. Außerdem verteilten er und seine Freunde viele Früchte aus dem *Wald der singenden Birken*.

Auch Emith gab jetzt großzügig von seinen Früchten ab und staunte immer neu, wenn sich seine Tasche wieder gefüllt hatte. So ritten sie weiter von Dorf zu Dorf. Bald hatten sie den Südosten des Landes hinter sich gelassen und waren im Landesinneren angekommen.

Sie übernachteten bei den unterschiedlichsten Leuten. Oft verteilten sie sich in mehrere Häuser eines Dorfes, weil natürlich kaum jemand zehn Gästebetten hatte. Gelegentlich übernachteten sie auch wieder einmal zusammen in einer Scheune.

Wohin sie auch kamen, wurden sie bereits erwartet und herzlich willkommen geheißen. Alles in allem war es eine anstrengende, aber auch schöne Zeit.

Sie sahen so viele strahlende Gesichter, weil der König einfach die Gabe hatte, Menschen glücklich zu machen. Egal, wo ihre Not war. Wenn sie krank waren, heilte er sie. Wenn sie Streit in der Familie hatten, nahm er sich die Zeit, ihnen zu erklären, wie sie sich anders verhalten konnten. Wenn sie arm waren, schenkte er ihnen besonders viele Früchte aus dem *Wald der singenden Birken*. Er erklärte ihnen sogar, wie sie aus den Früchten Samen gewinnen und einpflanzen konnten.

Für jeden, der mit einer Not zu ihm kam, nahm er sich die Zeit zu helfen. Deshalb war er oft von früh morgens bis spät abends beschäftigt.

Es gab natürlich auch Leute, die dem König misstrauten oder sich einfach nicht helfen lassen wollten. Doch davon ließ sich der König nicht beirren.

Während dieser ganzen Zeit wurden sie nicht von Schwarzen Rittern belästigt. Zwar begegneten sie gelegentlich welchen, aber die beobachteten sie nur von weitem und wagten sich nicht näher heran.

So vergingen Tage und Wochen. Der König führte sie immer weiter nach Westen. Fast hatten sie die Westgrenze Coloranias erreicht.

Eines Tages kündigte der König an: „Wir sind jetzt im äußersten Westen des Landes angekommen. Doch nun werden wir uns nach Norden wenden. Ich muss nach Atraria."

Sie saßen zusammen am Lagerfeuer. An diesem Tag waren sie gerade von einem Dorf aufgebrochen, das etwas abseits lag. Deshalb würden sie erst am folgenden Tag das nächste Dorf erreichen. So hatten sie ihr Nachtlager an einer geschützten Stelle am Fuß eines Hügels aufgeschlagen und waren endlich mal wieder unter sich.

Alle genossen dieses Zusammensein. Leylah verteilte gerade Brot, das eine nette Bäuerin ihnen mitgegeben hatte. Jorian schnitt ein großes Stück Käse in Scheiben. Cynthia und Sinayah hatten einen Schwarzbeerentee gekocht. Alle plauderten miteinander. Doch als der König bekannt gab, dass er nach Atraria wolle, wurde es schlagartig still. Alle wussten, dass sich in Atraria die Festung des Bösen befand.

Der König lächelte, als er in die vielen fragenden Gesichter schaute. Dann wurde er wieder ernst. „Ja, in Atraria wird es zum Kampf kommen und die Entscheidung über die Zukunft Coloranias wird fallen." Sofort redeten alle durcheinander. Der König gebot mit einem Handzeichen Ruhe.

„Ich sage es noch einmal: Der Kampf wird nicht so aussehen, wie ihr euch vorgestellt habt. Und ich sage euch auch: Keiner von euch wird verstehen können, was ich tue." Dann fügte er leiser hinzu: „Und keiner von euch wird nachempfinden können, wie schwer der Kampf für mich wirklich wird."

Eine Weile schwieg der König. Sein Gesicht wirkte bedrückt. Doch dann lächelte er wieder. „Aber am Ende wird alles gut werden!", sagte er.

Viktor war derjenige, der die Frage stellte, die allen auf der Zunge lag: „Kannst du uns nicht verraten, was du vorhast?"

Doch der König antwortete: „Nein. Wenn ich das täte, würdet ihr versuchen, mich davon abzuhalten und das darf ich nicht zulassen."

Dann wandte sich der König Cynthia und Emith zu. „Ich weiß, dass Atraria nicht weit von eurem Heimatdorf liegt. Unter anderen Umständen wäre ich zuerst mit euch dorthin geritten. Aber es ist wichtiger, dass ich umgehend nach Atraria komme. Die Mächte des Bösen haben sich schon verschworen und es ist nicht gut, den Kampf noch länger hinauszuschieben." Er sah Cynthia in die Augen. „Es tut mir leid, dass ich dich nicht zuerst zu deiner Familie bringen kann. Ich werde es jedoch tun, sobald der Kampf vorbei und Colorania wieder frei ist. Das wird in Kürze geschehen. Das verspreche ich dir."

Cynthia nickte. *Der Kampf würde bald vorbei sein ... Colorania würde wieder frei sein ... und dann ging es zurück zur Familie ... das hörte sich gut an.*

An diesem Abend gingen alle sehr nachdenklich schlafen.

Mit den unterschiedlichsten Empfindungen – von dunklen Vorahnungen bis hin zu Siegessicherheit – machten sie sich am nächsten Morgen auf den Weg Richtung Atraria. Doch keiner von ihnen war auf das vorbereitet, was sie dort wirklich erwarten würde.

XXXVI. Das Unheil braut sich zusammen

Je näher sie der Stadt kamen, desto mehr Schwarze Ritter begegneten ihnen auf der Straße. Die Vorahnung von Gefahr legte sich wie eine dunkle Wolke auf die ganze Gruppe. Sie hatten auf dem Weg noch einige Dörfer durchquert, sich dort aber nicht lange aufgehalten. Dem König war anzumerken, dass er es eilig hatte, in die Hauptstadt zu kommen.

Nach einigen Tagen kamen sie schließlich in Atraria an.

Sie kehrten in einem Gasthaus ein. Vom Fenster aus konnte man den Marktplatz überblicken sowie die daran angrenzende Schwarze Festung.

Emith konnte kaum den Anblick ertragen und zog schnell die Vorhänge seines Zimmerfensters zu. Er verbrachte eine unruhige Nacht.

Cynthia wurde von Albträumen gequält. Mitten in der Nacht wachte sie schweißgebadet auf. Sinayah, die mit ihr im Zimmer schlief, tröstete sie. Eine ganze Weile saßen sie auf ihren Betten und konnten nicht mehr einschlafen.

Am nächsten Morgen, nach dem gemeinsamen Frühstück, verkündete der König: „Ich werde jetzt auf den Marktplatz gehen und dort zu meinem Volk sprechen. Sie müssen die Wahrheit über die Farben erfahren!"

Das kann doch nicht gut gehen, wollte Emith rufen. Doch der Gesichtsausdruck des Königs zeigte deutlich seine Entschlossenheit. So schluckte Emith seinen Einwand hinunter und folgte ihm, gemeinsam mit den anderen, zum Marktplatz.

Dort stellte der König sich auf einen Mauervorsprung. Unter den Blicken von Hunderten von Schwarzen Rittern erhob er seine Stimme und rief: „Volk von Colorania! Vor langer Zeit schon seid ihr betrogen worden und habt die Farben verloren, die einst ein Merkmal unseres Landes waren …"

Mit lauter Stimme erzählte er die Geschichte von Colorania und von dem Betrug Eyrons. Bald war der Marktplatz überfüllt mit Leuten und immer noch kamen mehr. Es hatte fast den Anschein, als ob die ganze Stadt sich um ihn versammelte. Alle hörten ihm aufmerksam zu.

Emith, Cynthia und Sinayah, die am Rand des Marktplatzes in einer geschützten Ecke standen, hielten fast den Atem an. Man spürte förmlich die Spannung, die in der Luft lag.

Viele der Leute, die den König hörten, würden sich auf seine Seite stellen, das konnte man bereits jetzt erkennen. Sie hörten ihm aufmerksam zu, applaudierten und jubelten sogar, als er ihnen von den Farben erzählte.

Doch um den Marktplatz herum versammelten sich auch immer mehr Schwarze Ritter. Sie verhielten sich zwar ruhig, aber allein ihre Anwesenheit schüchterte viele der Zuhörer ein. Auch das konnten die drei Kinder beobachten.

Viele drehten sich immer wieder um und schauten nervös zu den Schwarzen Rittern. Es schien nur noch eine Frage der Zeit zu sein, bis sie angreifen würden!

„Ihr habt die Fähigkeit verloren, Farben zu erkennen", hallte die Stimme des Königs laut und herausfordernd über den Platz, „weil euch die Schwarzen Ritter eingeredet haben, dass schwarz und grau die einzigen Farben sind. Aber das stimmt nicht! Das Leben ist bunt! Colorania wird wieder ein buntes Land werden!

Ich werde euch die Fähigkeit zurückgeben, Farben zu erkennen. Denn ich bin der rechtmäßige König von Colorania und der Herr der Farben!"

Bei diesen Worten ging ein Raunen durch die Menge. Viele Leute starrten den König überrascht an. Von überall hörte man erstaunte Ausrufe: „Da! Was ist das? Wie sieht der Mann denn plötzlich aus? Sind das die Farben?"

„Das muss wirklich der König sein! Er sieht plötzlich ganz anders aus!"

„So etwas sehe ich zum ersten Mal! Als ob ich vorher blind gewesen bin!"

Auch die drei Kinder, die schon die ganze Zeit die Farben des Königs sehen konnten, fanden, dass er in diesem Moment schöner und leuchtender aussah als je zuvor. Seine Augen strahlten blau wie der Himmel über dem *Wald der singenden Birken*, sein Mantel leuchtete feuerrot. Sein Haar hatte einen goldenen Schimmer.

Ja, jetzt werden sie ihn als König anerkennen und alles wird gut, dachte Cynthia.

Doch viele Leute drehten sich auch um und gingen. „Spinner", murmelten sie. „Was redet der da von Farben? Und was wollen die Leute plötzlich alles sehen?" Offensichtlich waren nicht alle in der Lage, die Farben zu erkennen.

Bis zum Abend blieb der König auf dem Marktplatz und sprach zu seinem Volk. Emith und Cynthia beobachteten voller Spannung die Reaktionen der Leute.

Cynthia freute sich immer besonders, wenn sie beobachten konnte, wie Menschen zum ersten Mal Farben sahen. Doch diese Fähigkeit wurde bei weitem nicht allen Menschen gegeben. Es gab immer noch genug, die kopfschüttelnd wieder weggingen.

Emith beobachtete hauptsächlich die Schwarzen Ritter. Er rechnete jeden Augenblick mit einem Angriff. Doch obwohl scheinbar Hunderte von ihnen um den Platz herum standen, verhielten sie sich ruhig.

Am Abend, als alle wieder im Gasthaus zusammen saßen und gemeinsam aßen, entwickelte sich ein lebhaftes Gespräch.

„Du warst ja ganz schön mutig!", sagte Emith zum König. „So etwas zu sagen, obwohl die Schwarzen Ritter das alles mitgehört haben!"

„Ja", sagte auch Eryn, „Die müssen sich ganz schön geärgert haben ..."

„Ich hatte erwartet, dass die eingreifen würden ..."

„Schade, dass nicht alle die Farben erkennen konnten!"

„Ja, vor allem die Schwarzen Ritter! Die müssten auch mal Farben sehen können!" Alle redeten aufgeregt über die Ereignisse des Tages. Dabei fiel kaum jemandem auf, dass der König sich nicht am Gespräch beteiligte. Nur Cynthia bemerkte, dass er merkwürdig schweigsam war und fast ein wenig bedrückt aussah. *Naja, das liegt sicher daran, dass der Tag heute für ihn besonders anstrengend war,* dachte sie.

Plötzlich fiel ihr auf, dass Jorian gar nicht da war.

Suchend blickte sie sich um, doch er saß auch an keinem der anderen Tische. Schließlich fragte sie den König nach ihm. Der antwortete: „Jorian wird heute nicht zum Abendessen kommen. Er hat noch etwas zu erledigen."

Cynthia dachte: *Naja, vielleicht hat der König ihn einkaufen geschickt oder so.* Sie wunderte sich nur, dass der König einen so seltsamen Gesichtsausdruck hatte, als er von Jorian sprach. Doch dann dachte sie nicht mehr darüber nach und aß zu Ende. Wenig später erhob sich der König, wünschte den anderen eine gute Nacht und ging in sein Zimmer.

Kurze Zeit danach gingen auch alle anderen schlafen.

In der Nacht wurde Emith durch ein lautes Klopfen an seiner Tür geweckt. Schlaftrunken kroch er aus dem Bett und fand eine in Tränen aufgelöste Cynthia vor sich. „Der König", schluchzte sie, „sie haben ihn mitgenommen!"

XXXVII. Gefahr in der Nacht

Es dauerte einen Moment, bis Emith verstand, was Cynthia gesagt hatte. Dann weiteten sich seine Augen entsetzt. „Sie haben *was*?"

Stockend begann Cynthia zu erzählen. „Ich bin vorhin aufgewacht, weil ich Geräusche vor der Tür hörte. Es klang, als ob viele Menschen im Flur waren, die versuchten, leise zu sein. Ich dachte sofort: Da stimmt was nicht! Also schlich ich aus dem Zimmer und schaute vorsichtig um die Ecke. Da sah ich, dass der ganze Flur voll war mit Schwarzen Rittern. Jorian war bei ihnen. Er hat sie zu ihm geführt! Stell dir vor, er hat ihn verraten! Unsern König! So ein mieser Kerl!" Cynthia wischte sich über das Gesicht, dann fuhr sie fort: „Die Ritter hatten den König gefesselt und einer wollte ihn gerade knebeln, da sagte der König: Nicht nötig, ich komme freiwillig mit!"

Cynthia schluchzte: „Stell dir vor, er hat sich ohne Widerstand von denen gefangen nehmen lassen! Ich weiß nicht, warum er das gemacht hat! Er ist doch viel stärker als diese elenden, miesen ..." Sie stockte und fing wieder an zu weinen.

„Ich muss hinterher!" Emith rannte zurück in sein Zimmer und zog sich seinen Mantel an. Cynthia tat es ihm nach.

Erst jetzt bemerkte Emith, dass auch Sinayah im Flur stand und ihn mit angstgeweiteten Augen ansah. Er überlegte kurz. Dann beschloss er, Leylah und Eryn aufzuwecken. Er erzählte ihnen, was passiert war und bat sie, die anderen zu informieren. Dann wollte er Cynthia und Sinayah in das Zimmer der beiden hineinschieben und loslaufen.

„Warte, ich komme mit!", rief Cynthia.

„Kommt nicht in Frage!", widersprach Emith energisch. „Das ist viel zu gefährlich!"

„Was soll das denn jetzt? Wir haben schon so viele Gefahren zusammen durchgestanden und jetzt sagst du so was!" Cynthias Augen blitzten zornig.

„Das ist was anderes!", entgegnete Emith hitzig.

Da kam ihm Leylah zur Hilfe. Sanft legte sie den Arm um Cynthia und redete beruhigend auf sie ein. Cynthia, in einer Mischung aus Angst, Traurigkeit und Zorn, ließ sich von ihr ins Zimmer führen, nicht ohne Emith noch einen letzten wütenden Blick zuzuwerfen.

Doch Emith hatte keine Zeit mehr, darauf einzugehen. So schnell er konnte, rannte er die Treppe hinunter, öffnete die Tür und trat ins Freie. Dort zögerte er. *Wohin sie ihn wohl gebracht haben?* fragte er sich.

Plötzlich hörte er ein Geräusch und aus dem Schatten vor ihm trat ein Mann. Emith erschrak heftig. Dann erkannte er den Wirt.

„Du willst ihm folgen? Vergiss das!", sagte der Wirt leise. „Sie haben ihn direkt zum Todesfelsen gebracht!"

„Wohin?", fragte Emith.

„Zum Todesfelsen. Dort werden schon seit vielen Jahren die Feinde des Schwarzen Meisters umgebracht. Und euer König ist ein Feind des Meisters wie kein anderer. Sie werden nicht lange warten wollen, bis sie ihn los sind!"

„Kannst du mir bitte erklären, wie ich dort hinkomme?", fragte Emith. „Bitte, ich muss unbedingt zu ihm!"

„Der Todesfelsen ist im Wald gleich hinter der Schwarzen Festung. Es gibt von hier aus einen Pfad zur Festung, der von den Wachtürmen aus nicht einsehbar ist, weil dort viele Bäume stehen. Gleich hier links." Er deutete mit der Hand dorthin.

„Wenn du an der Festung angekommen bist, geh am besten immer dicht an der Mauer entlang. Dort kann man dich am wenigsten sehen. Obwohl ich mir leider vorstellen kann, dass die Ritter an einem Tag wie heute besonders wachsam sind.

Gleich hinter der Festung führt ein Pfad in den Wald hinein, direkt zum Todesfelsen. Pass gut auf dich auf! Wenn sie dich erwischen, werden sie nicht zögern, dich auch umzubringen!"

Emith bedankte sich bei dem Wirt und lief los.

Bald fand er den kleinen Pfad, den der Wirt ihm beschrieben hatte. Er war tatsächlich dicht bewachsen und Emith lief im Schutz der Bäume auf die Festung zu.

Von ferne hörte er ein leises Grollen. Ein Unwetter schien sich anzukündigen. Emith beschleunigte seinen Schritt. Nach einigen Minuten hatte er die Schwarze Festung erreicht. Dunkel und bedrohlich ragte die Festungsmauer vor ihm auf. Schon allein ihre Nähe strahlte etwas so Böses aus, dass Emith fast schlecht wurde. Es kostete ihn viel Überwindung, überhaupt weiterzugehen. Einen Moment wünschte er sich, er hätte Cynthia erlaubt, mitzukommen. Doch er hatte sie oft genug in Gefahr gebracht. Das hier musste er alleine schaffen!

Emith huschte so dicht wie möglich an der Mauer entlang.

Plötzlich donnerte es laut. Dann zuckte auch schon der erste Blitz durch die Wolken. Alles wurde in taghelles Licht getaucht. Emith erschrak. *Auch das noch!* Er duckte sich in den Schatten eines Mauervorsprungs. Wieder grollte es am Himmel. Ein noch lauterer Donnerschlag ließ Emith heftig zusammenfahren. Verängstigt kauerte er sich dichter an den Mauervorsprung. Nun zuckten grelle Blitze wild am Himmel hin und her.

Emiths Herz klopfte heftig. Im hellen Licht der Blitze war er sicher gut zu sehen! Die Worte des Wirtes fielen ihm wieder ein, der ihn gewarnt hatte, dass die Ritter heute besonders wachsam sein würden.

Trotz seiner Angst war ihm klar, dass er sich nicht lange hinter dem Mauervorsprung verstecken konnte. Er musste unbedingt weiter. Sonst würde es für den König zu spät sein. Er zählte die Sekunden zwischen Blitz und Donner. Dann wartete er den Blitz ab und huschte, sobald es wieder dunkel war, zum nächsten Mauervorsprung. Dort wollte er wiederum den Blitz abwarten.

Plötzlich hörte er hinter sich ein Geräusch. *Waren da Schritte?*

Entsetzt presste er sich enger an die Mauer und lauschte atemlos. Aber nun war alles still. Vorsichtig schaute er sich um. Es war niemand zu sehen. Doch er wurde das Gefühl nicht los, dass da irgendjemand war.

Ängstlich wartete er auf den nächsten Blitz, damit er schnell weiter laufen konnte. Doch es blitzte nicht. Emith wurde unruhig. Hörte das Gewitter jetzt schon auf, oder würde es genau dann blitzen, wenn er den Schutz des Mauervorsprunges verlassen hatte? Schließlich konnte er nicht länger warten und lief los. Er kam am nächsten Mauervorsprung an. Nun blitzte es doch noch. Er lief weiter. Wieder wartete er am Mauervorsprung den Blitz ab, bevor er losrannte. Schließlich schaffte er es, auf diese Weise am

Ende der Festungsmauer anzukommen. Im Wald würde er sich wieder besser verstecken können. Dass man bei Gewitter besser nicht in den Wald gehen sollte, darüber dachte er nicht nach. Sein Leben war so oder so in Gefahr.

Plötzlich hörte er wieder Schritte hinter sich, diesmal deutlicher. Es bestand kein Zweifel mehr: Jemand folgte ihm.

Panik stieg in ihm auf. Er musste daran denken, wie es war, als die Schwarzen Ritter ihn im Maisfeld gefangen genommen hatten. Damals hatte er seine Befreiung dem Eingreifen des Königs zu verdanken gehabt. Doch nun würde kein König kommen können, um ihn zu befreien, weil er selbst in den Händen der Feinde war!

Emith überlegte kurz. Dann tat er das einzige, was ihm einfiel: Er lief, so schnell er konnte, von der Festungsmauer weg in den Wald hinein.

Aus den Augenwinkeln sah er, wie sich eine Gestalt aus dem Dunkel der Mauer löste und hinter ihm her lief. Voller Panik schaute er sich nach einem Versteck um und kauerte sich schließlich hinter einen dicken Baumstamm. Um ihn herum war alles still. Nur in der Ferne hörte man noch leises Donnergrollen. Ob sein Verfolger ihn gesehen hatte? Ängstlich lauschte er. Plötzlich hörte er ein Knacken ganz in der Nähe. Dann Schritte, die auf ihn zukamen. *O nein, sie haben mich gefunden!* Er hatte inzwischen panische Angst. Doch dann hörte er eine leise Stimme.

„Emith! Bist du das?"

Seine Angst war wie weggeblasen. Überrascht kroch er hinter dem Baumstamm hervor.

„Was machst du denn hier?", fragte er entsetzt.

Cynthia schaute ihn trotzig an. „Ich hatte dir ja gesagt, ich komme mit! Also bin ich dir gefolgt!"

„Du warst das also! Hast du mir einen Schrecken eingejagt!"

„Tut mir leid, aber ist nicht meine Schuld! Du hättest es auch einfacher haben können!" Cynthia grinste ein wenig.

In Emiths Zorn mischte sich Erleichterung und sogar ein bisschen Freude darüber, dass Cynthia nun doch bei ihm war. Aber das wollte er nicht zugeben. So sagte er nur: „Na komm, beeilen wir uns!"

Gemeinsam liefen sie weiter und folgten dem Pfad zum Todesfelsen.

Je weiter sie gingen, desto mehr wuchs das Gefühl, etwas Böses würde nach ihnen greifen. So, wie Emith es an der Festungsmauer gespürt hatte, nur noch stärker. Je näher sie dem Todesfelsen kamen, desto schlimmer wurde es. Bald brauchten sie all ihre Kraft, um überhaupt weiterzugehen. Sie fühlten sich, als müssten sie ersticken. Das einzige, was ihnen half, war der Wunsch, den König zu finden. Nur, weil sie ganz fest an ihn dachten, schafften sie es, weiterzugehen.

Bald hörten sie Lärm wie von einem Fest. Viele Stimmen grölten und riefen durcheinander. Manche lachten grausam und schadenfroh. Den Kindern liefen eisige Angstschauer den Rücken hinunter. Doch sie wollten unbedingt zum König! Sie mussten eine Möglichkeit finden, ihn zu befreien!

Als sie näher kamen, sahen sie das Grauenhafteste, was sie jemals in ihrem Leben gesehen hatten. Cynthia war so erschrocken, dass sie ganz vergaß, vorsichtig zu sein. Sie fing an, laut zu schreien.

Michaela war so in die Geschichte vertieft, dass sie ihr Handy zuerst gar nicht hörte. Schnell kramte sie in ihrer Tasche und holte es heraus. Nico war dran. Mit ruhiger Stimme sagte er zu ihr: „Ich wollte dir nur mitteilen, dass ich unter diesen Umständen nicht länger mit dir befreundet sein kann. Du hast die ganze Zeit eine sehr geringschätzige Meinung von mir gehabt und das kann und will ich mir nicht länger gefallen lassen. Das war's von meiner Seite aus. Ich wünsch dir noch einen schönen Tag." Damit hatte er aufgelegt. Bestürzt starrte Michaela ihr Handy an. Was sollte das denn nun? Gerade hatte sie das Gefühl gehabt, die Freundschaft würde sich besser entwickeln als vorher und dann sagte er so was!

Ob das damit zusammenhing, dass sie ihm gesagt hatte, sie hätte ihn für feige gehalten? Aber das müsste er ja wohl auch mal abkönnen! Immerhin war es die Wahrheit und sie hatte ja auch gesagt, dass sie ihre Meinung jetzt geändert hatte! Und es war ganz schön unfair von ihm, ihr das an den Kopf zu knallen und dann einfach aufzulegen. Michaela war fassungslos über ein solches Verhalten! Und überhaupt: Hatte er das wirklich ernst gemeint? War das jetzt das endgültige Aus für ihre Freundschaft? Michaela schluckte. Nein, das durfte nicht sein! Doch was sollte sie tun? Ihn anrufen? Aber in der Stimmung, in der er war, konnte man bestimmt nicht mit ihm reden.

Michaela überlegte hin und her. Sollte sie zu ihm fahren? Oder das alles ganz sein lassen? Vielleicht war es wirklich zu schwierig zwischen ihnen, als dass sie befreundet sein konnten. Vielleicht hatte Nico ja Recht und es ging tatsächlich nicht. Sie waren zu verschieden. Oder warum sonst gab es so viele Missverständnisse zwischen ihnen?

Bei dem Gedanken breitete sich eine tiefe Traurigkeit in Michaela aus. Plötzlich stupste Picasso sie von der Seite an. Er schaute sie mit seinen großen, bernsteinfarbenen Augen an und sprang auf ihren Schoß. „Ach Picasso“, seufzte Michaela. „Warum muss nur alles so kompliziert sein?“ Picasso schaute sie verständnisvoll an, dann rollte er sich gemütlich auf ihrem Schoß zusammen. Gedankenverloren streichelte Michaela ihn. Dann vergrub sie ihren Kopf in seinem flauschigen Fell.

Nachdem sie eine ganze Weile so gesessen hatte, schaute sie auf die Uhr. Es war schon beinahe Mittagszeit.

In dem Moment rief auch ihre Mutter schon zum Mittagessen. Michaela schob Picasso sanft von ihrem Schoß herunter und ging in die Küche.

Das Essen verlief genauso, wie Michaela es von den anderen Mahlzeiten an Sonntagen kannte. Ein bisschen gezwungene Unterhaltung und ansonsten hatte man sich nicht viel zu sagen. Jeder war froh, wenn er sich wieder in sein Zimmer zurückziehen konnte. Das tat Michaela dann auch sofort. Ihr Blick wanderte zu ihrem Notebook, das noch immer an war. Sie entschloss sich, erst mal weiterzulesen.

XXXVIII. Was auf dem Todesfelsen geschah

Der Todesfelsen war ein großer, kahler Platz aus grauschwarzem Fels. Hier hatten sich Hunderte von Schwarzen Rittern versammelt. Viele von ihnen hielten Fackeln in der Hand, so dass der Platz von flackerndem Licht erhellt war.

In der Mitte des Platzes stand der König. Man hatte ihm sein rotes Gewand ausgezogen und seine Füße mit Eisenringen zusammengekettet. Überall an seinem Körper waren Striemen und blutende Wunden.

Rings um ihn herum standen Ritter, die ihn verhöhnten und schlugen.

„Na, König!", spottete gerade ein Ritter, „Kommst du so, um dein Land zu befreien?"

Er schlug dem König mit der Faust ins Gesicht. Dieser ließ sich schlagen, ohne ein Wort zu sagen und schaute dem Ritter direkt in die Augen.

„Bist ein ganz schön mächtiger König, was?", höhnte ein anderer und spuckte ihn an.

„Die Farben wollte er uns bringen, ha, ha, ha! Aber hier wird alles hübsch schwarz bleiben und grau! So, wie es sich gehört!"

In diesem Moment rannte Cynthia schreiend durch die Menge zum König. Ohne nachzudenken schlängelte sie sich zwischen all den Rittern durch, bis sie beim König angekommen war und schluchzend vor ihm niederfiel. Sie umklammerte seine Füße und weinte hemmungslos. Emith, der versucht hatte, sie zurückzuhalten, folgte ihr zögernd. Sofort wurden beide Kinder von Schwarzen Rittern gepackt und festgehalten.

Cynthia wurde hochgezogen und stand nun zwischen zwei Rittern direkt vor dem König. Emith stand ein Stück hinter ihr.

„Wen haben wir denn da?", fragte einer der Ritter in spöttischem Tonfall. „Da sind wohl ein paar ganz treue Anhänger der königlichen Hoheit!"

„Ja", antwortete ein anderer. „Wollen mit ihm leben und mit ihm sterben!" Mit diesen Worten erhob er sein Schwert, um Emith zu töten.

Doch plötzlich sprach der König, der bislang kein Wort geredet hatte, in einem Ton, der keinen Widerspruch duldete: „Ihr habt mich. Lasst die Kinder gehen!"

Totenstille senkte sich über die ganze Versammlung. Die Worte des Königs hatten eine unbeschreibliche Wirkung. Obwohl er gefangen und seinen Feinden ausgeliefert war, lag in seiner Stimme eine solche Kraft, dass niemand auf die Idee gekommen wäre, sich ihm zu widersetzen! Der Ritter, der eben noch Emith töten wollte, ließ das Schwert sinken, als ob alle Kraft aus ihm gewichen wäre. Die Kinder wurden losgelassen und niemand wagte es, sie noch einmal anzutasten.

Für einen Moment bekamen Emith und Cynthia wieder neue Hoffnung. Sie spürten wieder einmal die große Macht, die der König besaß. Selbst in dieser Situation konnte er seinen Feinden Befehle erteilen und sie gehorchten ihm. Würde er sich bald aus ihren Händen befreien?

Doch warum, um alles in der Welt, stand er bloß da und ließ sich verspotten und misshandeln? Er war doch viel stärker und mächtiger als diese Ritter. Und er würde genug Leute um sich scharen können, die mit ihm kämpften!

Den Rittern war anzusehen, dass auch sie das spürten. Eine ganze Zeit standen sie unschlüssig herum und wagten nicht mehr, den König auch nur zu berühren. Einige berieten sich flüsternd.

Schließlich, als der König nichts mehr sagte und auch keine Anstalten machte, sich zu befreien, fingen sie wieder an mit ihrem grausamen Spiel. Doch keiner wagte es, noch einmal Emith und Cynthia anzutasten. So standen die beiden unbehelligt in der Menge, direkt vor dem König und schauten atemlos zu, wie er grausam gequält wurde.

Als der König auch weiterhin keine Anstalten machte, sich zu wehren, wurden die Schwarzen Ritter immer wilder und brutaler. Inzwischen blutete der König aus so vielen Wunden, dass um seine Füße herum der ganze Boden mit

Blut bedeckt war. Die Kinder konnten es fast nicht aushalten, ihn so leiden zu sehen. Beide weinten fassungslos.

Die Ritter rissen sich förmlich darum, den König zu quälen. Nun war ein großer Kerl dran, der besonders brutal wirkte. Emith lief es eiskalt den Rücken hinunter, als er ihn nur sah.

Der Ritter hatte einen Stock in der Hand und fing an, besinnungslos auf den König einzuschlagen. Irgendwie erinnerte Emith dieser Kerl an Onkel Lucio. Er musste plötzlich daran denken, wie Onkel Lucio ihn früher geschlagen hatte. Doch so grausam, wie dieser Kerl jetzt den König schlug, war Onkel Lucio selbst an seinen schlimmsten Tagen nicht gewesen! Trotzdem war er schlimm genug gewesen und Emith spürte eine seltsame Verbundenheit mit dem König. Fast kam es ihm vor, als wäre es tatsächlich Onkel Lucio, der den König schlagen würde. Dieses Gefühl wurde noch verstärkt dadurch, dass der König Emith genau in diesem Augenblick ansah, als wüsste er genau, woran Emith gerade dachte. Danach brach er zusammen.

Cynthia, die die ganze Zeit über laut geweint hatte, wollte zum König laufen, doch zwei Schwarze Ritter hinderten sie daran.

Stattdessen rissen sie den König brutal wieder auf seine Füße. Er konnte sich nicht mehr allein auf seinen Beinen halten. Die zwei Ritter hielten ihn jedoch zwischen sich fest.

„Bringen wir es zu Ende! Der macht nicht mehr lange", befahl ein großer Ritter, der das ganze beobachtete. Die beiden Ritter hoben den König hoch wie eine Siegestrophäe. „Schaut ihn euch noch einmal an, den König", höhnten sie. „Sieht er nicht mächtig aus?!" Die Menge antwortete mit einem ohrenbetäubenden Grölen.

Der König war kaum noch zu erkennen. Er blutete am ganzen Körper. Sein Gesicht war zerschlagen und geschwollen. Auch seine Augen waren fast zugeschwollen.

Plötzlich ließen die beiden Ritter ihn zu Boden fallen. Der König fiel auf sein linkes Handgelenk und brach es sich. Mühsam hob er den Kopf und blickte zu Cynthia. Sein Gesicht war vor Schmerz verzerrt.

Und dann geschah etwas Seltsames: Durch Cynthias Handgelenk floss etwas wie ein warmer Strom und sie konnte ihre gelähmten Finger wieder spüren. Für einen Augenblick war sie so erstaunt, dass sie vom König weg auf ihre Hand blickte. Sie versuchte, ihre Finger zu bewegen – es ging. Sie bewegte ihr Handgelenk – auch das klappte. Das Erstaunliche war geschehen: Ihre gelähmte Hand war völlig gesund!

Dass sie eine Weile ihre Hand betrachtete, ersparte Cynthia, mit anzusehen, wie ein Ritter mit dem Schwert dem König den Todesstoß versetzte.

Schon wieder wurde Michaela von ihrem Handy unterbrochen. Ihr Herz klopfte. Ob das Nico war?

Doch es war Lena. Ihre Stimme klang fröhlich wie immer: „Hi Michaela. Ich hab gerade gesehen, dass du gestern versucht hast, mich anzurufen. Was gibt's denn Gutes?"

Michaela konnte sich gar nicht mehr erinnern, weshalb sie Lena gestern anrufen wollte. Sie kämpfte mühsam mit der Enttäuschung, dass nicht Nico am Telefon war. Außerdem konnte sie sich nicht losreißen von dem, was sie gerade gelesen hatte. Der König wurde grausam umgebracht. Das war genau wie bei Jesus. Sie hatte das Johannesevangelium zwar noch nicht zu

Ende gelesen, aber so viel wusste sie auch noch aus dem Religionsunterricht.

Wie kam es eigentlich, dass jemand, der nur Gutes getan hatte, so grausam sterben musste?

Das war doch mehr als unfair! Sowohl in der Geschichte von Emith als auch in der Bibel.

„Du, Lena, warum musste Jesus eigentlich so grausam sterben?", platzte sie heraus ohne nachzudenken.

Lena schwieg einen Moment. Dann sagte sie: „Das würde ich dir lieber persönlich erklären und nicht am Telefon. Vielleicht können wir uns mal treffen. Aber vorher kannst du schon mal in der Bibel lesen, was dort steht. Hast du deine Bibel da?"

„Moment, ich hole sie." Michaela nahm die Bibel vom Regal. „Ja, ich hab sie!"

„Dann kannst du jetzt mal das Alte Testament aufschlagen."

„Wieso? Hast du mir nicht neulich erklärt, dass alle Geschichten über Jesus im Neuen Testament stehen?"

„Ja. Das heißt aber nicht, dass im Alten Testament Jesus überhaupt nicht erwähnt wird. Der Prophet Jesaja zum Beispiel hat sehr viel über Jesus gesagt."

„Aber zu dem Zeitpunkt hat Jesus doch noch gar nicht gelebt, oder?"

„Da liegst du nicht ganz falsch. Der Prophet Jesaja hat mehr als siebenhundert Jahre, bevor Jesus geboren wurde, gelebt."

„Aber wie konnte er dann etwas über Jesus schreiben?"

„Überall in der Bibel stehen Dinge, die erst viele hundert Jahre später passiert sind. Menschen konnten das nicht voraussehen. Aber Gott weiß alles und er hat zu den Menschen geredet, die ihm zugehört haben. Er hat ihnen manches gezeigt, was Jahre oder Jahrhunderte später passieren würde. Und die haben das dann aufgeschrieben. Prophetie nennt man das übrigens."

„Hm. Glaubst du das wirklich?" Michaela war erstaunt. So etwas hatte sie noch nie gehört.

„Ja", erwiderte Lena ernst. „Was meinst du, wie viele solcher Prophetien in der Bibel stehen! Also, willst du jetzt die Bibelstelle wissen, die ich dir zeigen wollte? In Jesaja steht nämlich ganz klar, warum Jesus sterben musste."

„Ehrlich?" Jetzt war Michaela wirklich fassungslos. Siebenhundert Jahre, bevor Jesus geboren wurde, schrieb so ein Prophet schon auf, warum er umgebracht werden sollte? Das war ja echt krass! „Na dann sag mir mal das Kapitel", bat sie, während sie in der Bibel blätterte. „Jesaja habe ich gerade gefunden."

„Lies Kapitel 53. Wenn wir uns treffen, können wir darüber reden. Hast du heute Nachmittag Zeit? Dann könntest du zu mir kommen! Bei mir würde das heute ganz gut passen!"

Michaela überlegte einen Moment. Sollte sie nicht heute Nachmittag lieber zu Nico fahren? Doch dann stimmte sie zu. Es konnte ja nicht schaden, sich mal mit Lena zu treffen. Und Nico erst mal in Ruhe zu lassen.

So verabredeten sie sich für halb vier.

Nachdem Michaela aufgelegt hatte, fiel ihr Blick auf die aufgeschlagene Jesaja-Seite. Sie begann zu lesen.

In den ersten Versen wurde beschrieben, wie verachtet und ausgestoßen Jesus in seinem Leiden war. Als sie den vierten Vers las, war Michaela überrascht.

Da stand: *Dabei war es unsere Krankheit, die er auf sich nahm; er erlitt die Schmerzen, die wir hätten ertragen müssen.*

Michaela musste sofort an die Geschichte von Cynthia und Emith denken.

In dem Moment, wo die Hand des Königs gebrochen wurde, wurde Cynthias Hand geheilt. Sie las weiter. Vers fünf war genauso erstaunlich: *Doch er wurde blutig geschlagen, weil wir Gott die Treue gebrochen hatten; wegen unserer Sünden wurde er durchbohrt. Er wurde für uns bestraft – und wir? Wir haben nun Frieden mit Gott! Durch seine Wunden sind wir geheilt.*

Da war es wieder. Er musste leiden und andere konnten dadurch geheilt werden.

Dann stand da noch etwas von Sünden. Was waren eigentlich Sünden? Hatte Michaela auch welche? Sofort musste sie an die Racheaktion im Kino denken. War das Sünde gewesen?

Am Ende des sechsten Verses blieb sie schon wieder hängen. *Der Herr aber lud alle unsere Schuld auf ihn.*

Michaela schlug die Bibel wieder zu. Das mit der Schuld war ihr irgendwie unangenehm. Sie wollte das nicht mehr lesen. Denn sie spürte plötzlich: Das hatte etwas mit ihr zu tun. Aber sie war sich nicht mehr sicher, ob sie das wirklich wissen wollte.

Schließlich entschied sie sich, erst mal die Geschichte von Emith weiterzulesen.

IXL. Der See

„Komm", sagte Emith zu Cynthia, „lass uns gehen."

Cynthia erwachte nur langsam aus ihrer Erstarrung.

Die Kinder hatten eine ganze Weile nur auf dem Boden gehockt, ohne wahrzunehmen, was um sie herum geschah. Seit der König tot war, fühlten sie sich, als sei auch in ihnen etwas gestorben.

Emith tippte Cynthia sacht auf die Schulter. „Komm!", wiederholte er.

Noch immer rührte Cynthia sich nicht. Sie konnte einfach nicht verkraften, was geschehen war. *Der König war tot!* Und mit ihm waren all ihre Hoffnungen gestorben.

Dass er sie in seiner Todesstunde geheilt hatte, tröstete sie nicht wirklich. Im Gegenteil, es erschütterte sie nur noch mehr, dass er unter diesen Qualen noch daran gedacht hatte, ihr ein solches Abschiedsgeschenk zu hinterlassen!

Der König hatte beim Sterben an sie gedacht!

Wieder begann Cynthia zu weinen, obwohl sie schon so viel geweint hatte, dass sie dachte, bald würde sie keine Tränen mehr haben.

Emith stand ratlos neben ihr. Auch er war vor Traurigkeit ganz durcheinander. Doch plötzlich wurde ihm klar, dass er die Verantwortung hatte, Cynthia von diesem Ort des Grauens wegzubringen, und zwar so schnell wie möglich. Um sie herum feierten die Schwarzen Ritter ein großes Fest. Ausgelassen grölten und lachten sie und tranken dabei Unmengen von dem Zeug, das auch Onkel Lucio immer getrunken hatte. Erstaunlicherweise hatten sie die Kinder auch in Ruhe gelassen, nachdem der König tot war. Aber Emith war sich keinesfalls sicher, dass das so bleiben würde.

Schließlich ergriff er Cynthias Arm und zog sie sanft hoch. „Wir sollten jetzt wirklich gehen, Cynthia", sagte er. Diesmal nickte sie und gehorchte.

Hinter dem Todesfelsen führte ein Pfad tiefer in den Wald. Ohne zu überlegen nahmen sie diesen Pfad und wanderten einfach geradeaus. Lange noch hörten sie hinter sich das Grölen und Lachen der Schwarzen Ritter, die den Tod ihres Feindes feierten. Es war kaum zu ertragen. Doch schließlich wurden die Geräusche immer leiser und es wurde ganz still.

Nicht ein Tier begegnete ihnen, nicht ein Nachtvogel war zu hören. Alles schien wie ausgestorben. *Wie im Grab*, dachte Emith. Das passte dazu, wie er sich fühlte!

Er musste noch einmal an den letzten Blickkontakt denken, den er mit dem König gehabt hatte. Als dieser von dem Kerl geschlagen wurde, der ihn so an Onkel Lucio erinnert hatte. Der König hatte ihn dabei so angeschaut, als hätte er zu ihm sagen wollen: „Ich weiß genau, was du mitgemacht hast. Ich weiß, wie es sich anfühlt, geschlagen zu werden." Es hatte Emith zutiefst erschüttert, dass der König in seiner Todesstunde an ihn gedacht hatte, daran, wie er von Onkel Lucio misshandelt worden war.

Seine Gedanken wanderten zu Jorian. Jorian war ein Freund des Königs gewesen und hatte ihn auf gemeinste Weise hintergangen und verraten. Emith erinnerte sich nur zu gut daran, wie er sich gefühlt hatte, als sein Onkel ihn an den Schwarzen Meister verraten hatte. Doch er hatte vorher schon keine gute Beziehung zu seinem Onkel gehabt. Der König aber war von einem seiner besten Freunde verraten worden. Wie sehr musste ihm das wehgetan haben!

Irgendwie hatte Emith das Gefühl, dass alles, was er selbst an schlimmen Dingen erlebt hatte, der König auch erlitten hatte, nur noch schlimmer! Und dabei hatte der König niemals auch nur das kleinste bisschen Hass in seinem Herzen gehabt, sondern immer nur Liebe, bis zum Schluss.

Die Kinder wanderten noch eine Weile weiter, bis die Müdigkeit sie überwältigte.

Sie ließen sich einfach nieder, wo sie waren. Es war ihnen egal, wo sie schliefen und ob sie bequem lagen.

Nach wenigen Stunden wachten sie wieder auf. Die Sonne war gerade aufgegangen und ein überwältigendes Vogelkonzert hatte begonnen. So still, wie der Wald in der Nacht gewesen war, so laut und voller Leben war er an diesem Morgen. Doch die Kinder achteten nicht besonders darauf. Die Erinnerung an das Schreckliche, das passiert war, überwältigte sie von neuem.

Stumm nahm Emith Cynthias Hand. Sie gingen los, immer noch schweigend. Es gab nichts zu sagen.

Ohne, dass sie darüber gesprochen hatten und ohne, dass sie wussten, warum, gingen sie den Pfad zurück zum Todesfelsen. Vielleicht hofften sie, noch einmal einen Blick auf den König werfen zu können. Vielleicht wollten sie auch nur sehen, ob er noch dort war.

Als sie sich dem Todesfelsen näherten, zögerten sie einen Moment. Sie hatten Angst vor dem, was sie vorfinden würden. Doch schließlich überwanden sie sich und gingen weiter.

Bald sahen sie, dass alles völlig anders aussah als vorher. Der ganze Platz war überflutet von Wasser. Dort, wo am Abend zuvor noch der Todesfelsen gewesen war, war ein großer See entstanden!

Die Kinder waren so überrascht, dass sie für einen Moment sogar ihre Trauer vergaßen. Sie standen sprachlos da und schauten den See an. Und währenddessen wurde in beiden plötzlich eine Erinnerung lebendig. *Der Traum! Das war der See aus dem Traum!* Noch immer sagte keiner von beiden ein Wort. Doch beide wussten, was sie zu tun hatten!

Langsam, immer einen Schritt nach dem anderen, stiegen sie in das Wasser. Es war eiskalt, doch das machte ihnen nichts aus. Als das Wasser tief genug war, fingen sie an zu schwimmen und zu tauchen.

Die Veränderung kam jedoch erst, als sie wieder aus dem Wasser gestiegen waren und sich in der Sonne trocknen ließen.

Es fing ganz langsam an. Erst waren es kleine Flecken auf ihren Bäuchen. Doch von da aus breiteten sie sich schnell über ihren ganzen Körper aus. Die Farben waren zurückgekommen! Ein seltsames Glücksgefühl durchströmte die Kinder. Sie spürten: Diesmal würden die Farben für immer bleiben.

Schließlich beobachteten sie, wie das Gras, auf dem sie saßen, sich langsam um sie herum grün färbte. Erstaunt stand Emith auf und ging ein paar Schritte weiter. Dann schaute er den grünen Fleck an, auf dem er eben gesessen hatte. Der Fleck wuchs weiter, doch wesentlich langsamer als vorher. Dafür war an der Stelle, an der er nun stand, ein weiterer grüner Fleck entstanden.

Erstaunt ging er noch ein paar Schritte weiter, um festzustellen, dass auch dort wieder ein Fleck entstand. Cynthia stand nun ebenfalls auf und ging umher. Begeistert stellte sie fest, dass sich auch bei ihr überall, wo sie hin ging, farbige Flecken bildeten. Die Flecken wuchsen langsam immer weiter. Bald hatten sich die ersten schon miteinander verbunden und eine gleichmäßige grüne Fläche war entstanden. Auf einem der Grashalme hatte ein kleiner grauer Schmetterling gesessen. Als sich das Gras unter ihm zu färben begann, sprang die Farbe auch auf ihn über und er wurde plötzlich leuchtend orange!

Ehrfürchtig standen die Kinder da und beobachteten das Wunder, das sich vor ihren Augen abspielte.

Sie sahen sich an. Beide wussten: *Was sie sahen, war die Erfüllung des Traums!*

XL. Eine große Überraschung

Während sie noch dort standen und staunten, hörten sie plötzlich ein Knacken hinter sich. Erschrocken drehten sie sich um. Dann atmeten sie erleichtert auf. Vor ihnen standen Menayon und Berian, dahinter ihre anderen Freunde. Cynthia und Sinayah fielen sich in die Arme und hielten sich lange fest.

„Wie habt ihr uns gefunden?", fragte Cynthia.

„Wir konnten die Nacht nicht mehr schlafen. Als wir sahen, dass die Sonne bald aufgehen würde und ihr noch nicht zurückgekommen wart, sind wir losgezogen, um euch zu suchen", erklärte Sinayah. „Der Wirt hat uns geholfen, indem er uns erzählte, wo er euch gestern hingeschickt hatte. Er war außer sich vor Sorge, dass euch etwas passiert sein könnte! Deshalb waren wir heute in der Morgendämmerung schon hier. Doch wir fanden euch nicht und den König auch nicht. Das einzige, was wir sahen, war, dass der Boden über und über mit Blut bedeckt war. Da hatten wir furchtbare Angst um euch!" Hier brach Sinayah ab und fing an zu schluchzen. Cynthia nahm sie wieder in die Arme. Schließlich erzählte Eryn weiter. „Doch noch bevor wir überlegen konnten, was wir tun sollten, hörten wir ein Geräusch. Es klang wie ein Sprudeln und Blubbern. Dann sahen wir, wie direkt dort, wo der Boden am blutigsten war, eine Quelle mit klarem Wasser entstanden war. Diese Quelle wurde so schnell größer, dass das Wasser sich mit rasender Geschwindigkeit ausbreitete. Schließlich sind wir weggelaufen, weil wir Angst hatten, dass bald alles überflutet sein würde. Wir haben euch noch eine Weile im Wald gesucht und sind dann hierher zurückgekehrt. Eben gerade haben wir gesehen, dass hier nun ein See ist! Und jetzt seid ihr auch da!"

„Und wie ich sehe, ist das ein ganz besonderer See!", stellte Menayon fest.

„Der See aus dem Traum …", flüsterte Berian ehrfürchtig.

Alle standen eine Weile still und betrachteten den See und die farbigen Flecken, die sich überall ausbreiteten.

Plötzlich rannte Sinayah mit einem Jubelschrei in das Wasser. Ihr folgten Leylah und Eryn und schließlich alle anderen.

Nach einer Weile kamen sie wieder aus dem See heraus. Es dauerte nicht lange, bis sich auch auf ihren Körpern die Farben auszubreiten begannen. Alle staunten über das Wunder, das sich vor ihren Augen abspielte.

Es war herrlich, zuzuschauen, wie sie selbst und die Landschaft um sie herum immer bunter wurden. Doch schließlich drängten die anderen Cynthia und Emith zu erzählen, was passiert war.

Schlagartig kamen die Erinnerungen an die schreckliche Nacht wieder zurück und alle Freude über die Farben war wie weggeblasen. Traurig erzählten die beiden Kinder, was sie erlebt hatten. Entsetzt und fassungslos rissen die anderen die Augen auf, als sie hörten, dass der König tot war.

Berolunth schüttelte den Kopf und starrte finster vor sich hin. Viktor sprang auf, lief hin und her und murmelte immer wieder: „Das kann nicht sein! Das kann einfach nicht sein!" Leylah, Sinayah und Berian weinten hemmungslos.

Eryn, der die ganze Zeit betroffen geschwiegen hatte und seine Frau im Arm hielt, fasste sich als erster. „Freunde", sagte er, „unser König ist gestorben, weil das Ziel, Colorania die Farben zurückzubringen, ihm wichtiger war als sein eigenes Leben.

Wir sind jetzt diejenigen, die die Farben haben, also müssen wir sie überall verbreiten! Ihr seht: Alles Land, auf das wir unsere Füße setzen, nimmt Farbe an. Wir müssen also durch das ganze Land wandern, damit Colorania wieder bunt wird. Ich glaube, das wäre der letzte Wille des Königs gewesen!"

Allen war sofort klar, dass Eryn Recht hatte. Genau das war es, was sie jetzt tun mussten. Sie fühlten sich jedoch noch wie gelähmt vor Schmerz. Deshalb nickten die meisten nur stumm, während andere immer noch weinten. Nach einer langen Zeit stand Viktor schließlich auf. „Los, Leute, lasst uns anfangen. Vielleicht können wir mit unserer Trauer besser fertig werden, wenn wir wenigstens das Gefühl haben, wir erfüllen den letzten Willen des Königs." Die anderen nickten wieder stumm. Schließlich erhoben sie sich und folgten Viktor, der bereits ein paar Schritte vorgegangen war. Sie verließen den See mit den wunderschönen grünen Wiesen und gingen in den noch grauen Wald zurück.

Kaum hatten sie den Wald betreten, als sie von weitem Hufgetrappel hörten. Sofort waren alle vor Schreck wie erstarrt. An diesem Ort traf man sicher hauptsächlich Schwarze Ritter. *Nun haben sie uns schon entdeckt, bevor wir überhaupt aufgebrochen sind,* dachte Emith. Voller Panik schaute er sich nach einem Versteck um. Er suchte den Blickkontakt mit den anderen und sah, dass sie genauso ängstlich aussahen wie er. Nur Berolunth und Eryn machten entschlossene Gesichter.

„Lasst uns ihnen entgegentreten und sehen, was passiert", sagte Eryn ruhig.

Das Hufgetrappel kam näher. Noch konnten sie nichts sehen. Aber es war deutlich zu hören, dass es sich um mehrere Pferde handelte.

„Wir sind noch nicht mal bewaffnet", flüsterte Menayon leise.

Wie gebannt starrte Emith in die Richtung, aus der sie die Reiter kommen hörten. Sein Herz pochte heftig.

Doch was dann geschah, war die größte Überraschung ihres Lebens.

Zuerst waren sie verblüfft, dass ihnen nur ein einzelner Reiter entgegen kam, der mehrere Pferde mit sich führte.

Als nächstes nahmen sie wahr, dass es sich bei diesem Reiter nicht um einen Schwarzen Ritter handelte.

Danach erst erkannten sie, wen sie da vor sich hatten.

„Das ist doch ..." stammelte Emith.

„Der König!", rief Cynthia und rannte ihm entgegen.

„Es ist der König, es ist wirklich und wahrhaftig der König!" „Aber wie kann das sein?"

Alle redeten durcheinander. Manche starrten ihn einfach nur an, andere schüttelten fassungslos den Kopf. „Das kann nicht sein! Das kann einfach nicht sein!", murmelte Viktor wieder.

Nur Cynthia war dem König in die Arme gesprungen. Sie weinte vor Glück.

XLI. Der Herr der Farben

Der König sah besser aus als je zuvor! Er strahlte über das ganze Gesicht und seine blauen Augen blitzten fröhlich, als er von einem zum anderen sah. Sein Gewand leuchtete feuerrot wie immer. Man sah ihm überhaupt nichts von dem an, was er am Abend zuvor erlitten hatte. Doch –

wenn man ganz genau hinsah, konnte man auf seiner Haut ein paar Narben erkennen. Sie sahen aus, als hätte er sich vor langer Zeit einmal verletzt.

„Hallo, meine Freunde", begrüßte der König sie fröhlich. „Es ist ja so schön, wieder bei euch zu sein! Und wie ich sehe", fügte er verschmitzt hinzu, „habt ihr auch schon gebadet!"

Keiner von ihnen konnte etwas sagen. Zu groß war der Schock, den König jetzt lebendig vor sich zu sehen. Einige schauten zweifelnd zu Emith und Cynthia. Hatten sie ihnen etwa Märchen aufgetischt, als sie ihnen vom Tod des Königs erzählt hatten? Emith selbst fragte sich, ob er vielleicht ein Gespenst sah.

Schließlich sprach Eryn aus, was alle gedacht hatten: „Wie kann das sein, dass du hier bist? Wir dachten alle, sie hätten dich umgebracht! Und jetzt bist du hier und siehst völlig gesund aus!"

Fröhlich packte der König einen großen Picknickkorb aus einer der Satteltaschen und lud seine Freunde ein, sich zu ihm zu setzen.

Langsam entspannten sich alle ein wenig und ließen sich auf dem Waldboden nieder.

Der König teilte das Essen aus und fing an zu erzählen: „Vor langer Zeit, als mein Vater mir das Land Colorania schenkte, erließ er Gesetze. Diese Gesetze gelten in Colorania für immer. Niemand, nicht einmal mein Vater selbst, kann sie ändern.

Eines der Gesetze besagt, dass Verrat mit dem Tod bestraft werden muss. Verräter müssen hingerichtet werden, sonst wird das ganze Land irgendwann untergehen.

Mein Vater wollte, dass Colorania ein Land voller Gerechtigkeit und Glück ist.

Doch der, den ihr den ‚Schwarzen Meister' nennt, hat das ganze Land so stark mit dem Bösen vergiftet, dass es keinen einzigen Menschen mehr darin gibt, der nicht davon angesteckt ist. Jeder, der in Colorania lebt, ist zum Verräter geworden! Selbst ihr, die ihr den Traum hattet! Auch wenn in euren Herzen die Sehnsucht nach dem wahren Colorania lebendig geblieben ist – ihr wisst alle nur zu gut, dass auch ihr böse Gedanken habt und zu bösen Taten fähig seid.

Dass in Colorania die Farben verloren gegangen sind, hängt damit zusammen, dass ihr alle Eyrons Wesen angenommen habt, manche mehr und manche auch weniger!"

Der König schwieg eine Weile, dann sah er seine Freunde herausfordernd an.

„Nun, was ist also die Folge des Verrats, den Eyron und ihr alle als Bürger von Colorania gegen meinen Vater und mich begangen habt?"

Eine Weile antwortete niemand. Dann sagte Berolunth: „Die Folge ist, dass wir alle sterben müssen."

Der König nickte. „Richtig. Denn so fordert es das Gesetz und das Gesetz kann niemals verändert werden."

Jetzt blickten die meisten den König noch verwirrter an als vorher. Auf einigen Gesichtern zeichnete sich Besorgnis ab.

Die Kinder hielten vor Spannung den Atem an. Nur Berolunth fragte ganz direkt: „Willst du uns jetzt alle töten, oder wie sollen wir das verstehen? Und was hat das mit der Frage zu tun, warum du jetzt hier gesund vor uns stehst, wo wir dich tot geglaubt haben?"

„Dazu kommen wir gleich", antwortete der König und fuhr fort zu erzählen: „Mein Vater und ich sahen nur noch eine Möglichkeit, das Land Colorania und seine Bewohner zu retten. Nur eine einzige Möglichkeit, wie wir das Gesetz erfüllen und trotzdem euer aller Leben verschonen konnten."

Der König schwieg eine Weile. Alle warteten gespannt. Schließlich fuhr er fort: „Wenn ein Unschuldiger freiwillig stirbt, kann er die Schuld sühnen und so das Leben der anderen retten!"

Alle schauten ihn verständnislos an. „Ein Unschuldiger?", fragte Eryn. „Aber wie kann uns das retten? Das ist doch erst recht ungerecht, wenn das Blut eines Unschuldigen vergossen wird!"

„Wenn ein Gerechter sich freiwillig opfert, kann er anstelle der Ungerechten sterben und damit ihr Leben retten", wiederholte der König.

„Und wer sollte das tun?", fragte Emith. „Das würde doch keiner machen!"

Der König schaute ihn durchdringend an. Plötzlich kam Emith ein Gedanke. *Aber das konnte doch nicht sein! Das war ja unvorstellbar. Aber andererseits ...* Emith starrte den König an. Dieser erwiderte ruhig seinen Blick.

„Du hast es getan!", stellte Emith schließlich fest. In seinem Kopf ratterten die Gedanken. Es war für ihn unvorstellbar, wie der König auf die Idee kommen konnte, stellvertretend für die Menschen von Colorania zu sterben. Und überhaupt ... *wieso war er jetzt wieder am Leben?*

Als hätte der König, wie schon so oft, seine Gedanken verstanden, sagte er: „Ich war zwar tot, aber der Tod konnte seinen Sieg über mich nicht behalten, denn ich bin ein Kind meines Vaters, des mächtigsten aller Könige! Sein Blut fließt in meinen Adern. Blut voller Kraft und Leben!

Auch Eyron hat keine Macht über mich, denn ich bin der Herr der Farben! Und jetzt ist die Zeit, in der ich meinem ganzen Volk die Farben zurückbringen werde! Und das werde ich mit euch allen gemeinsam tun!"

Eine Weile sagte niemand etwas. Dann wandte Cynthia sich an den König. Sie war tief getroffen von dem, was der König erzählt hatte. Tränen liefen ihr über die Wangen.

„Aber eins muss ich dich noch fragen", begann sie stockend. Dann fing sie an zu schluchzen. Erst nach einer Weile konnte sie weiterreden.

„Warum musstest du so sehr leiden? Hättest du nicht auch einen kurzen und schmerzlosen Tod sterben können? Damit hättest du den Verrat doch auch gesühnt, oder? Warum musstest du dich stundenlang so quälen lassen?"

Die Erinnerung an das, was die Schwarzen Ritter mit dem König gemacht hatten, konnte Cynthia einfach nicht vergessen.

Der König blickte Cynthia voller Wärme in die Augen.

„Das tat ich, um euch meine Liebe zu zeigen. Um zu verstehen, wie ihr unter dem Bösen gelitten habt. Ich wollte wissen, wie es sich anfühlt, misshandelt zu werden. Und euch heilen."

Dann wischte er sanft Cynthias Tränen weg.

Wetterumschwung

Plötzlich bekam Michaela eine Ahnung. *Das* war der Grund, weshalb Jesus sterben musste! Sie holte noch einmal ihre Bibel und schlug Jesaja 53 auf. Dort stand es: *Der Herr aber lud alle unsere Schuld auf ihn.*

Auf Jesus.

Wie in der Geschichte von Emith. Durch den Verrat Eyrons und der Bürger von Colorania war das ganze Land unter die Herrschaft des Bösen geraten. Dann hatte der König sich stellvertretend für sein Volk töten lassen, um den Verrat zu sühnen.

Und Jesus hatte das gleiche getan.

Genau wie mit Colorania war auch mit der Erde etwas passiert, was Zerstörung und Leid gebracht hatte. Die Erde war nicht so gedacht gewesen, wie sie nun war, voller Hass und Ungerechtigkeit, Krankheit und Leid. Genau wie in Colorania hatten Lügen und Verrat Einzug gehalten und das Glück zerstört.

Und genau wie in Colorania hatte der König sich geopfert, um das, was kaputt gegangen war, wieder herzustellen.

Michaela war auf einmal ganz aufgeregt. Sie konnte es kaum noch abwarten, sich mit Lena zu treffen, um ihr alle möglichen Fragen zu stellen. Ein Blick auf die Uhr zeigte ihr, dass sie auch nicht mehr lange warten musste. Bald schwang sie sich auf ihren Drahtesel und radelte los.

Bei einer Kanne Tee und einer großen Packung Schokokekse unterhielten sie sich lange. Lena erklärte ihr vieles so, dass sie es verstehen konnte.

Sie erklärte ihr, dass Jesus tatsächlich freiwillig so viel gelitten hatte, weil er die Menschen liebte. Auch sie, Michaela. Er war gestorben, damit sie leben konnte! Und er wurde verspottet und geschlagen, damit er trösten und heilen konnte. Doch genau wie der König in der Colorania-Geschichte wurde auch Jesus wieder lebendig. Der Tod hatte keine Macht über ihn.

Jesus war vom Tod auferstanden und lebte jetzt im Himmel. Und jedem, der das wollte, bot er Vergebung der Sünden und ein neues Leben an. Alles, was man tun musste, war, ihn darum zu bitten und das als Geschenk von ihm anzunehmen.

Michaela fragte überrascht noch einmal nach: „Mehr muss ich wirklich nicht tun?"

„Nein!" Lena lachte. „Die meisten denken, sie müssten noch irgendwas machen! Aber Jesus möchte dich tatsächlich damit beschenken! Und ein Geschenk muss man wirklich nur annehmen, sonst nichts – außer Danke sagen!"

Schließlich betete Michaela zum ersten Mal. Sie bat Gott, auch ihr die Schuld zu vergeben und versprach Jesus, dass sie von nun an mit ihm leben wollte.

Lena hatte ihr erklärt, dass sie mit Gott reden konnte wie mit einem Freund. Michaela stellte fest, dass ihr das gar nicht schwer fiel. Und nach dem Gebet fühlte sie sich richtig gut. Sie wusste, dass etwas ganz Neues begonnen hatte.

Ihre Gedanken wanderten zurück zu ihrem Geburtstag. An dem Tag hatte sie die erste Colorania-Mail bekommen. Sie konnte sich gut daran erinnern, wie blöd sie sich an diesem Tag gefühlt hatte.

Konnte es sein, dass die Colorania-Geschichte tatsächlich ihr Leben verändert hatte, wie es in der SMS angekündigt war? Naja, wahrscheinlich nicht die Geschichte an sich. Vielmehr der, auf den sie durch die Geschichte aufmerksam geworden war, nämlich Jesus.

Am Abend stieg sie auf ihr Fahrrad und fuhr nach Hause zurück. Sie war so gut gelaunt wie schon lange nicht mehr.

Heute wollte sie auf jeden Fall noch mal zu ihrem Lieblingsplatz. Sie hatte viel zum Nachdenken. Und zum ersten Mal seit langer Zeit waren es mal nicht nur Probleme, über die sie nachdenken musste …

Michaela fuhr mit dem Fahrstuhl direkt in den Zehnten. Sie stieg aus und ging zu ihrem Balkon. Von dort ließ sie ihren Blick über den Stadtteil schweifen. Die Abendsonne tauchte die Landschaft in ein rötliches Licht. In diesem Licht sah alles viel schöner aus als sonst. Michaela hatte sich schon oft gewundert, wie unterschiedlich ein und dasselbe Stadtviertel aussehen konnte, je nachdem, ob der Himmel sonnig oder wolkenverhangen war.

Plötzlich kam es ihr mit ihrem Leben genauso vor. Als ob es bei ihr bis jetzt immer wolkenverhangen und grau gewesen, aber jetzt plötzlich die Sonne herausgekommen war. Oder Farbe in ihr Leben gekommen war.

Dabei war äußerlich gesehen eigentlich alles genau wie vorher. Mom und Paps hatten immer noch genug Zoff miteinander. Die Möllerei, Kevin und Jannis würden sich bestimmt auch nicht plötzlich in Luft auflösen, so sehr Michaela sich das manchmal wünschte. Außerdem war zwischen Nico und ihr alles schwieriger als je zuvor. Und doch war etwas anders. In ihr.

Weil sie wusste, dass sie nun ihren Problemen nicht mehr alleine gegenübertreten musste! Sie hatte jemanden an ihrer Seite. *Und, um Himmels Willen, wer konnte schon gegen Gott antreten?!* Bei dem Gedanken musste Michaela fast lachen.

Auf einmal kam ihr ein Gedanke. Plötzlich wusste sie, dass sie etwas tun musste, das keinen Aufschub duldete!

Entschlossen ging sie zum Fahrstuhl und fuhr wieder hinunter. Sie holte noch einmal ihr Fahrrad und fuhr los.

Es war schon fast dunkel, als sie an Nicos Haustür klingelte. Seine kleine Schwester öffnete die Tür. „Willst du zu Nico?", fragte sie. Michaela nickte. „Geh einfach durch!"

Ein paar Sekunden später klopfte Michaela an Nicos Zimmertür.

„Du?", fragte Nico entgeistert, als Michaela vor ihm stand.

„Nico, ich wollte mit dir reden", begann Michaela. „Und zwar jetzt mal Klartext, nicht um den heißen Brei herum! Was ist das Problem?"

Nico schwieg so lange, dass Michaela schon befürchtete, er würde gar nicht mehr mit ihr sprechen. Schließlich platzte es aus ihm heraus: „Ich hab so viel Ärger bekommen! Vor die Schulleitung wurde ich zitiert! Alle haben auf mich eingeredet! Die Schulordnung musste ich abschreiben und zu guter Letzt haben meine Eltern mir noch verboten, zum Fußballtraining zu gehen! Dabei kommen jetzt wichtige Spiele und ich kann nicht hin! Und das alles nur, weil ich dir helfen wollte. Und dann kommst du und nennst mich feige!"

Michaela starrte Nico verständnislos an. „Aber", stammelte sie, „das kann doch gar nicht sein! So lange ist das doch gar nicht her, wie können die das alle schon ... Moment mal. Sagtest du vor die Schulleitung?" Erst jetzt wurde Michaela klar, dass Nico unmöglich von einer Bestrafung wegen der Kinoaktion gesprochen haben konnte, denn seitdem waren sie noch nicht wieder in der Schule gewesen.

„Äh, wovon sprichst du?", fragte sie ihn.

„Na, von dem Schuss mit der Zwille!"

„Welcher Schuss?" Michaela starrte Nico immer noch an.

„Na der Schuss auf Emilias Frisur an deinem Geburtstag!"

„Du hast auf Emilias Frisur geschossen?"

„Ja, wusstest du das etwa nicht?" Jetzt starrte auch Nico Michaela an.

In Michaela ratterten die Gedanken. Natürlich erinnerte sie sich daran, wie plötzlich Emilias Frisur zusammengestürzt war und viele sich gefragt hatten, wie das hatte passieren können.

Doch auf die Idee, dass Nico mit der Zwille geschossen haben könnte, wäre sie im Traum nicht gekommen!

„Nico, das habe ich ehrlich nicht gewusst!" Sie wurde rot, als sie darüber nachdachte, wie geringschätzig sie über Nico gedacht hatte, weil sie meinte, er hätte sie im Stich gelassen. Und stattdessen hatte er versucht, ihr zu helfen, und dafür massig Ärger bekommen.

„Das tut mir echt leid, Nico. Ich wusste nicht, dass du mit der Zwille geschossen hast. Ich habe gedacht, du hättest einfach nur zugeschaut, wie Emilia mich vor den ganzen Leuten bloßgestellt hat und hättest es nicht gewagt, dich für mich einzusetzen. Darum habe ich dich für feige gehalten. O Mann, wenn ich das gewusst hätte …" Michaela schwieg betroffen.

Nico sah überrascht aus. „Und ich dachte die ganze Zeit, jeder hätte das gewusst, dass ich mit der Zwille geschossen habe!"

Eine Zeit lang schwiegen beide nachdenklich. Dann sagte Nico: „Meine Güte, da hätten wir ja auch mal eher drüber reden können!"

„Ja", stimmte Michaela zu. „Wir haben uns wie kleine Kinder verhalten." Plötzlich mussten beide lachen und es war ein herrlich vertrautes Gefühl, mit Nico zusammen zu lachen.

Bald darauf musste Michaela zurück nach Hause, denn es war schon spät. Fröhlich machte sie sich auf den Weg. Dieser Tag war in voller Hinsicht ein Erfolg! Erst hatte sie in Jesus einen neuen Freund gefunden. Und dann hatte sie auch noch ihren Freund Nico zurückgewonnen. Besser hätte es nicht kommen können, fand sie.

Beim Abendbrot blätterte sie in einer Modezeitschrift, die auf dem Küchentisch lag. In der Mitte war ein ausgiebiger Frisurenteil. Plötzlich blieb ihr Blick an einem Bild von einem coolen Kurzhaarschnitt hängen. Darunter stand: *Auch für widerspensti-*

ges Haar geeignet. Michaela betrachtete das Bild immer wieder. Die Frisur gefiel ihr. Ob das ihr neuer Haarschnitt sein könnte?

Während sie noch überlegte, meldete sich ihr Handy. Jo war dran und klang ganz aufgeregt. „Michi, du ahnst ja gar nicht, was für eine unglaubliche Geschichte ich gerade gehört habe."

„Ja?" Michaela war gespannt.

„Gerade rief Connor mich an. Und er erzählte mir, wie es mit Emilia und den Spinnen weiterging!"

„Und woher weiß Connor das?"

„Von seinem Bruder. Und der hat's von einem Freund aus der achten Klasse, der das ganze beobachtet hat!"

„Na dann schieß mal los!"

„Emilia ist ja ziemlich wutentbrannt abmarschiert. Und unterwegs hat sie dann ihr Handy aus der Tasche geholt. Gerade, als sie am italienischen Eiscafé entlangging. Und dabei hat sie dann wohl die eine oder andere Spinne entdeckt."

„Und?"

„Voller Panik hat sie die Tasche weggeschleudert. Und du wirst nicht raten, wo sie gelandet ist!" Jo machte eine bedeutungsvolle Pause.

„Na wo denn?"

„Auf dem Tablett eines Kellners vom Eiscafé. Vier Mal Kirsch-Sahne-Traum war da drauf, hab ich mir sagen lassen."

„O weia!" Michaela stellte sich die Szene vor.

„Das wäre ja noch nicht mal so schlimm gewesen, wenn nicht in dem Eiscafé gerade auch noch eine Person gesessen hätte, die wir alle sehr gut kennen …"

Wieder machte Jo eine Pause. Michaela hielt vor Spannung die Luft an.

„Ja", wiederholte Jo noch einmal. „Das Ganze wäre nicht so dramatisch gewesen, wenn in dem Eiscafé nicht zufällig …

unsere Schulleiterin gesessen und der fliegende Kirsch-Sahne-Traum ihr neues Kostüm ruiniert hätte!"

„O weia!", sagte Michaela noch einmal. Plötzlich tat ihr Emilia leid.

Komisch. Nun hatte sie so lange darüber nachgedacht, wie sie sich an Emilia rächen konnte. Und jetzt, wo es ihr gelungen war, tat es ihr leid.

Das lag wahrscheinlich an ihrem neuen Freund Jesus. Der seinen Feinden vergeben hatte, statt sich zu rächen.

„Michi?", kam Jos Stimme aus dem Telefon.

„Ja, was ist?"

„Du sagst ja gar nichts. Stimmt irgendwas nicht?"

„Doch, es stimmt alles! Endlich stimmt bei mir alles. Aber das erkläre ich dir ein anderes Mal. Danke für deinen Anruf. Wir sehen uns morgen in der Schule!"

Nachdem sie aufgelegt hatte, holte sie ihre Kamera. Sie schaltete ein, suchte den Filmabschnitt von Emilia und drückte auf Löschen.

Vor dem Schlafengehen betete sie noch einmal. Das war ihr jetzt wichtig.

Beim Beten kam ihr der Gedanke, noch einmal nach ihren E-Mails zu schauen.

Da sah sie, dass noch eine Colorania-Mail gekommen war. Sie war mit „Epilog" überschrieben. Es war also die letzte.

„Jesus", sagte Michaela, „Jetzt bin ich gespannt, wie die Geschichte ausgeht. Wollen wir das zusammen lesen?" Einen Moment lang fragte sie sich, ob es albern war, so zu beten. Aber während sie dann die Mail öffnete, hatte sie das Gefühl, dass Jesus das nicht albern fand. Er war ja jetzt ihr Freund. Und Freunde konnten auch mal zusammen lesen …

Epilog

Cynthia und Emith sahen sich an. Sie hatten beide mit angesehen, wie sehr der König gelitten hatte. Beiden wurde erst allmählich klar, dass er es für sie getan hatte. Sie, sie selbst waren Verräter gewesen. Emith dachte zurück an seinen Hass auf Onkel Lucio. Schon bei der ersten Begegnung mit dem König war ihm klar gewesen, dass der Hass nicht gut war, egal, wie böse auch Onkel Lucio selbst gewesen war.

Doch auch Cynthia fielen genug Sachen ein, die sie falsch gemacht hatte. Wie ungerecht sie zu ihren Eltern gewesen war, als sie sich immer mehr von ihnen zurückgezogen hatte! Sie musste auch noch einmal ans Moor der Irrlichter denken. Dort hatte sie so viele Rachegedanken gehabt. Sie hätte durchaus anderen das gleiche antun können, was sie selbst erlitten hatte. Wenn sie die Gelegenheit dazu gehabt hätte.

Aber erst jetzt wurde den Kindern klar, wie schlimm das wirklich gewesen war. Der König hatte so einen hohen Preis dafür bezahlt!

Wie sie sich plötzlich schämten!

Emith blickte zu den anderen. Er sah, dass es ihnen ähnlich ging. Alle schwiegen betroffen, und in vielen Augen glitzerten Tränen.

Doch dann sah er zum König. In dessen Augen war kein Vorwurf. Nicht einmal ein kleines bisschen. Im Gegenteil: Er strahlte sie alle fröhlich an. Dann sagte er: „Kommt, Freunde, heute haben wir Grund, uns zu freuen! Denn nun ist die Herrschaft des Schwarzen Meisters vorbei! Der Verrat ist gesühnt, und damit ist seine Macht gebrochen. Jetzt liegt jede Menge Arbeit vor uns! Nämlich genau das, was ihr auch schon beschlossen hattet, bevor ich heute Morgen zu euch kam: Wir durchziehen das Land und bringen die Farben überall hin! Deshalb habe ich auch eure Pferde schon mitgebracht. Dann können wir gleich losreiten. Aber zuerst", er wandte sich Cynthia und Emith zu, „bringen wir euch nach Hause."

„Nach Hause?" fragten beide ganz erstaunt. „Ja, sollen wir denn nicht mitmachen?"

„Doch, natürlich werdet ihr mitmachen! Aber es ist trotzdem wichtig, dass ihr zuerst nach Hause kommt. Ihr seid noch sehr jung. Ihr müsst in die Schule und noch viel lernen. Außerdem warten eure Familien sehnsüchtig auf euch!"

Schule, auch das noch! Familie? Damit kann er doch wohl kaum Onkel Lucio meinen, dachte Emith. Fragend schaute er den König an, doch der hatte sich gerade Cynthia zugewandt. Cynthia schlang ihre Arme um ihn.

„Danke", flüsterte sie. „Danke für alles, was du für mich getan hast."

Der König strich Cynthia über das Haar. Dann wiederholte er: „Deine Familie wartet wirklich sehr sehnsüchtig auf dich!"

„Ja, das glaube ich", antwortete Cynthia. „Und ich freue mich auch so sehr auf sie. Ab jetzt wird alles ganz anders. Nicht nur, weil meine Hand gesund geworden ist."

Der König und Cynthia strahlten beide. Sie schienen nicht zu merken, dass Emith ganz unglücklich aussah.

Sollte es wirklich darauf hinauslaufen, dass der König mich jetzt zurückschickt zu Onkel Lucio? Nach allem, was wir erlebt haben, soll ich wieder zurück?

Da nützen mir die Farben auch nichts. Was soll das denn, wenn ich Onkel Lucio bunt sehen kann, während er mich schlägt? Da kann ich auch gut drauf verzichten!

Emith steigerte sich immer weiter in seine düsteren Gedanken hinein.

Plötzlich merkte er, wie jemand von hinten die Hand auf seine Schulter legte.

„Deine Zukunft wird nicht so düster aussehen, wie du gerade denkst", sagte der König. „Hast du vergessen, dass all die bösen Dinge, die geschehen sind, von Eyron kamen? Und dass seine Macht jetzt vorbei ist? Die Farben werden sich nun unaufhaltsam in Colorania ausbreiten, und Eyron wird mit seinen Lügen nichts mehr ausrichten können!"

Emith schaute ihn zweifelnd an.

„Ich kann dir nicht versprechen, dass alles Böse nun schon aus Colorania verschwunden ist. Doch der Anfang ist gemacht. Den wichtigsten Sieg habe ich gestern errungen."

Emith sah noch immer unglücklich aus.

„Schau", sagte der König und deutete zum See. Emith sah, dass drei Schwarze Ritter zum Seeufer kamen. Emith und die anderen konnten die Ritter gut beobachten. Sie selbst waren jedoch vom Gestrüpp des Waldes vor Blicken geschützt.

„Achte darauf, was jetzt passiert", wies der König Emith an.

Zuerst schauten sich die drei Ritter sichtlich erstaunt um, als sie den See sahen. Dann zog einer von ihnen die Rüstung aus und sprang in das Wasser. Die anderen beiden blieben unschlüssig am Seeufer stehen.

Nach einer Weile kam der Ritter aus dem Wasser heraus, und zu Emiths großem Erstaunen wurde auch er bunt. Der Ritter sah an sich herunter, und man konnte ihm von weitem ansehen, dass ihm die Veränderung, die er an sich sah, gut gefiel. Die anderen beiden schauten ihn völlig verständnislos an. Es war offensichtlich, dass der farbige Ritter versuchte, den anderen etwas zu erklären, doch dass sie es nicht verstanden. „Sie sind nicht in der Lage, die Farben zu erkennen", sagte der König. „Zu schwarz sind ihre Herzen und zu sehr an die Farblosigkeit gewöhnt.

Der, der gebadet hat, wird sich uns anschließen. Und es wird noch mehr Schwarze Ritter geben, die das tun werden. Aber das braucht seine Zeit. Die meisten Menschen in Colorania sind noch nicht in der Lage, die Farben überhaupt zu erkennen. Doch ihr werdet dazu beitragen, dass sie sie erkennen werden. Ich will euch gebrauchen, um die Menschen von ihrer Blindheit zu heilen. Dabei werden noch einige Abenteuer auf euch warten. Es wird nicht immer leicht sein, die Farben auszubreiten. Doch ihr müsst keine Angst haben, denn ich werde euch immer helfen."

Eine ganze Weile standen sie noch, schauten zum See und schwiegen. Emith war wieder ein bisschen fröhlicher, und sein Herz pochte aufgeregt. *Abenteuer würden auf ihn warten*, hatte der König gesagt. Was wohl noch alles auf ihn zukommen würde? Wie gut, dass er an der Seite des Königs keine Angst haben musste!

„Übrigens", sagte der König nach einer Weile, „habe ich noch eine Überraschung für dich. In Odiah ist nämlich in der Zwischenzeit eine ganze Menge geschehen!"

Emith blickte ihn gespannt an. Der König lächelte und fuhr fort:

„Onkel Lucio hat das Dorf verlassen. Er hatte schon längere Zeit einige seiner Kunden betrogen. Schließlich ist es herausgekommen, und er hatte eine Menge Ärger. Eines Nachts hat er klammheimlich seine Sachen gepackt und sich aus dem Staub gemacht. Tante Leah und ihr Mann sind nach Odiah gezogen und haben die Schmiede übernommen. Sie haben viele Kunden, und es geht ihnen gut. Deshalb haben sie jetzt auch als Familie genug Einkommen, um noch einen jungen Mann bei sich zu Hause aufnehmen zu können. Na, was hältst du von der Idee?"

Emith schaute ihn sprachlos an. Tante Leah? Er durfte von nun an bei seiner Tante Leah leben? Das war ja... „Yippieeeh!" Emith machte einen Luftsprung. Jetzt flog auch er dem König in die Arme. Und dann machten sie sich auf den Weg nach Hause.

Besucht doch auch einmal meine Website
www.anettesorge.de

Dort findet ihr immer die neusten Informationen zur Buchreihe, kostenlose Buchzeichen zum Ausdrucken und vieles mehr.

Ihr könnt mir auch schreiben unter
hallo@anettesorge.de
oder einen Kommentar in das Gästebuch der Website schreiben.

Ich freue mich, von euch zu hören!

Eure Anette Sorge

Der Kampf um Colorania

Band 1

Die Schwarzen Ritter haben das Land Colorania unter ihre Kontrolle gebracht. Als Emith erfährt, dass sie ihm nach dem Leben trachten, muss er fliehen. Mit seiner Freundin Cynthia begibt er sich auf eine gefährliche Reise.

Ärger mit den Mitschülern und Streit zu Hause. Schlimmer könnte es nicht kommen, findet Michaela. Doch plötzlich bekommt sie geheimnisvolle E-Mails, in denen sie Emiths Geschichte liest. Bald merkt sie, dass dessen Abenteuer auch ihr eigenes Leben verändern.

Alter: 9–99 Jahre.

Der Kampf um Colorania
Band 2

Der Kampf um Colorania geht weiter!

Emith hat sich das alles ganz anders vorgestellt. Der König ist plötzlich verschwunden und hat nur eine Taube hinterlassen. Wer ist der Unbekannte, der den Anschlag auf ihn verübt hat? Und was verbirgt sich hinter dem geheimnisvollen Medaillon?

Fragen über Fragen. Als Emith versucht, sie zu lösen, gerät er in Lebensgefahr ...

Der Kampf um Colorania

Band 3

Emith und Johrin werden vom König damit beauftragt, einen Schatz zu finden und nach Colorania zurückzubringen. Doch sie haben Gegner, die das mit allen Mitteln verhindern wollen. Auf ihrer abenteuerlichen Reise müssen sie sich gegen viele Feinde zur Wehr setzen und eine schwerwiegende Entscheidung treffen ...

Michaela, die sich freut, endlich wieder Colorania-Mails zu bekommen, lernt auf eine äußerst dramatische Weise den undurchsichtigen Johnny kennen. Was verbirgt er nur vor ihr?

Als er spurlos verschwindet, machen sich Michaela, Nico, Lena und Connor auf die Suche, um ihm zu helfen. Dabei decken sie ein dunkles Geheimnis auf und Michaela gerät in eine gefährliche Situation.

Der Kampf um Colorania
Band 4

Emith und seine Freunde sind wieder im Auftrag des Königs unterwegs. Diesmal treten sie eine Seereise an, um die Farben zu einer weit entfernten Insel zu bringen. Doch ihr alter Widersacher, der Schwarze Meister, hat bereits Pläne geschmiedet, um das zu verhindern. Außerdem spielen sich auf der Insel merkwürdige Dinge ab.

Was hat es mit den geheimnisvollen Spiegeln auf sich? Und welchen Plan verfolgt die undurchsichtige Frau Rodrian?

Während Emith und Cynthia in dem unterirdischen Spiegellabyrinth herumirren, muss Johrin ein Rätsel lösen, das über Leben und Tod entscheidet.

Auch Michaela und Nico stehen vor neuen Herausforderungen. Nicos Smartphone verschwindet und ihm kommt ein furchtbarer Verdacht. Gleichzeitig sorgt ein neuer Mitschüler in seiner Klasse für Wirbel ...

Der „Kampf um Colorania" geht weiter …

Wollt ihr wissen, wie es weitergeht?
Dann freut euch auf Band 5:

Emith und das Geheimnis von Shantakan

Ein nächtlicher Hilferuf veranlasst Emith und seine Freunde, eine weitere gefährliche Reise zu unternehmen. Diesmal geht es nach Shantakan, ein Nachbarland von Colorania. Bald schon stellen sie fest, dass dort nicht alle Dinge so sind, wie sie auf den ersten Blick scheinen. Bei ihren Ermittlungen geraten sie zunehmend in Verwirrung, bis sie nicht mehr wissen, wem sie überhaupt noch trauen können. Als dann plötzlich Jotan verschwindet, wird die Reise zu einem Kampf um Leben und Tod …

Mirko versucht weiterhin, herauszufinden, was es mit den Zeichnungen seines Opas auf sich hat und stößt dabei auf eine erschütternde Familientragödie.

Michaela bekommt Besuch von ihrer Tante Nadine und deren Tochter. Bald stellt sie fest, dass ihre Tante ausgerechnet mit ihrer Erzfeindin Emilia ein Geheimnis teilt. Was steckt dahinter?